Donna Leon est née en 1942 dans le New Jersey et vit à Venise, théâtre de ses romans policiers, depuis plus de vingt-cinq ans. Elle enseigne la littérature dans une base de l'armée américaine située près de la Cité des Doges. Son premier roman, *Mort à la Fenice*, a été couronné par le prestigieux prix japonais Suntory, qui récompense les meilleurs romans à suspense. Le commissaire Brunetti est le héros récurrent de ses enquêtes policières.

Donna Leon

LE MEILLEUR
DE NOS FILS

ROMAN

Traduit de l'anglais (États-Unis)
par William Olivier Desmond

Calmann-Lévy

TEXTE INTÉGRAL

TITRE ORIGINAL
Uniform Justice
ÉDITEUR ORIGINAL
William Heinemann, Londres
© Donna Leon et Diogenes Verlag AG, Zurich, 2003

ISBN 978-2-7578-0277-9
(ISBN 2-7021-3672-9, 1ʳᵉ publication)

© Calmann-Lévy, 2006, pour la traduction française

Pour Hedi et Agusti Janés.

In uomini, in soldati
Sperare fedeltà?
Dans un homme, dans un soldat
Tu espères la fidélité ?

Mozart, *Cosi fan tutte*.

1

La soif le réveilla. Non pas la soif naturelle qu'on éprouve après un match de tennis ou une journée passée à skier, une sensation qui se manifeste progressivement, mais une soif ardente, impitoyable, née du besoin désespéré de l'organisme de refaire le plein des liquides chassés par l'alcool. Soudain réveillé, il resta allongé dans son lit, transpirant; ses sous-vêtements lui collaient au corps.

Il crut tout d'abord pouvoir la traiter par le dédain et l'ignorer pour retomber dans le sommeil embrumé dont elle l'avait tiré. Il se tourna sur le côté, la bouche contre l'oreiller, et tira la couverture sur son épaule. Mais autant son corps réclamait encore du repos, autant il lui était impossible d'ignorer sa soif comme il l'eût fait d'un début de crampe d'estomac. Il resta comme il était, inerte, totalement dépourvu de volonté, et essaya de se rendormir.

Il y réussit quelques minutes, puis une cloche sonna dans la ville et le rappela à la conscience. L'idée de liquide s'insinua à nouveau dans son esprit: il imagina un verre d'une eau minérale pétillante, à la paroi ruisselante de condensation; la fontaine d'eau fraîche dans le couloir de son école élémentaire; un gobelet en carton plein de Coca-Cola… Il avait davantage besoin de liquide que de tout ce que la vie aurait pu lui présenter de désirable ou de bon.

Il tenta une fois de plus de se rendormir tout en sachant que c'était un combat perdu d'avance et qu'il n'avait pas le choix : il allait devoir sortir de son lit. Il commença par hésiter entre les deux côtés, se demandant si le carrelage ne serait pas froid sous ses pieds – puis repoussa ces considérations aussi violemment qu'il le fit de ses couvertures pour se lever. Des pulsations rythmiques lui martelaient le crâne et son estomac émit des protestations devant ce brutal changement d'assiette par rapport au sol, mais sa soif lui fit tout ignorer.

Il ouvrit la porte de sa chambre et s'engagea dans le couloir, éclairé sur toute sa longueur par la lumière qui filtrait de l'extérieur. Comme il le craignait, les dalles de lino agressaient ses pieds nus, mais la pensée de l'eau qui l'attendait lui fit surmonter cette impression de froid.

Une fois dans la salle des douches, poussé par un besoin plus impérieux que jamais, il fonça vers le premier des lavabos blancs alignés le long du mur. Il tourna le robinet d'eau froide et le laissa ruisseler quelques instants : même du fond de son ivresse, il s'était rappelé le goût de rouille de l'eau tiédasse qui commençait par en sortir. Lorsqu'elle coula bien froide sur ses doigts, il plaça les deux mains en coupe sous le jet et se pencha dessus. Bruyant comme un chien, il se mit à laper l'eau qu'il sentait descendre dans son corps, le rafraîchissant et le revivifiant au fur et à mesure. L'expérience lui avait appris qu'il était plus prudent de faire une pause après les deux ou trois premières gorgées, et d'attendre de voir comment l'estomac retourné réagissait à l'arrivée surprenante d'un liquide sans alcool. Au début, l'organe protesta, mais sa jeunesse et sa bonne santé reprirent le dessus et son estomac finit par accepter l'eau sans rechigner, et par en demander davantage.

Trop content de le satisfaire, il se pencha de nouveau et prit huit ou neuf longues gorgées, chacune soulageant un peu plus son organisme torturé. La soudaine irruption de toute cette eau déclencha quelque chose dans son estomac, qui déclencha à son tour quelque chose dans son cerveau ; pris d'étourdissement, il dut s'appuyer des deux mains sur le bord du lavabo jusqu'à ce que le monde cessât de tourner autour de lui.

Reprenant sa position, il but à nouveau à longs traits. À un moment donné, son expérience, comme ses sensations, l'avertirent qu'il serait risqué de continuer. Il se redressa, les yeux fermés, puis passa ses paumes mouillées sur son visage et sur le devant de son tee-shirt, qu'il prit par l'ourlet pour s'essuyer la bouche. Rafraîchi, à peu près en état d'affronter la vie telle qu'elle était, il se tourna avec l'intention de repartir dans sa chambre.

C'est alors qu'il vit la chauve-souris. Ou du moins ce que ses sens encore engourdis lui faisaient prendre pour une chauve-souris. Sauf qu'il ne pouvait s'agir d'une chauve-souris, vu que la chose faisait deux mètres de haut et avait l'envergure d'un homme adulte. Elle avait pourtant bien la forme d'une chauve-souris. Elle paraissait suspendue au mur, mais à l'endroit, sa tête dépassant au-dessus d'ailes noires retombant mollement le long de ses flancs, des pattes griffues dépassant d'en dessous.

Il se frotta énergiquement le visage, comme pour en chasser cette vision, mais la forme noire était toujours là lorsqu'il rouvrit les yeux. Il recula et, mû par la peur ou par ce qui risquait de lui arriver s'il détournait un instant son regard de l'animal, il se dirigea lentement vers la porte, là où il savait qu'était placé l'interrupteur qui commandait les longues barres de néon. En proie à un mélange de terreur et d'incrédulité, il faisait glisser le plat de sa main contre le carrelage, dans son dos, comme si seul ce contact avec le mur lui permettait de maintenir le contact avec la réalité.

Tel un aveugle, il se laissa guider par sa main jusqu'à l'interrupteur ; les tubes de néon s'allumèrent les uns après autres, et une lumière aussi éclatante que le jour vint éclairer les lavabos.

Il ferma les yeux, car il avait peur – peur des horribles mouvements que pourrait faire la chose qui avait une forme de chauve-souris si elle était dérangée et tirée du confort de la pénombre. Lorsque les néons cessèrent de grésiller, le jeune homme rouvrit les yeux et se força à regarder.

Si la lumière brutale transformait et révélait ce qu'était la silhouette, elle ne faisait pas complètement disparaître sa ressemblance avec une chauve-souris, ni ne réduisait la menace des ailes affaissées. Car les ailes n'étaient rien de plus que les grands plis de la cape sombre – élément essentiel de leur tenue d'hiver – que portaient tous les cadets. Quant à la tête de la chauve-souris, à présent éclairée, ce n'était que celle d'Ernesto Moro, un Vénitien poursuivant ses études à l'Académie militaire San Martino, tout comme le garçon qui, secoué de violents spasmes de vomissements, était plié en deux au-dessus du lavabo le plus proche.

2

Il fallut un certain temps aux autorités pour réagir à la mort du cadet Moro, même si ce retard ne pouvait être imputé au comportement de son camarade de classe, Pietro Pellegrini. Lorsque les spasmes de vomissement s'étaient calmés, le garçon était retourné dans sa chambre et, à l'aide de son portable (devenu une sorte d'appendice naturel ou presque, tant il s'en servait et le consultait), avait appelé son père, en voyage d'affaires à Milan, pour lui expliquer ce qu'il venait de découvrir. L'homme, qui était avocat, commença par dire qu'il allait appeler la police, puis retrouva son bon sens et conseilla à son fils de le faire lui-même, sur-le-champ.

Pas un seul instant Pellegrini père n'avait pensé que son fils puisse avoir quelque chose à voir avec la mort de son condisciple, mais, avocat au pénal, il connaissait trop bien la tournure suspicieuse de l'esprit des policiers. Non seulement leurs soupçons ne pouvaient que se porter sur une personne qui aurait hésité à rapporter un crime à la police, mais ils ne demanderaient pas mieux que de choisir cette solution de facilité. Il dit donc à son fils – en fait, il s'agissait plutôt d'un ordre – d'appeler tout de suite « les autorités ». Formé à l'obéissance par son père et par les deux années qu'il venait de passer à San Martino, Pietro supposa que les autorités en question étaient les responsables de l'Académie et descendit donc au rez-de-chaussée signaler à son supé-

15

rieur la présence d'un cadavre dans les lavabos du troisième étage.

Le policier de la questure qui prit l'appel en provenance de l'Académie demanda le nom de son correspondant, le nota, voulut savoir qui avait découvert le cadavre, et nota aussi la réponse. Après avoir raccroché, le policier, perplexe, fit appel au collègue qui était de service au central avec lui : ne fallait-il pas transmettre l'appel aux carabiniers, car l'Académie, étant une institution militaire, relevait peut-être de leur juridiction plutôt que de celle de la police de la ville ? Les deux policiers en débattirent pendant quelques minutes, puis le second eut l'idée d'appeler dans la grande salle pour savoir si quelqu'un ne pourrait pas résoudre pour eux cet épineux problème de procédure. Ils eurent de la chance. L'un des hommes de service leur affirma que l'Académie était une institution privée, sans lien officiel avec l'armée – il le savait, car le fils de son dentiste y était étudiant ; c'était donc bien à la questure de réagir à l'appel. Les deux compères du central prirent le temps d'analyser cette réponse, finissant par reconnaître qu'ils étaient d'accord avec leur collègue. Celui qui avait pris l'appel remarqua qu'il était plus de huit heures et composa le numéro de son supérieur, le commissaire Guido Brunetti, sûr qu'il se trouvait déjà dans son bureau.

Brunetti lui confirma que l'affaire était bien de leur ressort et voulut savoir à quelle heure avait eu lieu l'appel.

« À sept heures vingt-six, signor », fut la réponse précise du scrupuleux Alvise.

Brunetti jeta un coup d'œil à sa montre : le coup de fil datait de plus d'une demi-heure, mais Alvise n'étant pas, et de loin, l'étoile la plus brillante dans la galaxie de la questure, il se garda bien de faire un commentaire, lui ordonnant simplement de commander une vedette et de dire qu'il descendait.

Lorsque Alvise eut raccroché, le commissaire alla

regarder le tableau de service. Voyant que le nom de l'inspecteur Lorenzo Vianello n'y figurait pas pour la journée ni pour le lendemain, il l'appela chez lui et lui expliqua en deux mots ce qui était arrivé. « On se retrouve là-bas », lui répondit Vianello avant même que Brunetti lui ait demandé quoi que ce soit.

Pour une fois, Alvise avait été capable d'informer le pilote de la vedette qu'il était requis par le commissaire Brunetti, cette délicate tâche ayant sans doute été facilitée par le fait que le pilote en question était assis au bureau situé en face du sien ; si bien que lorsque Brunetti sortit de la questure, quelques minutes plus tard, il trouva Alvise et le pilote sur l'appontement, le moteur de la vedette tournant au ralenti. Pourtant Brunetti ne monta pas tout de suite. « Remonte là-haut et envoie-moi Pucetti, dit-il à Alvise.

– Mais… vous ne voulez pas que je vous accompagne, signor ? » demanda Alvise, l'air aussi désappointé qu'une future mariée abandonnée par son prétendant sur les marches de l'église.

– Non, ce n'est pas ça, Alvise. Mais si jamais cette personne rappelle, je préfère que ce soit toi qui sois là pour assurer la continuité, puisque tu l'as déjà eue en ligne. On en apprendra davantage de cette façon. »

En dépit de l'absurdité manifeste de cette explication, Alvise parut la trouver plausible ; Brunetti se fit la réflexion – et ce n'était pas la première fois – que c'était la totale absence d'intelligence de son subordonné qui la lui faisait accepter si facilement. L'homme retourna docilement à la questure. Une minute plus tard, Pucetti en sortait et sautait sur le pont de la vedette. Le pilote écarta son bateau et prit la direction du *Bacino*. La pluie nocturne avait lessivé la pollution de l'air, et la ville se détachait dans toute sa gloire sur un ciel matinal limpide, même si les prémices des fraîcheurs automnales se faisaient déjà sentir.

Cela faisait plus de dix ans que Brunetti n'avait eu aucun motif de se rendre à l'Académie – depuis la remise de son diplôme au fils d'un de ses cousins issus de germain. Après être entré dans l'armée comme sous-lieutenant, une fleur qu'il était courant de faire aux diplômés de San Martino, dont la plupart étaient eux-mêmes fils de militaires, le jeune homme était régulièrement monté en grade, à la grande joie de son père mais à la perplexité du reste de la famille. Il n'existait aucune tradition militaire chez les Brunetti, pas plus que dans la famille maternelle du garçon, même si l'une et l'autre avaient eu affaire de manière cuisante à cette institution. C'était en effet la génération des parents de Brunetti qui non seulement s'était battue pendant le dernier conflit, mais avait vu les combats se dérouler autour d'eux, sur leur propre sol.

Ainsi, depuis sa plus tendre enfance, Brunetti avait entendu ses parents parler de l'armée, de ses œuvres et de ses pompes, avec le mépris affiché qu'eux et leurs amis réservaient aussi au gouvernement et à l'Église. La piètre estime en laquelle il tenait l'armée s'était renforcée au cours des années, depuis son mariage avec Paola Falier, une femme qui nourrissait de solides idées de gauche, parfois incohérentes. Aux yeux de Paola, la plus grande gloire de l'armée italienne était la longue succession de défaites et de retraites qu'elle avait connue, et son plus grand échec, le fait que, au cours des deux guerres mondiales, ses chefs, politiques et militaires, ignorant cette réalité, avaient provoqué la mort inutile de centaines de milliers de jeunes gens dans la fleur de l'âge, tout cela pour poursuivre de vains et illusoires rêves de gloire et servir les objectifs politiques d'autres nations.

Bien peu de ce que Brunetti avait pu observer pendant son service militaire – période qui ne se signalait par aucun haut fait – ou au cours des décennies qui avaient suivi n'avait pu le convaincre que Paola se trompait. Au fond, l'institution militaire, en Italie ou ailleurs, n'était pas très différente de la Mafia : dominée par des hommes qui n'avaient que mépris pour les femmes, des individus qui étaient incapables de se comporter en hommes d'honneur ou de manière simplement honnête hors de leur service, avides de pouvoir, pleins de mépris pour la société civile, et simultanément froussards et violents. Non, peu de chose les distinguait l'une de l'autre, sinon que l'une était facilement reconnaissable par ses uniformes alors que l'autre avait un penchant plus net pour Armani et Brioni.

Brunetti connaissait les histoires qui circulaient sur l'Académie. Installée dans le quartier de la Giudecca en 1852 par Alessandro Loredan, un des premiers partisans de Garibaldi en Vénétie, devenu l'un de ses généraux au moment de l'indépendance, l'école était située, à l'origine, dans un grand bâtiment sur l'île. Mort sans enfants, Loredan avait légué le bâtiment, ainsi que le palazzo familial et sa fortune, à un fonds ayant pour mission de consacrer les revenus de ses biens à l'Académie militaire, à laquelle il avait donné le nom du saint patron de son père.

La petite oligarchie vénitienne, qui ne comptait peut-être pas parmi les partisans les plus sincères du Risorgimento, fut en revanche ravie de savoir que de ce fait, la fortune de Loredan allait rester dans la ville. À peine était-il mort depuis quelques heures que l'on connaissait la valeur exacte de sa succession, et il ne fallut qu'une poignée de jours aux exécuteurs testamentaires désignés nommément sur le testament pour attribuer à un officier à la retraite, par le plus grand des hasards beau-frère de l'un d'eux, le poste d'administrateur de l'Académie. Ainsi en avait-il toujours été depuis : un établissement régi selon un code strictement militaire, où les fils des officiers et des gens de la haute pouvaient acquérir la formation et l'entregent qui leur permettraient de devenir à leur tour officiers.

Brunetti fut tiré de ses pensées lorsque la vedette s'engagea dans le canal situé juste derrière l'église Sant'Eufemia et accosta. Pucetti se saisit de l'amarre, sauta à terre et la frappa à l'anneau métallique fixé entre les pavés. Puis il tendit la main à Brunetti pour l'aider à quitter le bateau.

« C'est bien par là, n'est-ce pas ? dit Brunetti avec un geste vers l'autre côté de l'île et la lagune, à peine visible au loin.

– Je ne sais pas, signor, avoua Pucetti. Je dois reconnaître que quand je viens ici, c'est pour aller au Redentore. Je n'ai aucune idée d'où elle se trouve. » D'ordinaire, aucun aveu de provincialisme de la part de ses compatriotes vénitiens n'arrivait à surprendre Brunetti, mais Pucetti lui avait paru plus ouvert d'esprit et intelligent.

Comme s'il avait compris la déception de son supérieur, Pucetti ajouta : « La Giudecca m'a toujours fait l'impression d'un pays étranger, signor. C'est sans doute à cause de ma mère : elle en parlait comme si elle ne faisait pas partie de Venise. Je crois que si on lui avait donné les clefs d'une maison sur la Giudecca, elle les aurait rendues. »

Estimant plus sage de ne pas lui répondre que sa propre mère partageait ces sentiments et que lui-même y avait jadis entièrement adhéré, Brunetti se contenta de dire que l'établissement se trouvait à l'autre extrémité du canal, avant d'en prendre la direction.

Même d'où il était, encore à quelques dizaines de mètres, il voyait que le grand portail d'entrée donnant sur la cour intérieure de l'Académie était largement ouvert. Il se tourna vers Pucetti. « Tâche de savoir si les portes étaient ouvertes ce matin, et si les entrées et les sorties sont contrôlées. Oui, et pour la nuit dernière aussi, ajouta-t-il avant même que Pucetti ait pu ouvrir la bouche. Pas besoin d'attendre de savoir depuis combien de temps il est mort. Une dernière chose : qui a la responsabilité des clefs, et qui ferme ce portail le soir.» Il était inutile d'expliquer à Pucetti comment poser ses questions, ce qui était un soulagement pour Brunetti, car les hommes sous ses ordres avaient tendance à ressembler à Alvise plutôt qu'à Vianello, question capacités.

Celui-ci se tenait déjà devant le portail. Il accueillit son supérieur d'un léger mouvement du menton et adressa un signe de tête à Pucetti. Décidant qu'il valait peut-être la peine d'apparaître sans se faire annoncer et en civil, Brunetti dit à Pucetti de retourner au bateau et d'attendre une dizaine de minutes avant de le rejoindre.

Il fut évident, une fois que Vianello et Brunetti se trouvèrent à l'intérieur, que la nouvelle de la mort d'un cadet s'était déjà répandue. Sans doute était-ce la vue de petits groupes de garçons et de jeunes gens tenant des conciliabules à voix basse un peu partout dans la cour qui fit faire cette déduction au commissaire, ou alors la vue de l'un d'eux qui avait des chaussettes blanches et non bleu marine avec ses chaussures d'uniforme, signe certain de la précipitation avec laquelle il s'était habillé. Puis Brunetti vit qu'aucun d'eux ne tenait de livres ou de matériel de classe à la main. Militaire ou non, on était ici dans une école ; et dans une école, les élèves trimbalent partout des livres et des cahiers, à moins, bien sûr, qu'un événement aussi important qu'inopiné ne se soit produit.

L'un des garçons d'un groupe proche de l'entrée quitta ses camarades et s'avança vers les deux nouveaux arrivants. «Est-ce que je peux faire quelque chose pour vous ?» demanda-t-il d'un ton qui exigeait manifestement des explications sur cette intrusion. Les traits marqués, le style beau ténébreux, il était presque aussi grand que Vianello, alors qu'il ne devait avoir que dix-sept ou dix-huit ans tout au plus. Les autres observaient la confrontation de loin.

Devant cette provocation, Brunetti répondit en disant qu'il voulait parler au responsable.

«Et qui êtes-vous?» rétorqua le jeune homme.

Sans répondre, Brunetti fixa son interlocuteur longuement et calmement. Mais le jeune homme ne cilla pas ni ne recula lorsque Brunetti esquissa un mouvement dans sa direction. Il portait l'uniforme réglementaire – pantalon et veste bleu foncé, chemise blanche, cravate – et avait deux bandes dorées à ses manches. Devant le silence de Brunetti, il changea de position et se tint les mains sur les hanches, n'abaissant pas le regard et refusant de répéter sa question.

«Comment appelle-t-on le responsable, ici? demanda Brunetti comme si l'autre n'avait rien dit. Je ne parle pas de son nom, mais de son titre.

– Commandant, laissa échapper le beau ténébreux.

– Ah, très imposant.» Il ne savait trop si le comportement du jeune cadet l'offensait parce qu'il violait la règle voulant qu'on s'adresse avec respect à plus âgé que soi, ou s'il n'était pas simplement irrité par ses manifestations de matamore. Se tournant vers Vianello, il dit: «Prenez le nom de ce jeune homme, inspecteur.» Puis il partit vers l'escalier qui conduisait à l'intérieur du Palazzo.

Il grimpa cinq marches, poussa une porte et se retrouva dans un foyer parqueté de bois de différentes essences, suivant un motif géant de diamant. Les pieds bottés avaient usé ce parquet selon un itinéraire conduisant jusqu'à une porte ouvrant dans le mur opposé. Brunetti, s'étonnant de trouver la salle vide, la traversa et ouvrit la porte. Un couloir conduisait vers l'arrière du bâtiment, entre deux murs ornés de drapeaux qu'il supposa être de régiments. Certains arboraient le lion de San

Marco ; d'autres, des animaux différents, tout aussi agressifs : dents exhibées, griffes tendues, toisons hérissées.

La première porte à droite portait un simple numéro sur son linteau, ainsi que la deuxième et la troisième. Comme il passait devant la dernière, un garçon, qui ne devait pas avoir plus de quinze ans, fit irruption dans le couloir et s'arrêta, surpris de voir Brunetti. Celui-ci lui adressa un signe de tête courtois et lui demanda où se trouvait le bureau du commandant.

Son ton et ses manières provoquèrent un réflexe quasi pavlovien chez l'adolescent, qui se mit au garde-à-vous et salua. « Au premier étage, signor. Troisième porte à gauche. »

Brunetti résista à la tentation de lui lancer « Repos ! », se contentant d'un « Merci » plus neutre, et revint sur ses pas.

En haut de l'escalier, il suivit les instructions du cadet. À côté de la troisième porte à gauche se trouvait une plaque où on lisait, effectivement, COMMANDANT GIULIO BEMBO.

Brunetti frappa, attendit quelques secondes, frappa à nouveau. Puis il se dit qu'il pouvait tirer avantage de l'absence du commandant pour jeter un coup d'œil dans son bureau et tourna la poignée pour entrer. Il serait difficile de dire qui fut le plus surpris, de Brunetti ou de l'homme qui se tenait devant l'une des fenêtres, quelques feuilles de papier à la main.

« Oh, je vous demande pardon, dit Brunetti. Un élève m'a dit que je pouvais venir vous attendre dans votre bureau. J'ignorais que vous vous y trouviez. » Il se tourna vers la porte, puis revint sur ses pas, comme s'il ne savait trop s'il devait rester ou s'en aller.

L'homme s'était retourné. La lumière qui tombait de la fenêtre et qui l'encadrait créait un contre-jour qui empêchait de distinguer ses traits. Brunetti voyait seulement qu'il portait un uniforme différent de celui des garçons, d'un ton plus clair et sans bande de commandement le long du pantalon. La double rangée de médailles dont sa poitrine était bardée se déployait sur plus d'une main de largeur.

L'homme posa les papiers sur son bureau sans chercher à s'approcher de Brunetti. « Et vous êtes ? demanda-t-il, de façon à donner l'impression qu'on le dérangeait.

– Commissaire Guido Brunetti. J'ai été envoyé pour enquêter sur le décès qui s'est produit dans l'Académie. » À strictement parler, c'était inexact, car il s'était lui-même envoyé en mission, mais il ne voyait aucune raison de l'expliquer au commandant. Il s'avança et tendit la main d'un geste parfaitement naturel, comme s'il était tellement idiot qu'il n'avait pas remarqué l'accueil glacial qui lui était fait.

Après un temps suffisamment long pour bien montrer qui était le patron ici, Bembo s'avança et vint serrer la main de Brunetti. Sa poignée de main était ferme et tout indiquait que le commandant se retenait d'employer toute sa force par crainte des conséquences que cela pourrait avoir sur les phalanges du policier.

« Ah, oui, un commissaire… » Il marqua une pause pour faire bien sentir tout le poids de cette remarque. « Je suis surpris que mon ami le vice-questeur Patta ne m'ait pas téléphoné pour m'avertir de votre venue. »

Brunetti se demanda si cette allusion un peu lourde à son supérieur, lequel n'allait pas faire d'apparition dans son bureau avant une bonne heure, avait pour but de l'intimider et de lui faire dire qu'il ferait tout son possible pour mener discrètement son enquête, sans déranger le commandant. « Je suis sûr qu'il le fera dès que je lui aurai soumis mon rapport préliminaire.

– Bien entendu », dit Bembo en allant s'asseoir derrière son bureau. D'un geste de la main qui se voulait élégant, il engagea Brunetti à en faire autant sur le siège en face. Le commissaire voulait se faire une idée sur le désir qu'avait ou non Bembo de voir l'enquête commencer rapidement. Il n'y avait aucune hâte anormale dans la manière dont il déplaça calmement des petits objets sur son bureau, puis aligna une pile de papiers. Brunetti garda le silence.

« C'est une affaire très malheureuse », dit finalement Bembo.

Brunetti se contenta judicieusement d'acquiescer.

« C'est la première fois que nous avons un suicide à l'Académie, reprit Bembo.

– Je comprends. Ce doit être un choc. Quel âge avait le garçon ? » Brunetti prit un carnet de note dans la poche de sa veste et le replia sur une page vierge. Puis il se tapota les poches et, avec un sourire gêné, se pencha pour prendre un crayon qui se trouvait sur le bureau du commandant. « Si vous permettez, signor. »

Bembo ne prit pas la peine de répondre à ça. « Dix-sept ans, je crois.

– Il s'appelait ?

– Ernesto Moro. »

Le mouvement de surprise de Brunetti, à la mention de l'un des noms les plus célèbres de Venise, ne fut nullement calculé.

« Oui, reprit Bembo, le fils de Fernando Moro. »

Avant d'abandonner la vie politique, le dottor Fernando Moro avait été pendant quelques années député au Parlement italien et comptait parmi les rares représentants à être universellement reconnus pour avoir rempli leurs fonctions honnêtement et honorablement. Les petits plaisantins vénitiens racontaient que ses collègues l'avaient constamment fait passer d'un comité à l'autre tant cette honnêteté était un embarras pour eux : dès l'instant où il devenait évident que Moro était immunisé contre les tentations de l'argent et du pouvoir, ils n'avaient de cesse de l'évincer de leur fromage.

On citait souvent sa carrière comme un exemple du triomphe de l'espoir devant l'expérience, comme l'avait si bien dit Samuel Johnson, car chacun des présidents qui avaient vu Moro nommé dans son comité était convaincu que, cette fois, il arriverait bien à lui faire comprendre qu'il fallait soutenir les projets de loi qui avaient pour fin de remplir les poches de quelques-uns aux dépens de tous.

Sauf qu'aucun d'eux, en trois ans, n'était parvenu à corrompre le dottor Moro. Puis, il y avait deux ans de cela, il avait brusquement et sans explications renoncé à son siège de parlementaire pour revenir pratiquer la médecine à plein temps dans son cabinet.

« L'a-t-on informé ? voulut savoir Brunetti.

– Qui ça ? demanda Bembo, manifestement intrigué par la question du commissaire.

– Eh bien, son père. »

Bembo secoua la tête. « Je ne sais pas. N'est-ce pas de la responsabilité de la police ? »

Brunetti, se forçant à manifester la plus grande retenue, jeta un coup d'œil à sa montre. « Quand a-t-on découvert le corps ? » En dépit de ses efforts pour garder un ton neutre, il y avait comme un reproche dans sa voix.

Bembo se hérissa. « Ce matin tôt.

– Oui, mais à quelle heure ?

– Je l'ignore. Peu de temps avant qu'on ait appelé la police.

– Combien de temps, ce peu de temps ?

– Je n'en ai aucune idée. On m'a appelé chez moi.

– À quelle heure ? » demanda Brunetti, le crayon suspendu au-dessus du carnet.

Le commandant serra les lèvres, cachant mal son irritation. « Je ne sais pas exactement. Vers sept heures, je dirais.

– Étiez-vous déjà réveillé ?

– Bien entendu.

– Et est-ce vous qui avez appelé la police ?

– Non, cela avait déjà été fait par quelqu'un d'ici. »

Brunetti décroisa les jambes et se pencha vers son interlocuteur.

« Nous avons reçu cet appel à sept heures vingt-six d'après la main courante, commandant. C'est-à-dire une demi-heure après qu'on vous a appelé pour vous dire que le cadet Moro était mort. » Il s'interrompit pour donner à Bembo le temps de s'expliquer, mais l'homme n'en fit rien. « Pourriez-vous me suggérer une explication pour ce délai ?

– Pour quoi ?

– Pour ce décalage d'une demi-heure avant d'informer les autorités d'une mort suspecte dans l'institution que vous dirigez.

– Ce jeune homme s'est suicidé. C'est évident.

– L'avez-vous vu vous-même ? »

Le commandant ne répondit pas tout de suite. Il s'enfonça dans son siège et étudia l'homme qui lui faisait face. Puis il répondit : « Oui, je l'ai vu. La première chose que j'ai faite en arrivant ici a été d'aller le voir. Il s'était pendu.

– Et le délai ? » insista Brunetti.

Bembo repoussa la question d'un geste dédaigneux. « Je n'en ai aucune idée. Sans doute ont-ils pensé que j'avais appelé la police, alors que je croyais moi-même que c'était déjà fait. »

Laissant passer assez de temps pour que cette explication apparaisse dans toute son absurdité, Brunetti demanda à Bembo s'il savait qui avait appelé.

« Je viens juste de vous dire que je l'ignorais. Celui qui l'a fait a dû donner son nom.

– Certainement, fit Brunetti en écho avant de revenir à son sujet. Mais personne n'a contacté le dottor Moro ? »

Bembo secoua la tête.

Brunetti se leva. «Je vais veiller à ce que quelqu'un le fasse.»

Le commandant ne prit pas la peine de se lever. Brunetti attendit quelques instants, curieux de voir si l'homme allait souligner le fossé qui les séparait en consultant un document sur son bureau alors que Brunetti n'était même pas encore sorti. Mais non. Il resta assis, les mains croisées sur le plateau, immobile, regardant Brunetti.

Le commissaire glissa le carnet dans sa poche, reposa soigneusement le crayon à l'endroit où il l'avait pris et quitta le bureau.

3

Une fois dans le couloir, Brunetti s'éloigna de quelques mètres de la porte et prit son portable. Il venait de composer le 12 et s'apprêtait à demander le numéro du dottor Moro lorsque son attention fut attirée par de bruyantes voix masculines montant de l'escalier.

«Où est mon fils?» exigeait de savoir l'une d'elles. Une voix moins tonitruante répondit quelque chose, et la première répéta sa question avec la même insistance. Sans rien dire, Brunetti coupa la ligne et remit le portable dans sa poche.

La voix lui parvint plus clairement encore lorsqu'il s'approcha de l'escalier, exigeant toujours de savoir où se trouvait «son fils» et refusant d'écouter les propos lénifiants de celui qui lui répondait.

Par la cage d'escalier, Brunetti vit un homme ayant à peu près son âge et sa corpulence, qu'il reconnut d'autant plus facilement qu'il avait vu plusieurs fois sa photo dans les journaux et lui avait même été présenté lors d'une manifestation officielle. Moro avait un visage en lame de couteau, aux pommettes hautes, avec quelque chose de slave dans les traits. Ses yeux sombres et son teint mat formaient un contraste saisissant avec ses cheveux blancs et fournis. Il se tenait face à un homme plus jeune, habillé du même uniforme bleu foncé que les élèves de l'Académie.

« Dottor Moro », dit Brunetti en descendant dans la direction des deux hommes.

Le docteur se tourna mais n'eut pas l'air de reconnaître Brunetti. Il avait la bouche ouverte et paraissait respirer avec difficulté ; il était visiblement sous l'effet du choc et d'une colère grandissante, devant le refus que lui opposait son interlocuteur.

« Je suis Brunetti, dottore, de la police. » Comme Moro ne réagissait pas, Brunetti se tourna vers le jeune homme en uniforme et lui demanda où se trouvait le corps du garçon.

Devant ce renfort inattendu, l'autre renonça. « Dans les lavabos, signor. En haut », dit-il à contrecœur, comme s'il était scandaleux qu'on lui pose une pareille question.

« Où ça, en haut ? » insista Brunetti.

À cet instant, Vianello se pencha dans la cage d'escalier, au-dessus d'eux, leur faisant signe de monter. « Il est par ici, signor. »

Toute l'attention de Moro était à présent tournée vers Vianello, mais il restait pétrifié sur place, comme s'il avait pris racine, la bouche toujours ouverte en O, la respiration encore audible.

Sans rien dire, Brunetti s'avança vers le médecin, le prit par le bras et l'entraîna vers les étages supérieurs dans le sillage de Vianello, qui les avait attendus et avançait lentement. L'inspecteur fit halte au troisième étage pour vérifier que les autres le suivaient bien, puis s'engagea dans un corridor sur lequel donnaient de nombreuses portes. Il tourna à droite dans un corridor identique, à l'extrémité duquel il poussa un battant qui se distinguait par la présence d'un hublot de verre en son centre. Croisant le regard de Brunetti, il lui adressa un petit signe de tête ; la main de Moro serra un peu plus fort le bras de Brunetti, mais il n'y eut pas d'hésitation dans son pas.

Le médecin passa devant Vianello comme si l'inspecteur était invisible. Depuis la porte, Brunetti ne voyait que son dos tandis qu'il se dirigeait vers le mur opposé où, sous les lavabos, quelque chose était étendu sur le sol.

« Je me suis permis de couper la corde, signor, dit Vianello en posant la main sur le bras de son supérieur. Je sais bien qu'on ne doit en principe rien toucher, mais l'idée que quelqu'un venant l'identifier puisse le trouver... comme ça m'était insupportable. »

Brunetti prit Vianello par le bras et eut juste le temps de lui dire qu'il avait bien fait, lorsqu'une sorte de grognement animal et bas leur parvint du fond de la salle. À moitié agenouillé, à moitié vautré sur le sol, Moro avait pris son fils dans ses bras. C'était lui qui émettait ce bruit, un bruit au-delà du langage comme de toute signification. Sous leurs yeux, le médecin attira un peu plus la tête du garçon vers lui, avec douceur, jusqu'à ce qu'elle repose au creux de son épaule. Le grognement se transforma en mots, mais ni Brunetti ni Vianello ne comprirent ce que l'homme disait.

Ils s'approchèrent d'un même mouvement. Le tableau d'un homme de sa génération serrant dans ses bras le corps sans vie d'un fils de l'âge du sien eut quelque chose de terrifiant qui obligea Brunetti à fermer les yeux. Quand il les rouvrit, il vit que Vianello s'était agenouillé à côté de cette pietà masculine, une main au-dessus de l'épaule du médecin, mais sans le toucher : il invitait celui-ci à reposer le corps. « Laissez-le, dottore », répéta-t-il doucement en se plaçant de manière à pouvoir recevoir le poids du cadavre de l'autre côté. Moro ne parut pas comprendre, sur le moment, puis le ton autoritaire, nuancé de sympathie, de Vianello eut raison de son hébétude. Se laissant aider par l'inspecteur, il déposa le corps de son fils sur le sol et s'agenouilla à côté, contemplant le visage aux traits distendus.

Vianello se pencha à son tour sur le corps et, prenant la cape militaire par un bord, en recouvrit la figure du mort. À ce moment-là, Brunetti passa une main sous le bras d'un Moro chancelant pour l'aider à se remettre debout.

Vianello vint prendre le médecin par l'autre bras et ils quittèrent ensemble les lavabos, parcoururent les deux corridors et descendirent l'escalier jusque dans la cour. Des groupes de garçons en uniforme s'y tenaient toujours. Tous jetèrent des coups d'œil furtifs en direction des trois hommes, détournant rapidement la tête.

Moro traînait des pieds, comme si des chaînes l'empêchaient de faire des pas normaux. À un moment donné il s'arrêta, secoua la tête comme s'il répondait à une question qu'il avait été le seul à entendre, puis se laissa de nouveau entraîner.

Voyant Pucetti émerger d'un couloir qui débouchait de l'autre côté de la cour, Brunetti leva sa main libre pour lui faire signe et, quand le jeune policier les eut rejoints, lui fit prendre sa place au côté de Moro ; ce dernier ne parut même pas remarquer le changement. « Ramenez-le jusqu'à la vedette. Toi, Lorenzo, tu le raccompagneras jusque chez lui. »

Pucetti interrogea Brunetti du regard.

« Aide Vianello à le ramener jusqu'au bateau et reviens ici », dit le commissaire, jugeant que son âge (il était à peine plus vieux que certains des cadets) serait un atout, en plus de son intelligence et de sa curiosité naturelle, quand il s'agirait d'interroger tous ces jeunes gens. Les deux officiers partirent, Moro se déplaçant entre eux tel un automate, comme s'il n'avait pas conscience de leur présence.

Brunetti les suivit des yeux lorsqu'ils sortirent de la cour ; les cadets en firent autant, mais subrepticement, détournant le regard dès qu'ils se sentaient observés, comme s'ils étaient soudain pris de passion pour l'architecture du mur opposé.

Au retour de Pucetti, quelques minutes plus tard, Brunetti lui demanda d'essayer de savoir si quelque chose d'inhabituel s'était passé au cours de la soirée et de la nuit dernières et de se faire une idée du genre de garçon qu'avait été le fils Moro, ainsi que de la manière dont il était perçu par ses camarades. Il fallait poser ces questions tout de suite, avant que les souvenirs qu'ils avaient des événements aient commencé à s'influencer les uns les autres et que la mort du garçon, en prenant toute sa réalité, eût transformé tout ce que les cadets avaient à dire en ce genre de magma absurde qui caractérise l'histoire de la vie, mille fois rabâchée, des saints et des martyrs.

Entendant une sirène deux tons qui approchait, Brunetti alla jusque sur la berge du canal pour attendre l'équipe de la police scientifique. La vedette blanche vint se ranger à quai, et quatre policiers en uniforme se chargèrent de débarquer les caisses et les sacs contenant leur matériel. Puis deux hommes descendirent du bateau et n'eurent pas besoin que Brunetti leur fît signe pour se diriger vers lui. C'est à Santini, le chef technicien, que le commissaire s'adressa, lui demandant simplement « qui venait ».

Toute l'équipe de la police scientifique partageait la haute opinion dans laquelle Brunetti tenait le médecin légiste, le dottor Rizzardi. Si bien que c'est d'un ton particulier que Santini répondit « Venturi », omettant volontairement de donner le titre du médecin.

« Ah », fit laconiquement Brunetti en entraînant les hommes jusque dans la cour de l'Académie. Une fois sur place, il leur dit que le corps se trouvait au troisième étage et les conduisit jusque-là, mais il s'abstint de les accompagner à l'intérieur des lavabos – non par souci professionnel de protéger l'intégrité de la scène du drame, cependant. Les laissant à leur travail, il retourna dans la cour.

Pucetti était invisible et les cadets avaient disparu. Soit on les avait envoyés en classe, soit ils avaient battu en retraite dans leur chambre : dans un cas comme dans l'autre, on les avait mis, ou ils s'étaient mis eux-mêmes, à l'écart de la police.

Brunetti remonta jusqu'au bureau de Bembo, frappa à la porte, attendit un peu, recommença, et essaya finalement d'ouvrir la porte. Elle était fermée à clef. Il frappa une dernière fois, par acquit de conscience, mais n'eut pas de réponse.

Revenant vers l'escalier central, il s'arrêta à hauteur de chacune des portes qui donnaient sur des classes ; il vit des cartes au mur de l'une d'elles, des formules d'algèbre couvrant les deux tableaux noirs d'une autre, une troisième où le tableau, immense, disparaissait sous un réseau compliqué de flèches et de barres, le genre de dessin que l'on trouve dans les livres d'histoire pour illustrer les mouvements de troupes pendant les batailles.

En d'autres circonstances, Brunetti aurait pris le temps d'étudier ce schéma, lui qui, depuis tant d'années qu'il s'intéressait à l'histoire, avait lu des dizaines, sinon des centaines de récits de batailles ; mais aujourd'hui, ce diagramme et sa signification ne l'intéressaient pas et il referma la porte. Grimpant jusqu'au troisième étage (celui qu'occupaient les domestiques, jadis), il trouva ce qu'il cherchait, les chambres des pensionnaires, reconnaissables à leur écartement et aux bristols indiquant chacun deux noms de famille glissés dans un support en plastique.

Il frappa à la première porte, sans obtenir de réponse. Il n'eut pas davantage de succès avec la deuxième. Il crut entendre un léger bruit à l'intérieur de la troisième et, sans prendre la peine de lire les noms sur le bristol, poussa la porte. Un jeune homme était assis à une table, face à l'unique fenêtre, tournant le dos à Brunetti ; il gigotait sur sa chaise comme si elle était en feu ou s'il était victime de quelque bizarre crise d'épilepsie. Brunetti entra, hésitant à approcher de crainte de provoquer chez le cadet quelque réaction encore plus violente, mais inquiet de ses mouvements désordonnés.

Soudain, l'adolescent inclina la tête et abattit par trois fois sa main sur la table, en marmonnant « Yaah, yaah, yaaaaaah ! » étirant le dernier « yaah » jusqu'à ce que le batteur en ait terminé du riff final, que le garçon accompagnait de la main et que, même de là où il se tenait, Brunetti arrivait à entendre.

Profitant de la pause entre deux pistes, Brunetti aboya d'un ton intentionnellement fort : « Cadet ! »

L'appel dut franchir le sifflement bas des écouteurs car le garçon bondit sur ses pieds, se tournant vers la voix qui l'interpellait et sa main se portant à sa tête pour saluer ; mais celle-ci se prit dans le fil des écouteurs et le baladeur alla s'écraser au sol, entraînant les écouteurs avec lui.

L'impact n'avait pas dû déloger le disque, car Brunetti entendit encore la rythmique des basses qui entamait l'air suivant ; le son devait être monté à fond. « Est-ce qu'on t'a jamais dit que ça risquait de t'endommager sérieusement l'ouïe ? » demanda Brunetti d'un ton normal. D'ordinaire, quand il posait la même question à ses enfants, il réduisait sa voix à un murmure ou presque, réussissant, les deux ou trois première fois, à les obliger à lui demander de répéter. Ils ne se laissaient plus aussi facilement piéger, à présent.

Le garçon abaissa lentement la main, en proie à la confusion. « Qu'est-ce que vous avez dit… signor ? » ajouta-t-il. Grand et très mince, il avait la mâchoire étroite ; l'une de ses joues paraissait avoir été rasée avec une méchante lame, l'autre était envahie par une acné persistante. Ses yeux en amande étaient aussi beaux que ceux d'une fille.

Brunetti franchit les deux pas qui les séparaient – soit

presque toute la largeur de la pièce – et vit le garçon se contracter à son approche. Mais il se contenta de se baisser pour ramasser le baladeur et ses écouteurs, puis posa le tout sur la table. Il n'en revenait pas de la simplicité spartiate de la pièce : on aurait dit qu'elle était occupée par un robot, pas par un homme – ou deux, à en croire la présence d'une seconde couchette.

« J'ai dit qu'en écoutant la musique trop fort, tu risquais d'endommager ton ouïe. C'est ce que je ne cesse de dire à mes enfants, mais ils s'en fichent. »

La perplexité du garçon ne fit qu'augmenter, comme si cela faisait une éternité qu'un adulte ne lui avait pas adressé la parole pour lui dire quelque chose de normal et de compréhensible. « Oui, réagit-il au bout de quelques instants, c'est aussi ce que ma tante me dit.

– Et tu ne l'écoutes pas ? Ou bien, peut-être, tu ne la crois pas ? » Brunetti était sincèrement curieux de connaître la réponse.

« Oh si, je la crois, ce n'est pas ça, dit le garçon, assez détendu pour tendre la main vers son appareil et appuyer sur le bouton qui l'arrêtait.

– Mais ?

– C'est sans importance. » Il haussa les épaules.

« Non, dis-moi. J'ai vraiment envie de savoir.

– Je me fiche pas mal de ce qui peut arriver à mon ouïe, expliqua le garçon.

– Tu t'en fiches ? s'étonna Brunetti, incrédule devant un tel aveu. Tu te fiches de devenir sourd ?

– Non, ce n'est pas ça, dit le jeune boutonneux, ayant envie, à présent, de se faire comprendre. Ça va prendre des années avant d'arriver. C'est pour ça que je m'en fiche. C'est comme ce truc sur le réchauffement de la planète. Rien n'a d'importance quand ça prend autant de temps. »

Brunetti comprit avec stupéfaction que l'adolescent parlait très sérieusement. « Mais enfin, se récria-t-il, tu es à l'Académie, tu étudies en vue de poursuivre une carrière – une carrière dans l'armée, je suppose. Cela aussi, ça va prendre un certain temps ; est-ce que c'est également sans importance ? »

Le garçon prit quelques instants pour réfléchir avant de répondre. « C'est différent.

– Et en quoi est-ce différent ? » demanda un Brunetti impitoyable.

Cette conversation et le sérieux avec lequel Brunetti lui répondait avaient mis le jeune homme tout à fait à l'aise. Il prit le paquet de cigarettes posé sur sa table et le tendit à Brunetti. Devant son refus, il en prit une lui-même et chercha quelques instants son briquet, qui se trouvait sous un cahier de classe.

Il alluma la cigarette, rejeta le briquet sur la table et tira une longue bouffée. Brunetti fut frappé par les efforts que déployait le cadet pour avoir l'air plus vieux et plus cool qu'il n'était. « Parce que je peux choisir pour la musique, mais pas pour l'école. »

Certain que cela devait faire une profonde différence aux yeux du garçon mais peu désireux de poursuivre cet échange purement académique, Brunetti lui demanda son nom. Il l'avait tutoyé d'emblée, comme il aurait fait pour l'un des amis de ses enfants.

« Giuliano Ruffo. »

Brunetti se présenta alors, mais sans donner son titre, et lui tendit une main que le jeune homme prit.

« Est-ce que tu connaissais le garçon qui est mort ? »

Le visage de Ruffo se figea, son corps perdit toute sa décontraction, et il secoua la tête d'un geste automatique de déni. Brunetti commençait à se demander comment il se pouvait que le cadet ne connût pas un condisciple dans un établissement aussi petit, mais Ruffo reprit : « Enfin, je ne le connaissais pas très bien. Nous n'avions qu'un seul cours ensemble. » La décontraction avait aussi disparu de sa voix ; il parlait vite, comme s'il lui tardait d'être débarrassé de ce qu'il avait à dire.

«Quel cours?

– Physique.

– Quelles sont tes autres matières? Tu es en quoi? Deuxième année?

– Oui, signor. Latin, grec, mathématiques, anglais et histoire sont obligatoires, et nous avons deux matières en option.

– Et tu as donc pris physique?

– Oui, signor.

– Et l'autre?»

La réponse mit longtemps à venir. Brunetti se dit que le garçon devait se demander pour quelle mystérieuse raison son interlocuteur lui posait toutes ces questions. Si Brunetti en avait une, elle restait mystérieuse même à ses yeux. Tout ce qu'il pouvait faire pour le moment était d'essayer de comprendre l'atmosphère de l'Académie, de se familiariser avec sa manière de fonctionner. Toutes les informations qu'il rassemblait avaient à peu près aussi peu de valeur et leur sens ne deviendrait clair que par la suite, quand elles pourraient s'intégrer dans les pièces plus vastes du puzzle – si jamais il parvenait à ce stade.

Le garçon écrasa sa cigarette, eut un coup d'œil pour le paquet mais n'en prit pas une deuxième. Brunetti répéta sa question.

À contrecœur, un peu comme s'il avouait une tare, le garçon répondit finalement: «La musique.

– Ah, voilà qui est une excellente idée, répondit sans hésiter Brunetti.

– Qu'est-ce qui vous fait dire ça, signor?» demanda Ruffo avec une curiosité manifeste. À moins qu'il n'ait été soulagé de voir la conversation obliquer vers un sujet plus neutre.

La réaction de Brunetti avait été spontanée et il dut à

son tour réfléchir à ce qu'il allait répondre. «Je m'intéresse beaucoup à l'histoire, commença-t-il. Et une bonne
partie de l'histoire relève de l'histoire militaire (le
garçon acquiesça). Mais les historiens rapportent souvent que les militaires ne savent qu'une chose (nouvel
acquiescement). Et savoir cette seule et unique chose,
l'art de la guerre, ne suffit pas. Ils doivent connaître
d'autres choses.» Il sourit au garçon, qui lui rendit
son sourire. «C'est une grande faiblesse que de ne
connaître qu'une seule chose.

– Si seulement vous pouviez le dire à mon grand-
père…

– Il ne le croit pas?

– Oh, non. Il ne veut même pas entendre le mot
musique – en tout cas, pas dans ma bouche.

– Qu'est-ce qu'il préférerait t'entendre dire? Que
tu as été blessé dans un duel? demanda Brunetti, nullement gêné de saper l'autorité grand-parentale.

– Oh, il adorerait ça, surtout si c'était dans un duel au
sabre.

– Et si tu arrivais à la maison avec une belle balafre
en travers de la figure, hein?»

Ils éclatèrent de rire devant cette absurdité et c'est
ainsi, unis dans la bonne humeur et la dérision bon-
homme de la tradition militaire, que les trouva le commandant Bembo.

4

«Ruffo!» aboya une voix dans le dos de Brunetti.

Le sourire de l'adolescent s'évanouit et il se redressa, claqua des talons et se tint aussi raide qu'un des piquets qui cloutent la lagune, tandis que, les doigts rigides, sa main se portait à son front pour saluer.

«Qu'est-ce que tu fabriques ici? claqua de nouveau la voix de Bembo.

– Je n'ai pas cours à cette heure-ci, commandant, répondit Ruffo en regardant droit devant lui.

– Et à quoi étais-tu occupé?

– Je parlais à ce monsieur, commandant.» Il continuait à regarder droit devant lui, pétrifié.

«Et qui t'a donné la permission de lui parler?»

Le visage du cadet était devenu un masque. Il n'essaya même pas de répondre à la question.

«Eh bien?» fit Bembo, d'un ton encore plus tendu.

Brunetti se tourna pour faire face au commandant et lui adressa un petit signe de tête courtois. D'une voix douce, il lui demanda si un de ses cadets avait besoin d'une permission pour répondre aux questions de la police.

«Il est mineur, objecta Bembo.

– Je ne suis pas sûr de vous suivre», admit Brunetti, prenant bien soin de sourire pour montrer la sincérité de sa confusion. Il aurait pu comprendre que Bembo invoquât la hiérarchie militaire ou la nécessité pour un subordonné de ne répondre qu'aux questions d'un supérieur direct, mais pas la jeunesse de l'adolescent ; c'était faire preuve d'une attention quelque peu tatillonne aux réserves légales. « Je ne suis pas certain de comprendre, précisa Brunetti, en quoi l'âge du cadet Ruffo est important.

– Cela signifie que vous ne pouvez l'interroger qu'en présence de ses parents.

– Et pourquoi donc, signor ? » demanda Brunetti, curieux de voir comment l'officier allait réagir.

Il fallut un moment à Bembo pour trouver une explication plausible.

« Pour veiller à ce qu'il comprenne les questions que vous lui posez », finit-il par dire.

Émettre de tels doutes sur les capacités du jeune homme n'augurait rien de bon sur la qualité de l'instruction qu'il recevait à l'Académie. Brunetti se tourna vers le cadet, qui se tenait toujours statufié, les bras collés au corps, le menton survolant son col de loin. « Vous avez compris les questions que je vous ai posées, cadet, n'est-ce pas ?

– Je ne sais pas, signor, dit le jeune homme, fixant toujours le mur au même endroit.

– Nous parlions des cours qu'il suit, signor, expliqua Brunetti. Le cadet Ruffo me disait à quel point il aimait ceux de physique.

– Est-ce exact, Ruffo ? demanda Bembo, sans hésiter à mettre grossièrement en doute la parole de Brunetti.

– Oui, commandant. Je disais à ce monsieur que j'aimais beaucoup les deux matières que j'ai prises en option.

– Pourquoi ? Tu n'aimes pas les matières obligatoires ? » Bembo se tourna vers Brunetti. « Il s'en plaignait ?

– Nullement, répondit Brunetti. Nous n'en avons pas parlé. » Il se demanda pourquoi Bembo paraissait aussi inquiet à la simple idée qu'un étudiant puisse dire quelque chose de négatif sur ses cours. Quel est l'étudiant qui n'a jamais râlé contre tel ou tel enseignement ?

«Tu peux partir, Ruffo», dit alors sèchement Bembo. Le garçon salua et, sans un regard pour Brunetti, quitta la chambre en laissant la porte ouverte.

«Je vous saurais gré, à l'avenir, de me tenir au courant lorsque vous voudrez interroger un de mes cadets», reprit Bembo d'un ton glacial.

Brunetti ne vit aucune raison de ne pas accéder à cette demande et dit donc qu'il le ferait. Le commandant se tourna vers la porte, eut un instant d'hésitation comme s'il se demandait s'il ne devait pas ajouter quelque chose, puis y renonça et sortit à son tour.

Brunetti se retrouva seul dans la chambre de Ruffo, dans la position d'un invité, obligé de respecter les règles de l'hospitalité, dont l'une veut que l'on ne trahisse jamais la confiance d'un hôte en allant farfouiller dans ce qui relève de son intimité. La première chose que fit Brunetti fut d'ouvrir le tiroir de la table et d'en retirer les papiers qui s'y trouvaient. La plupart étaient des notes, des ébauches encore très approximatives de dissertations, mais il y avait aussi quelques lettres.

Cher Giuliano, lut Brunetti sans éprouver la moindre gêne, *Ta tante est venue me voir la semaine dernière et m'a dit que tu travaillais bien en classe…* L'écriture avait la netteté et la rondeur typique de la génération qui précédait celle du commissaire, même si les lignes avaient tendance à monter et à descendre, suivant un itinéraire invisible dont seule celle qui avait rédigé la lettre devait connaître les arcanes. La lettre était signée *Nonna.* Brunetti jeta un coup d'œil au reste des documents, n'y trouva rien d'intéressant et remit le tout dans le tiroir.

Il ouvrit ensuite le placard et fit les poches des différentes vestes qui y étaient accrochées ; en dehors de

petite monnaie et de quelques billets de vaporetto com-
postés, il ne trouva rien. Il y avait bien un ordinateur
portable sur la table, mais il ne perdit pas son temps à
essayer de le mettre en route, sachant d'avance qu'il ne
saurait pas comment s'y prendre. Sous le lit, repoussé
contre le mur, il vit ce qui paraissait être un étui à violon. Quant aux livres, nulle surprise : des manuels scolaires, un code de la route, une histoire du Milan AC
et quelques autres ouvrages sur le football. Des partitions musicales étaient rangées sur l'étagère du bas : les
sonates pour violon de Mozart et la partie de premier
violon de l'un des quatuors à cordes de Beethoven.
Brunetti secoua la tête, amusé par le contraste entre
ce que Ruffo écoutait sur son baladeur et ces partitions.
Il ouvrit la porte du second placard – celui du coturne
de Ruffo – et examina d'un rapide coup d'œil ce qu'il
y avait sur l'autre table, sans rien voir d'intéressant.

Une fois de plus frappé par l'ordre méticuleux qui
régnait dans la chambre et en particulier par la précision
maniaque avec laquelle les lits étaient faits, Brunetti
joua un instant avec le fantasme de droguer son fils
Raffi et de l'amener ici pour qu'il intègre l'Académie.
Puis il se souvint de ce qui l'avait conduit dans ces
lieux et toute légèreté s'évapora de son esprit.

Les autres chambres étaient vides – ou, du moins,
personne ne répondit quand il frappa aux portes – et il
revint jusqu'aux lavabos dans lesquels on avait trouvé
le malheureux Moro. L'équipe technique était au travail
et le corps se trouvait toujours allongé par terre, entièrement enroulé dans sa grande cape sombre.

« Qui l'a décroché ? demanda Santini lorsqu'il vit
Brunetti.

– Vianello.

– Il n'aurait pas dû.

– C'est exactement ce qu'il m'a dit. »

Santini haussa les épaules. « Je crois que j'aurais fait

comme lui.» Deux de ses hommes poussèrent un grognement d'acquiescement.

Brunetti était sur le point de demander s'ils avaient découvert quelque chose, lorsqu'il entendit un bruit de pas. Il tourna la tête et vit s'avancer le dottor Venturi, l'un des assistants de Rizzardi. Les deux hommes s'adressèrent un signe de tête mesuré – à l'aune de l'envie qu'ils avaient de se voir.

Insensible à la plupart des sentiments humains qui ne concernaient pas directement sa personne, Venturi s'approcha du corps et déposa sa trousse à la hauteur de la tête, puis s'agenouilla et découvrit le visage du cadet Moro.

Brunetti détourna les yeux et se mit à examiner les douches où Pedone, l'un des assistants de Santini, dirigeait l'ajutage d'une petite bombe en plastique contre la paroi de droite. Il expédiait méticuleusement de minuscules nuages d'une poudre grisâtre selon une ligne horizontale, de droite à gauche, puis recommençait quelque vingt centimètres en dessous.

Le temps que toute la paroi en ait été recouverte, Venturi s'était relevé. Brunetti vit que le médecin n'avait pas pris la peine de recouvrir le visage du garçon.

«Qui l'a descendu? fut la première question que posa le médecin.

– L'un de mes hommes. Je lui ai demandé de le faire, répondit Brunetti tout en se baissant pour tirer de nouveau la cape sur le visage du mort.

– Et pourquoi donc?»

Écœuré par la question, le commissaire n'y répondit pas, irrité de devoir s'entretenir avec un individu capable de la poser. «Est-ce que cela ressemble à un suicide?»

Le silence qui suivit de la part de Venturi montra qu'à l'évidence il n'avait qu'une envie, rembarrer Brunetti, mais lorsque Santini se tourna vers lui et lui dit: «Eh bien?», le légiste répondit qu'il ne pourrait s'en faire une idée qu'après avoir pratiqué l'autopsie. Puis, s'adressant directement à Santini, il lui demanda s'il n'y avait pas eu une chaise ou quelque chose sur quoi le cadet aurait pu se tenir debout.

C'est l'un des autres techniciens qui répondit. « Si, il y avait bien une chaise. Elle était dans la douche.

– Vous ne l'avez pas déplacée, au moins ?

– Je l'ai photographiée, répondit l'homme d'un ton aussi précis que glacial. Huit fois, je crois. Puis Pedone l'a poudrée pour les empreintes. C'est alors que je l'ai enlevée, pour qu'il puisse aller relever les empreintes dans la douche sans être gêné. » Du menton, il montra la chaise de bois posée devant l'un des lavabos et ajouta : « C'est celle-ci. »

Le médecin ignora le meuble. « Je vous enverrai mon rapport dès que j'aurai terminé », dit-il à Brunetti. Sur quoi il ramassa sa sacoche et partit.

« On ne peut pas exclure qu'il se soit pendu lui-même », dit alors le technicien. Il indiqua quelques marques qui se détachaient à peine sur le revêtement gris des murs de la douche. « On distingue deux longues traînées, à peu près à hauteur d'épaule. Il pourrait les avoir faites.

– Vous croyez ?

– Probablement. C'est instinctif : on a beau vouloir mourir, le corps, lui, ne veut pas. »

Pedone, qui avait attentivement suivi cet échange, intervint alors. « C'est propre, signor. Pas une empreinte. Personne ne s'est battu ici, si c'est à ça que vous pensiez. »

Comme son partenaire n'avait pas l'air de vouloir ajouter autre chose, Santini reprit : « C'est comme ça que les choses se passent quand ils se pendent, signor, croyez-moi. S'ils sont près d'un mur, ils essaient de s'y accrocher, c'est plus fort qu'eux.

– Et c'est ainsi que les garçons choisissent de se

suicider, par pendaison ? demanda Brunetti sans regarder Moro.

– Oui, plus souvent que les filles, lui confirma Santini, qui enchaîna, d'une voix soudain pleine de colère : Quel âge avait-il ? dix-sept ans ? dix-huit ? Comment a-t-il pu faire une chose pareille ?

– Dieu seul le sait, répondit machinalement le commissaire.

– Dieu n'a rien à voir là-dedans », repartit Santini, sa colère montant encore d'un cran, mais sans qu'on puisse déterminer si sa remarque remettait en question la divine charité ou l'existence même de Dieu. Le chef technicien sortit dans le couloir, où attendaient deux brancardiers en blouse blanche à côté d'une civière appuyée contre le mur. « Vous pouvez l'emporter », leur dit-il. Il resta dehors pendant que les deux hommes allaient installer le corps sur la civière, puis ressortaient avec. Au moment où ils repassaient devant lui, il leva la main pour les arrêter, et il se pencha pour prendre le pan de la cape militaire qui traînait sur le sol et le glisser sous la jambe du mort.

Puis il dit aux deux hommes de retourner jusqu'à la vedette.

5

Comme il y voyait une tentation relevant de la couardise morale, Brunetti résista à son désir d'accompagner les autres sur la vedette de la police jusqu'à l'hôpital puis à la questure. Peut-être était-ce la brusque bouffée de terreur qu'il avait éprouvée en voyant le cadavre de l'adolescent, ou encore l'admiration qu'il ressentait pour l'honnêteté intransigeante de Moro père, mais quelque chose poussait Brunetti à se faire un tableau plus complet de la mort du jeune homme. Les suicides de jeunes gens étaient de plus en plus fréquents : il avait lu quelque part que, selon un modèle invariable, ils augmentaient en période de bien-être économique et diminuaient quand les temps étaient durs. Pendant les guerres, ils disparaissaient presque complètement. Il supposait que son fils était sujet aux mêmes lubies de l'adolescence que les autres : chahuté par ses poussées d'hormones, sa popularité plus ou moins grande auprès des autres, ses résultats scolaires. L'idée que Raffi puisse être amené au suicide était inconcevable – mais c'était ce que devaient se dire tous les parents.

Tant qu'il n'aurait aucun indice pouvant laisser penser que le jeune Moro ne s'était pas suicidé, Brunetti n'avait aucun mandat officiel pour interroger qui que ce soit sur une autre possibilité : ni ses camarades de classe et encore moins ses parents. Ce serait faire preuve d'une curiosité malsaine et fort mal utiliser les pouvoirs que lui conférait sa charge. Tout cela lucidement admis, une fois dans la cour de l'Académie, il sortit son portable et appela la signorina Elettra sur sa ligne directe à la questure.

Il lui dit où il se trouvait et lui demanda de bien vouloir vérifier l'adresse de Moro dans l'annuaire ; il lui semblait que le médecin habitait dans le quartier de Dorsoduro, sans se rappeler comment il le savait.

La secrétaire ne lui posa aucune question sur l'affaire, lui demandant simplement d'attendre quelques instants, puis lui dit que le numéro était sur liste rouge. Une ou deux minutes plus tard, elle lui communiquait cependant l'adresse : c'était bien dans Dorsoduro. Nouvelle courte attente, et elle lui précisa que la maison donnait sur le canal qui longe l'église Madonna della Salute. « Ce doit être celle qui se trouve à côté de la maison basse en brique, qui a une terrasse pleine de fleurs », ajouta-t-elle.

Il la remercia, puis retourna dans le bâtiment et refit l'ascension des trois étages, avant de parcourir les couloirs silencieux et de vérifier les noms apposés à côté des portes. Celui qu'il cherchait était au bout de l'un d'eux : MORO/CAVANI. Sans prendre la peine de frapper, il poussa la porte. Comme celle de Ruffo, la chambre était d'une propreté méticuleuse et contenait deux couchettes et deux bureaux vides se faisant face. Utilisant un stylo à bille qu'il avait sur lui, il ouvrit le tiroir du bureau le plus proche. Toujours avec le stylo, il fit tourner les pages d'un carnet qui s'y trouvait, portant le nom d'Ernesto sur la première page. Il était rempli de formules mathématiques écrites d'une main régulière, en caractères anguleux. Il repoussa le carnet, ferma le tiroir et ouvrit celui qui se trouvait dessous, avec un résultat identique, à ceci près que le cahier contenait des exercices d'anglais.

Il s'intéressa ensuite à la penderie qui séparait les

48

deux bureaux. Le nom de Moro figurait sur l'une des deux portes. Brunetti l'ouvrit par le bas, à l'aide de son pied. Elle contenait deux uniformes dans des sacs plastique de nettoyage à sec, une veste en jean et un manteau en tweed brun. Dans les poches, il ne trouva que quelques piécettes et un mouchoir sale.

Les étagères ne contenaient que des manuels scolaires. Il n'avait aucune envie de les examiner. Il jeta un dernier coup d'œil circulaire dans la chambrée et quitta la pièce, prenant soin de tirer la poignée de porte à l'aide de son stylo.

Il tomba sur Pucetti dans l'escalier et lui demanda d'aller procéder à une fouille en règle de la chambre de Moro, puis il quitta l'Académie et se mit à longer le canal de la Giudecca. Tournant à droite, il suivit la rive avec l'intention de rejoindre le prochain arrêt du vaporetto. Tout en marchant, il étudiait les édifices de l'autre berge : il repéra sans peine le *Nico's Bar*, au-dessus duquel se trouvait un appartement qu'il avait beaucoup fréquenté avant de rencontrer Paola ; l'église des Gesuati, où avait officié, un temps, un prêtre qui était un homme de bien ; l'ancien consulat de Suisse, où le drapeau à la croix blanche ne flottait plus depuis plusieurs années. Même les Suisses nous auraient abandonnés ? se demanda-t-il. Un peu plus loin se trouvait la cale du Bucentaure, mais les longs bateaux étroits avaient été évincés depuis longtemps par le parfum d'argent des Guggenheim, les bateliers vénitiens ayant dû céder la place à un peu plus de boutiques de souvenirs. Il vit à ce moment-là un bateau arriver du Redentore et se hâta de rejoindre l'embarcadère de Palanca pour retourner aux Zattere. Quand il débarqua, il consulta sa montre et vit qu'il fallait moins de cinq minutes pour venir de la Giudecca. Et pourtant l'île lui semblait, comme toujours, aussi loin que les Galápagos.

Cinq minutes suffirent pour faire le chemin jusqu'à la grande place qui entoure la Madonna della Salute et pour trouver la maison. Résistant une fois de plus à son envie de remettre la corvée à plus tard, il appuya sur la sonnette et déclina son nom et son titre lorsqu'une voix féminine répondit *via* l'interphone.

« Que voulez-vous ?

– J'aimerais parler au dottor Moro, répondit-il, émettant au moins le premier de ses souhaits.

– Il n'est en état de voir personne, répondit sèchement la femme.

– Je viens de le rencontrer à l'Académie », dit Brunetti en donnant cette précision dans l'espoir qu'elle ferait paraître sa requête plus logique. Comme la femme restait sans réaction, il ajouta qu'il était nécessaire qu'il parle au docteur.

Elle émit un bruit qui fut coupé par le bourdonnement électrique de l'ouvre-porte, laissant à Brunetti le soin d'en deviner la nature. Il poussa le battant, franchit rapidement un hall et s'arrêta au pied d'un escalier. Au sommet de celui-ci, une porte s'ouvrit et une femme, grande et mince, vint se pencher sur la rampe. « Par ici. »

Une fois qu'il l'eut rejointe sur le palier, elle se tourna et le conduisit dans l'appartement, referma la porte derrière eux puis lui fit face. Ils se trouvaient dans un vestibule formant un corridor assez long. Il fut tout d'abord frappé par le fait qu'alors que la femme paraissait plus jeune que lui, elle avait des cheveux entièrement blancs, coupés juste au-dessus des épaules. Ils contrastaient fortement avec le teint très mat de sa peau, proche de celui d'une Arabe, et avec ses yeux, d'un ton profond, presque noir, comme il n'en avait jamais vu.

Elle lui tendit la main. « Je m'appelle Luisa. Je suis la cousine de Fernando. »

Brunetti lui serra la main et lui répéta son nom et son grade. « J'ai tout à fait conscience que le moment est très mal choisi», commença-t-il, cherchant à deviner comment lui parler. Elle avait une attitude rigide, se tenant très droite, comme si elle était appuyée à un mur, et le regardait dans les yeux pendant qu'il parlait.

Comme Brunetti n'ajoutait rien à cette platitude, elle lui demanda : «Et que voulez-vous savoir ?

– J'aimerais qu'il me parle de l'état d'esprit dans lequel était son fils, ces derniers temps.

– Pourquoi ?»

Brunetti pensait que la raison de sa question était évidente et fut pris de court par la véhémence avec laquelle la femme avait répliqué.

«Dans un cas comme celui-ci, répondit-il évasivement, il est nécessaire d'en apprendre autant que possible sur ce qu'éprouvait la personne, sur la manière dont elle se comportait, de voir s'il n'y aurait pas eu des signes…

– De quoi ? le coupa-t-elle, sans chercher à dissimuler sa colère ou son mépris. Qu'il allait se suicider ?» Sans laisser à Brunetti le temps de répondre, elle ajouta : «Si c'est ce que vous voulez dire, pour l'amour du Ciel, dites-le. C'est une idée ridicule, enchaîna-t-elle. C'est dégoûtant. Ernesto n'avait pas plus envie de se supprimer que moi. C'était un garçon plein de vie. C'est une insulte de suggérer qu'il ait pu faire cela.» Sur quoi elle ferma les yeux et serra les lèvres, luttant pour reprendre son calme.

Avant que Brunetti ait pu dire qu'il ne cherchait pas à insinuer quoi que ce soit, le dottor Moro apparut sur le pas de l'une des portes qui donnaient dans le corridor. «Ça suffit, Luisa, dit-il d'une voix douce. Tu ne dois pas en dire davantage.»

C'était Moro qui avait parlé, mais c'était le visage de Luisa que Brunetti avait étudié pendant ce temps. La raideur de sa posture s'atténua et elle s'inclina en direction de son cousin. Elle leva la main vers lui, mais sans chercher à le toucher, se contentant de hocher la tête une fois, ignorant la présence du policier, puis s'éloigna. Brunetti la suivit des yeux lorsqu'elle sortit par la porte qui donnait sur le fond du corridor.

Lorsqu'elle eut refermé le battant derrière elle, Brunetti reporta son attention sur le médecin. Il avait beau savoir que c'était impossible, il fut obligé de constater que Moro avait vieilli de dix ans depuis la dernière fois qu'il l'avait vu, soit un peu moins de deux heures auparavant, à l'Académie. Sa peau avait pris un aspect pâteux, ses yeux étaient ternes et rougis, mais c'était dans son attitude que le changement était le plus flagrant : il était voûté, courbé en avant comme un vieillard.

« Je suis désolé de faire intrusion au milieu de votre chagrin, dottore, commença Brunetti, mais j'espère qu'en vous parlant dès maintenant, je n'aurai plus besoin de vous déranger à nouveau. » Même aux oreilles de Brunetti, pourtant rompu aux techniques du mensonge professionnel, cela sonnait horriblement faux et artificiel et ne pouvait que l'éloigner de l'homme et de sa peine.

Moro agita sa main droite en l'air, d'un geste qui pouvait aussi bien signifier l'acceptation que le refus de cette explication. Puis il croisa les bras sur son estomac et inclina la tête.

« Dottore, reprit Brunetti, est-ce que votre fils, au cours des dernières semaines ou de ces derniers jours, aurait fait ou dit quelque chose qui aurait pu vous laisser soupçonner qu'il envisageait de commettre un tel geste ? » L'homme garda la tête inclinée. Le policier ne pouvait voir ses yeux ni vérifier s'il l'écoutait ou non.

« Dottore ? Je sais que cela doit être très difficile pour vous, mais il est important que j'aie cette information.

– Non, je ne crois pas, dit Moro, toujours sans relever la tête.

– Je vous demande pardon ?

– Je ne pense pas que vous sachiez à quel point c'est difficile.»

C'était vrai, et Brunetti se sentit rougir. Lorsqu'il retrouva son teint normal, le médecin n'avait toujours pas fait l'effort de relever la tête et ne le fit qu'au bout d'un moment qui parut interminable au policier. L'homme n'avait pas les larmes aux yeux et il parla d'une voix aussi douce que lorsqu'il s'était adressé à sa cousine. «Je vous serais très reconnaissant de vouloir partir, à présent, commissaire.» Brunetti s'apprêtait à protester, mais Moro le coupa en élevant légèrement la voix, tout en conservant un ton calme et impersonnel. «Je vous en prie, n'insistez pas. Je n'ai strictement rien à vous dire. Ni maintenant ni plus tard.» Il laissa retomber le long de son corps les bras dont il s'était entouré d'un geste protecteur. «Je n'ai rien d'autre à ajouter.»

Brunetti eut la certitude non seulement qu'il aurait été vain d'objecter quelque chose, mais qu'il se heurterait à un mur aussi impénétrable s'il revenait poser les mêmes questions lorsque le médecin aurait eu le temps de surmonter le choc initial de son affliction. Depuis qu'il avait appris la mort de l'adolescent, Brunetti éprouvait le besoin de savoir si Moro avait d'autres enfants, mais il ne put se résoudre à poser la question. Il avait la conviction quelque peu théorique que leur existence lui apporterait une certaine consolation, aussi limitée qu'elle fût. Il essaya de se mettre à la place du malheureux père et d'essayer de voir en quoi le fait que l'un de ses deux enfants lui restât le consolerait, mais son imagination recula, horrifiée. À la seule évocation de cette hypothèse, une force plus puissante qu'un tabou s'était emparée de lui et avait engourdi son esprit. N'osant pas tendre la main ni ajouter quoi que ce soit, Brunetti quitta l'appartement.

À l'arrêt de la Salute, Brunetti prit le numéro 1 jusqu'à San Zaccaria pour retourner à la questure. Alors qu'il s'en approchait, un groupe d'adolescents, trois garçons et deux filles, dégringolèrent du Ponte dei Greci et se dirigèrent vers lui, bras dessus bras dessous, dans un halo de grands éclats de rire. Brunetti s'arrêta et demeura au milieu de la chaussée, attendant que cette vague d'exubérance juvénile se brisât sur lui. Comme la mer Rouge, ils se scindèrent en deux et se reformèrent après lui. Brunetti était certain qu'ils ne l'avaient même pas remarqué ; il n'avait été pour eux qu'un obstacle fixe à contourner.

Les deux filles tenaient chacune un paquet de cigarettes à la main, chose qui lui donnait envie, à chaque fois, de leur dire que si elles avaient le moindre souci de leur santé et de leur bien-être, elles feraient bien d'y renoncer. Mais il se retourna pour les regarder s'éloigner, rempli d'un sentiment d'émerveillement quasi religieux devant tant de jeunesse et de joie.

Le temps d'atteindre son antre à la questure, l'impression était passée. Il trouva sur son bureau le premier des nombreux formulaires qu'il fallait remplir dans les affaires de suicide, mais il y jeta à peine un coup d'œil. Ce ne serait que lorsqu'il aurait eu le rapport de Venturi qu'il saurait comment procéder.

Il appela la salle des officiers de police, mais Vianello n'était pas là et Pucetti n'avait sans doute pas encore terminé d'explorer la chambre de Moro. Il composa alors le numéro de la signorina Elettra et lui demanda de procéder à une recherche auprès de toutes les sources qu'elle pouvait imaginer, officielles ou non, susceptibles de lui procurer des informations sur la double carrière de Fernando Moro, comme médecin et comme député. Elle lui répondit qu'elle avait déjà commencé et promit qu'elle aurait quelque chose pour lui avant la fin de la journée.

L'idée d'aller déjeuner chez lui lui déplaisait : manger ne paraissait soudain pas de saison, cela semblait même être une extravagance. Il éprouvait un désir sourd d'être au milieu de ses collègues, tout en sachant que son humeur actuelle le rendrait attentif au point de les mettre tous mal à l'aise. Il appela donc Paola et lui dit qu'il n'avait pas le temps de rentrer déjeuner, qu'il était retenu à la questure et que oui, bien sûr, il allait manger quelque chose et qu'il rentrerait ce soir à l'heure habituelle.

« J'espère que ce n'est pas trop grave, dit Paola, lui faisant ainsi comprendre qu'elle avait bien senti qu'il se passait quelque chose de sérieux, en dépit du ton neutre qu'il avait essayé d'adopter.

– À plus tard, se contenta-t-il de répondre, peu désireux de lui donner des explications. Embrasse les enfants pour moi.» Et il raccrocha.

Il resta deux ou trois minutes à son bureau, songeur, puis tira quelques papiers à lui et les examina; il lisait les mots, il les comprenait, mais sans être sûr de saisir leur sens une fois mis bout à bout. Il repoussa les documents, les reprit, tenta à nouveau de les lire, tout en continuant à se demander qui pourrait bien trouver important le message qu'ils contenaient.

Il se leva et alla à sa fenêtre, d'où il étudia la grue qui continuait à monter la garde devant l'église dont la restauration aurait dû commencer depuis belle lurette. Il avait lu quelque part (ou on lui en avait parlé) que la location de ces grues immobiles – les mêmes attendaient devant les ruines de la Fenice – était d'un coût exorbitant pour la ville. Dans quelle poche allait tout cet argent? se demanda-t-il. Qui tirait ces profits colossaux d'une telle inertie? Histoire de ne pas penser à la mort du jeune homme, il se mit à faire de vagues calculs à partir des chiffres qu'on lui avait donnés. Si chaque grue revenait à cinq mille euros par jour de location, il en coûtait à la ville presque deux millions d'euros par an – pour simplement les avoir plantées là, qu'elles travaillent ou non. Il resta ainsi longtemps debout à sa fenêtre, les chiffres roulant dans sa tête à un rythme sans rapport avec l'activité déployée ces derniers temps par les grues.

Puis il fit soudain demi-tour vers son bureau, mais il n'avait personne à appeler. Il quitta donc la pièce, descendit l'escalier et sortit de la questure. Il n'alla pas plus loin que le bar situé au pied du pont, où il mangea un panino accompagné d'un verre de vin rouge tout en feuilletant négligemment le journal.

6

Il eut beau traîner autant qu'il le put, Brunetti ne pouvait pas faire autrement que retourner à la questure. Il s'arrêta dans la salle des officiers de police, où il trouva Vianello en compagnie de Pucetti. Le jeune policier voulut se lever mais Brunetti lui fit signe de rester assis. Un seul de leurs collègues était présent ; mais à l'autre bout de la salle, et il parlait au téléphone.

« Quelque chose ? » demanda-t-il.

Pucetti regarda Vianello, reconnaissant ainsi son droit de parler le premier.

« Je l'ai ramené à son domicile, dit l'inspecteur avec un haussement d'épaules, mais il ne m'a pas laissé le raccompagner jusqu'à l'appartement. Et vous, commissaire ?

– J'ai pu parler avec Moro et une cousine à lui qui se trouvait sur place. D'après elle, jamais ce garçon n'a pu envisager de se suicider. Elle a beaucoup insisté là-dessus. » Quelque chose l'empêcha d'ajouter avec quelle facilité il s'était fait congédier par Moro père.

« Sa cousine, vous dites ? intervint Vianello, d'un ton tout aussi neutre que celui de son supérieur.

– Elle s'est présentée à moi comme ça. » L'habitude de douter de tout, se dit Brunetti, de rechercher le plus petit dénominateur moral commun, était devenue une seconde nature chez eux. Il se demanda s'il n'existait pas une sorte de corrélation psychologique entre le nombre d'années passées dans la police et une incapacité grandissante à croire en la bonté de l'espèce humaine. Et s'il était possible, ou pendant combien de temps il était possible, de naviguer entre ses univers professionnel et privé sans que le deuxième fût contaminé par le premier.

Vianello lui disait quelque chose et il sortit de sa distraction, s'excusant de devoir le faire répéter.

« Je vous demandais si sa femme était là. »

Brunetti secoua la tête. « Je ne sais pas. Je n'ai vu personne d'autre que Moro et sa cousine pendant les quelques minutes où je suis resté sur place ; je n'ai pas dépassé l'entrée. Elle n'aurait eu aucune raison, de toute façon, de vouloir me parler.

– Mais a-t-il une femme ? » demanda Pucetti en soulignant *a-t-il*.

Pour ne pas devoir admettre qu'il l'ignorait, Brunetti expliqua qu'il avait demandé à la signorina Elettra de voir ce qu'elle pourrait trouver sur la famille Moro.

« Il me semble qu'on a parlé d'eux dans les journaux il y a quelques années », dit Vianello. Brunetti et Pucetti attendirent la suite, mais l'inspecteur ne se souvenait pas à propos de quoi, sinon qu'il avait aussi été question de sa femme.

« Quoi qu'il soit arrivé, elle le trouvera », déclara Pucetti d'un ton assuré.

Quelques années auparavant, Brunetti aurait réagi avec condescendance à la foi naïve que Pucetti mettait dans les pouvoirs de la signorina Elettra, comme il l'aurait fait à la crédulité excessive des paysans en extase devant la liquéfaction du sang de Saint Janvier. Appartenant lui-même aujourd'hui à la foule des admirateurs inconditionnels de la secrétaire, il ne fit aucun commentaire.

« Pourquoi tu ne racontes pas au commissaire ce que tu m'as déjà dit ? demanda Vianello à Pucetti, tirant le jeune policier de ses dévotions et Brunetti de ses réflexions.

– Ah, oui. Le concierge m'a expliqué qu'on fermait les portes le soir à dix heures, commença Pucetti. Mais la plupart des professeurs ont leur clef ; seuls les étudiants qui rentrent après cette heure doivent le sonner pour qu'il ouvre.

– Et ? fit Brunetti.

– Je ne suis pas bien sûr… Deux des garçons que j'ai interrogés – je veux dire, interrogés séparément – ont eu l'air de trouver ça marrant. Je leur ai demandé ce qui les faisait rire et l'un d'eux m'a souri et m'a fait ce geste.» Pucetti porta à plusieurs reprises son pouce à sa bouche.

Brunetti enregistra le sens de cette mimique universelle et laissa Pucetti poursuivre. «J'ai l'impression que les garçons n'exagéraient pas et que le concierge est un ivrogne. Il était à peu près onze heures du matin quand je lui ai parlé et il était déjà sérieusement éméché.

– D'autres cadets t'en ont parlé ?

– J'ai préféré ne pas trop insister là-dessus, commissaire. Je ne tenais pas à ce qu'ils sachent exactement ce que j'avais déjà appris par les autres. Il vaut toujours mieux les laisser dans l'incertitude, qu'ils puissent penser que je sais déjà tout ce qu'il faut savoir ; comme ça, ils se disent que s'ils mentent, je m'en rendrai compte. Bref, j'ai eu l'impression qu'ils pouvaient entrer et sortir comme ils voulaient, en réalité.»

D'un signe de tête, Brunetti lui demanda de continuer.

«À part ça, je n'ai pas appris grand-chose, j'en ai peur, admit Pucetti. Ils étaient tellement sous le choc, pour la plupart, que c'étaient plutôt eux qui me bombardaient de questions.

– Qu'est-ce que tu leur as demandé, exactement ?

– Ce que vous m'avez dit, commissaire : s'ils connaissaient bien Moro, s'ils lui avaient parlé ces jours derniers. Mais pas un ne se souvenait de quoi que ce soit de particulier qu'il leur aurait dit, ou qu'il aurait fait, ou d'un comportement bizarre qu'il aurait eu. Et aucun n'a reconnu qu'il avait été très ami avec lui.

– Et les profs ?

– Pareil. Aucun de ceux à qui j'ai parlé ne se souvenait de la moindre chose bizarre sur le comportement de Moro, ces derniers jours. Et tous m'ont répété que c'était un garçon remarquable, mais en s'empressant d'ajouter qu'ils n'étaient pas très proches de lui. »

Les trois policiers connaissaient bien, eux, ce phénomène : la plupart de gens refusaient de parler. Souvent, quand on les interrogeait, ils avaient du mal à admettre qu'ils savaient quelque chose sur le sujet d'enquête de la police. Parmi les ouvrages sur lesquels Paola avait dû faire des recherches quand elle avait soutenu sa thèse, il y avait un texte médiéval anonyme, connu sous le nom de *Nuage de l'inconnaissance*. Un instant, Brunetti se le représenta comme un lieu abrité, chaud et sec, où tous les témoins réels, ou potentiels, se réfugiaient tels des lemmings terrorisés et où ils restaient massés les uns contre les autres jusqu'à épuisement des questions.

Pucetti continua. « J'aurais bien voulu parler à son coturne, mais il n'était là ni la veille ni l'avant-veille. » Devant l'intérêt soudain que manifestèrent ses interlocuteurs, il ajouta : « Vingt-trois cadets, dont le compagnon de chambrée de Moro, sont partis pour le week-end à l'Académie navale de Livourne. Pour un match de foot. La partie avait lieu dimanche, mais ils ont assisté à des cours là-bas hier, lundi, et ce matin. Ils ne rentreront chez eux que ce soir. »

Vianello secoua la tête, la résignation incarnée. « J'ai bien peur que même si on les interrogeait tous, on n'obtienne rien de plus. » Pucetti haussa les épaules, acquiesçant en silence.

Brunetti s'abstint de leur faire remarquer que c'était ce à quoi on devait s'attendre de la part des gens qui considéraient comme des adversaires tous ceux qui incarnaient l'autorité et tentaient de l'imposer. Ses lectures lui avaient appris qu'il existait des pays où les citoyens ne voyaient pas leur gouvernement et ses représentants comme une force inamicale mais croyaient, au contraire, qu'ils étaient là pour répondre à leurs besoins, sinon à leurs désirs. Comment réagirait-il si quelqu'un lui disait que c'était vrai aussi en Italie, dans cette ville ? Il aurait trouvé là une preuve de désordre mental plus convaincante que si son interlocuteur avait eu une passoire sur la tête.

Vianello et Pucetti devaient retourner sur place cet après-midi même pour interroger les autres cadets et ceux des professeurs qu'ils n'avaient pas encore rencontrés. Tels furent les ordres de Brunetti, qui ajouta simplement qu'il serait dans son bureau, avant de les quitter.

La curiosité d'apprendre ce qu'elle avait pu découvrir s'ajoutant à son envie de voir la signorina Elettra le poussa à faire un petit détour par le premier étage et à se rendre dans l'antichambre qui servait de bureau à la secrétaire. En poussant la porte, il eut l'impression d'entrer dans une serre, sinon une jungle tropicale : quatre arbres en pot, aux innombrables feuilles d'un vert sombre et brillant et dont les cimes touchaient le plafond, étaient alignés devant le mur du fond, mangeant la moitié du passage conduisant au bureau du vice-questeur. Avec cette couleur foncée en fond, la signorina Elettra, aujourd'hui habillée des nuances safranées que se réservaient d'ordinaire les moines bouddhistes, assise à son bureau, avait l'air de quelque gigantesque et appétissant fruit exotique exposé devant l'arbre duquel il serait tombé.

« Des citronniers ?

– Oui.

– Et où les avez-vous dégotés ?

– Un de mes amis a mis en scène *Lulu* à l'opéra, récemment. Il me les a envoyés après la dernière représentation.

– *Lulu* ? »

Elle sourit. « Oui, *Lulu*.

– Je ne me rappelais pas qu'il y avait des citronniers dans *Lulu*, observa-t-il, intrigué, mais ne demandant que la grâce d'être éclairé.

– Il a déplacé l'action en Sicile.

– Ah… » Il essaya de se souvenir de l'intrigue. Quant à la musique, il l'avait miséricordieusement oubliée. Ne sachant vraiment pas que dire, il demanda à la jeune femme si elle était allée voir l'opéra de Berg.

Elle prit tellement de temps pour répondre qu'il crut que sa question l'avait offensée. « Non, signor, dit-elle finalement. Je ne suis pas très exigeante, mais il n'est pas question pour moi d'aller assister à un opéra sous une tente. Une tente dressée sur un parking. »

Brunetti, dont les principes esthétiques s'appuyaient sur des critères encore plus rigoureux, hocha la tête. « Avez-vous pu trouver quelque chose sur les Moro ? »

Elle eut un sourire plus discret, mais un vrai sourire tout de même. « J'ai déjà quelques renseignements. J'attends un coup de fil d'un ami de Sienne. Il a des choses à me dire sur Federica, sa femme.

– À propos de quoi ?

– Elle a été impliquée dans un accident, là-bas.

– De quel genre ?

– Un accident de chasse.

– De chasse ? Une femme impliquée dans un accident de chasse ? » Son incrédulité était perceptible dans sa voix.

Elle souleva un sourcil comme pour suggérer que tout était possible dans un monde où un metteur en scène situait *Lulu* en Sicile, mais se contenta de dire : « Je veux bien oublier tout ce que cette remarque a d'outrageusement sexiste, commissaire », s'interrompant quelques instants pour des raisons didactiques, puis ajouta : « C'est arrivé il y a environ deux ans. Elle était allée passer quelques jours chez des amis qui ont une maison de campagne du côté de Sienne. Un après-midi où elle était sortie marcher, elle a reçu un coup de fusil à la jambe. Heureusement on l'a découverte avant qu'elle ne perde tout son sang et on a pu la transporter à l'hôpital.

– A-t-on retrouvé le chasseur ?

– Non. Mais la saison était ouverte, et ils ont supposé que le type avait entendu un bruit, cru que c'était un animal et tiré sans bien voir sa cible. »

Brunetti était trop indigné pour lui faire remarquer que cette description des faits était elle aussi sexiste, à sa manière. « Quoi ? Il n'a pas pris la peine de voir sur quoi il avait tiré ? » Puis une hypothèse plus vraisemblable, bien que plus affligeante, lui vint à l'esprit. « À moins, bien sûr, qu'il ait préféré s'esquiver en voyant sur qui il avait tiré…

– Qu'est-ce que vous croyez ? C'est ce qu'ils font tous ! lui dit-elle, partageant son indignation. Vous ne lisez pas les journaux ? Tous les ans, dès l'ouverture, on entend parler de trois ou quatre chasseurs qui se sont fait tuer. Et ça dure pendant toute la saison. Il n'y a pas que ceux qui se prennent les pieds dans leur propre fusil et se font sauter la cervelle, poursuivit-elle, et que les autres laissent crever sur place pour ne pas être impliqués et risquer une accusation d'homicide. »

Il allait répondre, lorsqu'elle ajouta encore quelque chose : « En ce qui me concerne, ils peuvent bien tous s'entre-tuer. »

Brunetti attendit qu'elle se calme et revienne sur cette énormité, puis décida de laisser de côté les sentiments de la signorina Elettra pour les chasseurs. « A-t-on appelé la police ? Quand cet accident est-il arrivé ?

– C'est précisément la réponse à ces questions que j'attends, commissaire – avec le rapport de police.

– Et où se trouve-t-elle, actuellement ?

– Autre question à laquelle j'essaie de répondre.

– Elle n'est pas avec son mari ?

– Peux pas vous le dire. J'ai jeté un coup d'œil dans les archives de la ville, mais elle ne figure pas comme résidente à cette adresse, alors qu'ils possèdent l'appartement en indivision. »

Brunetti était tellement habitué à ses incursions illégales dans les banques de données les plus diverses qu'il ne fut pas un instant troublé par l'idée qu'une personne plus soucieuse de précision légale aurait traduit « jeté un coup d'œil » par « forcé le code d'entrée ».

Bien des choses, certes, pouvaient expliquer pourquoi l'épouse du dottor Moro n'était pas enregistrée à l'adresse de Dorsoduro, même si l'interprétation la plus plausible était une séparation de corps. « Avertissez-moi dès que vous aurez le rapport sur l'accident de chasse », lui dit-il, craignant de la voir reprendre sa mercuriale contre les chasseurs. Comme pour la plupart des Vénitiens, la chasse laissait Brunetti indifférent ; il y voyait un exercice coûteux, malcommode et excessivement bruyant. Qui plus est, son expérience de policier et son habitude de réfléchir aux bizarreries du comportement humain l'avaient conduit à remarquer qu'il existait une corrélation inquiétante entre l'intérêt que portait un homme aux armes à feu et ses problèmes de sexualité.

« Il aurait pu s'agir d'un avertissement, dit-il de but en blanc.

– Je sais. » Elle y avait pensé elle-même à l'instant où elle lui avait raconté l'accident. « Un avertissement, oui. Mais contre quoi ? »

7

Avec les années, le scepticisme qui s'était infiltré jusqu'au plus profond de Guido Brunetti l'obligeait à soupçonner que l'accident de la signora Moro n'en était peut-être pas un. Elle avait sûrement crié quand elle avait été touchée, et un cri de femme avait dû faire arriver le tireur en courant, sans compter qu'il voyait mal un chasseur tirant au jugé sans aller voir le résultat. Il avait beau n'avoir qu'une piètre opinion des gens pour qui tuer est une agréable distraction, il avait du mal à penser qu'un de leurs représentants aurait pu laisser sur place une femme blessée et perdant son sang. Cette conviction le conduisit à s'interroger sur le genre de personne capable d'un tel acte, puis sur le genre d'autre violence dont celle-ci pourrait être l'auteur.

S'ajoutaient à cela des spéculations sur le fait que Moro, après avoir été député au Parlement pendant quelque temps, avait démissionné à peu près à l'époque de cet accident. Une coïncidence de genre, de sujet ou de temps pouvait lier des événements entre eux : le même genre d'incidents arrivant à des gens différents, ou des incidents différents arrivant à la même personne, ou des incidents se produisant en même temps. Dans le cas présent, il s'agissait donc d'une coïncidence de temps : Moro se démet de son siège au Parlement, la signora Moro est blessée dans un accident de chasse. En temps normal, voilà qui n'aurait guère éveillé ses soupçons, en dépit de son penchant naturel en la matière, si la mort de leur fils ne lui avait procuré un point de départ qui lui permettait d'entamer un travail, si l'on peut dire, de triangulation spéculative : les trois événements n'avaient-ils pas un lien ?

L'image que se faisait Brunetti du Parlement était assez voisine de celle que la plupart des Italiens se font de leur belle-mère. Bien que ne pouvant s'appuyer sur le type de loyauté due aux liens du sang, une belle-mère italienne n'en exige pas moins obéissance et respect, sans pourtant jamais se comporter d'une manière qui les lui ferait mériter. Cette présence étrangère imposée par les hasards de l'existence ne cessait de multiplier ses exigences en échange d'une promesse jamais tenue d'harmonie domestique. Il était futile de résister, car toute manifestation d'opposition se traduisait inévitablement par des répercussions trop sournoises pour pouvoir être anticipées.

Il décrocha son téléphone et composa le numéro de son foyer, mais il n'obtint que le répondeur, au bout de quatre sonneries, et raccrocha sans avoir laissé de message. Il se pencha alors pour prendre l'annuaire dans le tiroir du bas de son bureau, l'ouvrit à la page des *P* et arriva à *Perulli, Augusto*. Il nota le numéro et le composa après avoir laissé retomber l'annuaire dans le tiroir.

Une voix masculine décrocha à la troisième sonnerie. « Perulli.

– Brunetti. Il faut que je te parle. »

Il y eut un silence prolongé, puis l'homme dit : « Je me demandais quand tu allais m'appeler.

– Je te crois sans peine, se contenta de dire Brunetti.

– On peut se voir dans une demi-heure. J'aurai une heure à te consacrer. Sinon, pas avant demain.

– J'arrive tout de suite. »

Il referma le tiroir d'un coup de talon et quitta son

bureau et la questure. Disposant d'un peu de temps, il préféra se rendre au Campo San Maurizio à pied et, comme il était tôt, il décida d'aller dire bonjour en passant à son ami le bijoutier. Mais il avait la tête ailleurs et ne resta que le temps d'échanger une embrassade et de promettre de venir bientôt dîner avec Paola, puis il traversa la place et prit la direction du Canal Grande. La dernière fois qu'il s'était rendu à l'appartement de Perulli remontait à six ans ; c'était au terme d'une longue enquête sur la piste de l'argent sale – l'argent de la drogue – qui partait du nez des adolescents de New York pour se retrouver sur le compte numéroté d'une banque genevoise ; piste qui avait marqué un arrêt suffisamment prolongé à Venise pour investir dans deux tableaux anciens, destinés à rejoindre l'argent dans la salle des coffres de cette institution éminemment discrète. L'argent était arrivé sans encombre, transitant par l'empyrée impalpable du cyberespace, mais les peintures, composées d'une matière qui l'était beaucoup moins, n'avaient pu franchir la douane de l'aéroport de Genève. Il s'agissait d'un Palma il Vecchio et d'un Marieschi, autrement dit d'œuvres appartenant au patrimoine artistique de l'Italie et, à ce titre, ne pouvant en être exportées, du moins légalement.

À peine quatre heures après la découverte des toiles par un douanier doué de flair, Augusto Perulli avait appelé les carabiniers pour signaler qu'elles lui avaient été volées. On n'avait rien pu trouver pour prouver que Perulli aurait pu être informé de leur interception, sans quoi il aurait fallu faire l'hypothèse tout à fait invraisemblable d'une corruption dans les forces de police. Le vice-questeur avait donc décidé que, en tant qu'ancien camarade de classe de Perulli resté en très bons termes avec lui, Brunetti serait chargé d'aller parler avec le propriétaire des tableaux. Décision prise seulement le lendemain de la découverte des toiles, alors que l'homme qui les avait transportées venait d'être relâché par la police, une bévue qui n'avait jamais pu être expliquée aux autorités italiennes à leur entière satisfaction.

Lorsque Brunetti avait enfin pu parler à son ancien camarade de classe, Perulli lui dit qu'il ne s'était rendu compte de la disparition des peintures que la veille et qu'il n'avait aucune idée de la façon dont le vol s'était produit. Lorsque le commissaire avait voulu savoir pourquoi seules deux des œuvres de la collection avaient été emportées, Perulli mit un terme définitif à l'interrogatoire en donnant sa parole d'honneur qu'il n'en avait aucune idée, et Brunetti le crut.

Deux ans plus tard, le passeur malencontreusement relâché par Genève fut de nouveau arrêté par les Suisses, mais à Zurich, cette fois-ci, et pour trafic d'immigrés clandestins. Prêt à faire n'importe quel compromis avec la police, l'homme avait révélé que c'était Perulli luimême qui lui avait confié les toiles, le chargeant de les faire passer la frontière et de les remettre à leur nouveau propriétaire. À l'époque, Perulli venait d'être élu au Parlement et, comme tel, ne pouvait faire l'objet ni de poursuites ni d'une arrestation.

« Ciao, Guido », dit Perulli en ouvrant la porte. Il tendit la main.

Brunetti eut conscience que sa brève hésitation à la prendre et à la serrer put paraître théâtrale – et Perulli aussi. Ni l'un ni l'autre ne firent semblant de ne pas être sur leurs gardes, et ils s'étudièrent mutuellement et sans se cacher, à la recherche de signes de vieillissement depuis la dernière fois qu'ils s'étaient vus.

« Ça fait un bail, non ? » dit Perulli en se tournant pour précéder Brunetti dans l'appartement. Grand et mince, l'homme se déplaçait avec la grâce et la fluidité qui étaient déjà les siennes du temps de leur jeunesse. Il avait toujours une tignasse épaisse et portait même les cheveux plus longs qu'autrefois ; sa peau, lisse et tendue, présentait cette nuance riche et chaude qu'un épiderme a normalement à la lueur d'un soleil déclinant. Quand est-ce qu'il s'était mis à chercher ainsi, sur le visage des personnes qu'il connaissait depuis l'enfance, amis ou relations, des indices de l'âge ? se demanda Brunetti.

L'appartement ne lui parut pas avoir beaucoup changé par rapport à son souvenir : haut de plafond, bien proportionné, ses fauteuils et ses canapés étaient une invitation à s'installer confortablement et à parler à cœur ouvert, sinon de manière indiscrète. Des portraits d'hommes et de femmes des siècles passés étaient accrochés au mur : Perulli, savait le policier, en parlait d'un ton indifférent qui laissait cependant entendre que c'étaient ses ancêtres, alors que sa famille avait habité pendant des générations à Castello, vivant de la fabrication de produits de charcuterie.

Ce qu'il y avait de nouveau, en revanche, était un alignement de photos dans des cadres d'argent, posées sur une copie assez médiocre de crédence florentine de style Renaissance. Brunetti prit le temps de les examiner et constata qu'elles ponctuaient la carrière du maître des lieux : le jeune homme avec ses amis ; le diplômé de l'université posant en compagnie d'un des pontes du parti auquel il avait fait allégeance ; l'adulte bras dessus bras dessous avec l'ancien maire de la ville, puis en compagnie du ministre de l'Intérieur et de celle du patriarche de Venise. Derrière ces clichés, dans un cadre plus élaboré, on voyait un Perulli souriant sur la page de couverture d'une revue qui avait disparu depuis quelque temps. Cette photo, mais surtout le besoin qu'éprouvait Perulli de l'exhiber, remplit Brunetti, en dépit de lui-même, d'une énorme tristesse.

« Puis-je t'offrir quelque chose ? demanda Perulli depuis l'autre côté du séjour, debout devant l'un des canapés de cuir et désirant manifestement régler cette question avant de prendre place.

– Non, rien, je te remercie.»

Perulli s'assit, tirant délicatement sur le pli de son pantalon pour ne pas le froisser, geste que Brunetti avait déjà observé, certes, mais seulement chez les personnes âgées. Écartait-il les pans de son manteau avant de s'asseoir dans le vaporetto?

«Je suppose que tu ne tiens pas à faire semblant que nous sommes encore amis, n'est-ce pas?

– Je ne veux faire semblant de rien du tout, Augusto. Je souhaite simplement te poser quelques questions, et surtout que tu y répondes honnêtement.

– Pas comme la dernière fois?» demanda Perulli avec un sourire qui se voulait enfantin mais qui ne parvenait qu'à le faire paraître madré. Brunetti hésita un instant: il y avait quelque chose de différent dans la bouche de son ex-condisciple, dans la manière dont elle se tendait.

«Puisque c'est toi-même qui le dis, répondit Brunetti, surpris du calme teinté de mélancolie avec lequel il avait réagi.

– Et si je ne peux pas y répondre?

– Tu me le dis, et je m'en irai.»

Perulli acquiesça d'un signe de tête. «Bon. Je n'avais pas le choix, Guido, tu sais.»

Brunetti préféra faire comme si son interlocuteur n'avait rien dit. «Est-ce que tu connais Fernando Moro?»

La réaction de Perulli fut différente de celle qu'il aurait eue s'il avait simplement reconnu un nom. «Oui.

– Bien?

– Il doit avoir deux ans de plus que nous, à peu près, et nos pères étaient amis; c'est-à-dire que je le connaissais assez bien pour le saluer et même prendre un verre avec lui, du moins quand nous étions jeunes. Mais certainement pas au point de dire que c'est un ami.»

Quelque chose avertit Brunetti de ce qui allait suivre et, craignant de l'entendre ajouter : « Pas comme avec toi » ou une remarque de cet ordre, il garda le silence.

« Le rencontrais-tu à Rome ?

– À titre privé ou professionnel ?

– Les deux.

– À titre privé, non. Mais il a bien dû m'arriver de le rencontrer deux ou trois fois à Montecitorio. Nous n'étions pas dans le même parti et nous n'avions pas d'occasion de collaborer.

– Même pas dans des commissions ?

– Nous n'étions pas dans les mêmes.

– Et sa réputation ?

– Que veux-tu dire par là ? »

Brunetti retint le soupir qu'il avait envie de lâcher et prit un ton neutre pour répondre. « En tant que politicien. Qu'est-ce que les gens pensaient de lui ? »

Perulli décroisa ses longues jambes pour les recroiser dans l'autre sens. Il inclina la tête, porta une main à son front et se le frotta du bout des doigts, geste machinal de toujours, lorsqu'il pensait à quelque chose ou devait réfléchir avant de donner une réponse. Sous cet angle nouveau, le visage de Perulli apparut changé à Brunetti, en particulier dans la saillie que faisaient ses pommettes, qui paraissaient plus aiguës et plus nettement définies que quand il était jeune. Il s'exprima, lorsqu'il se décida à parler, d'une voix douce. « Je dirais que, d'une manière générale, les gens le considéraient comme honnête. » Il abaissa la main et esquissa un sourire. « Peut-être trop honnête. » Son sourire s'agrandit pour redevenir ce sourire, si séduisant, auquel les jeunes filles et les femmes avaient du mal à résister.

« Qu'est-ce que tu veux dire ? » demanda Brunetti, obligé de faire un effort pour lutter contre la colère grandissante qu'il ressentait, tant les réponses de Perulli avaient un ton ironique.

L'homme ne répondit pas tout de suite et, tandis qu'il réfléchissait à ce qu'il allait répondre, ou peut-être à la manière dont il allait le dire, il serra la bouche en une petite moue, à plusieurs reprises, une mimique que le commissaire ne lui connaissait pas. «Je suppose que j'ai voulu dire qu'il était parfois difficile de travailler avec lui», finit-il par répondre.

Cela n'apprenait rien à Brunetti. «Mais encore ?»

Perulli ne put retenir un coup d'œil irrité en direction de son ancien condisciple ; mais lorsqu'il parla, ce fut d'une voix calme, peut-être trop calme. «Pour les gens qui n'étaient pas d'accord avec lui, cela voulait dire qu'il était impossible de le convaincre de voir les choses d'un point de vue différent.

– Le leur, tu veux dire ?» demanda Brunetti d'un ton neutre.

Perulli ne mordit pas à l'hameçon et se contenta de répondre : «De tout point de vue différent de celui pour lequel il s'était décidé.

– Est-ce que tu l'as expérimenté toi-même ?»

Perulli eut un mouvement de dénégation de la tête. «Je te l'ai dit, nous n'avons jamais travaillé dans les mêmes comités.

– Et lui, sur lesquels travaillait-il ?»

Perulli s'appuya de la nuque au dossier de son fauteuil et ferma les yeux. Brunetti ne put s'empêcher de voir dans ce geste une volonté manifeste de montrer l'énergie qu'il devait dépenser pour répondre à ses questions.

Après un silence anormalement prolongé, Perulli répondit. «Pour autant que je m'en souvienne, il était membre d'un comité de surveillance de la Poste, d'un autre qui a quelque chose à voir avec l'agriculture et d'un troisième…» Il s'interrompit, adressa à Brunetti un petit sourire complice, puis reprit la parole. «Sincèrement, je ne m'en souviens pas. Peut-être la mission en

Albanie, un de ces trucs d'aide humanitaire, ou peut-être le problème de la retraite des agriculteurs. Je ne sais pas.

– Et que font ces comités ?

– Eh bien, ce qu'ils sont supposés faire, pardi ! » Perulli paraissait sincèrement étonné qu'un citoyen responsable comme Brunetti eût besoin de poser cette question. « Ils étudient le problème.

– Et ensuite ?

– Ils font des recommandations.

– À qui ?

– Au gouvernement, bien entendu.

– Et qu'est-ce qui arrive ensuite à ces recommandations ?

– Elles sont examinées et étudiées, et une décision est prise. Si c'est nécessaire, elles font l'objet d'une loi, ou bien une loi existante est amendée.

– Aussi simple que ça, pas vrai ? »

Le sourire de Perulli n'eut pas le temps de se déployer complètement, pétrifié avant par le ton sarcastique qu'avait employé Brunetti.

« Tu peux plaisanter autant que tu veux, Guido, mais ce n'est pas facile de diriger un pays comme celui-ci.

– Parce que tu t'imagines que tu le diriges ?

– Non, pas moi personnellement, dit-il d'un ton qui semblait empreint de quelque regret. Bien sûr que non.

– Vous tous collectivement, alors ? Le Parlement ?

– Si ce n'est pas nous, qui ? » Son ton avait monté, mais on aurait peut-être pu y détecter davantage de colère que d'indignation.

« En effet », se contenta d'admettre Brunetti. Puis, laissant s'écouler lui aussi un long silence, il reprit, d'un ton de voix tout à fait normal : « Sais-tu autre chose sur ces comités, par hasard ? Sur qui y siégeait avec lui, peut-être ? »

Privé de la cible de sa colère par le soudain changement de sujet de Brunetti, Perulli hésita avant de répondre. «Je ne suis pas sûr qu'il y ait grand-chose à dire sur eux. Aucun n'était important et c'est en général les nouveaux élus n'ayant pas beaucoup d'appuis qui s'y retrouvent.

– Je vois, dit Brunetti, toujours aussi neutre. Et tu n'en connaissais aucun?»

Brunetti crut un instant avoir poussé trop loin et que l'homme allait se rebiffer, voire refuser de lui accorder plus de temps, mais le parlementaire se résigna finalement à répondre. «J'en connais un ou deux, mais pas très bien.

– Pourrais-tu leur parler?

– De quoi? demanda Perulli, tout de suite soupçonneux.

– De Moro.

– Non, répliqua-t-il sans hésiter.

– Et pourquoi pas? voulut savoir Brunetti, bien qu'ayant une idée assez précise de la réponse.

– Parce que quand tu m'as appelé, tu as dit que tu avais quelques questions à me poser. Mais pas que tu voulais que je me mette à faire ton boulot à ta place.» Il avait parlé avec de plus en plus d'énervement dans la voix. Il regarda Brunetti, qui ne dit rien, et ce silence parut suffire à déclencher une nouvelle bouffée de colère chez le parlementaire. «J'ignore ce que tu veux savoir à propos de Moro, mais c'est une bonne chose que quelqu'un s'intéresse enfin de plus près à lui.» Deux taches rouges, de la taille de balles de golf, se mirent à fleurir sur ses joues.

«Et pourquoi?»

Perulli décroisa de nouveau ses jambes mais, cette fois-ci, se pencha en avant, son index accusateur pointant à plusieurs reprises en direction de Brunetti. «Parce que c'est un salopard, un hypocrite, qui n'arrête pas de parler de malversations et de fraudes et...» Le timbre de voix de Perulli changea tout d'un coup et il étira les dernières syllabes d'une manière qui rappelait tout à fait la façon de parler de Moro. «... et de notre responsabilité de citoyen, poursuivit-il dans une imitation qui se faisait caricaturale. Nous ne pouvons continuer à traiter notre charge et le Parlement comme si c'était une auge et nous un troupeau de cochons.» Il était parfaitement clair qu'il citait Moro.

Brunetti pensa que son ancien condisciple, échauffé, allait continuer dans la même veine : jamais Augusto n'avait su s'arrêter. Mais il le surprit en retombant dans le silence, même s'il ne put résister à la tentation, auparavant, de narguer Brunetti en ajoutant : «S'il a fait quelque chose, cela ne me surprend pas : il n'est pas différent de nous.

– De vous, c'est-à-dire les premiers à avoir le groin dans l'auge ?» demanda Brunetti d'un ton doucereux.

Ces paroles firent l'effet d'une gifle à Perulli. Il s'élança, la main droite tendue vers la gorge de Brunetti, mais dans sa colère, il avait oublié la table basse qui les séparait. Il la heurta du haut des tibias, s'étala dessus et bascula par terre de l'autre côté.

Brunetti s'était levé ; voyant Augusto au sol, son premier geste fut de vouloir l'aider à se relever, mais il se reprit. Curieux, il fit un pas de côté et continua d'examiner son ancien camarade de classe. La perruque de Perulli était tombée par terre, et Brunetti vit parfaitement la petite cicatrice ourlée, au-dessus de son oreille gauche. Tout content d'avoir découvert les raisons de son apparence juvénile, il attendit un instant, le temps de voir Perulli poser les mains sur le sol pour se relever, fit demi-tour et quitta l'appartement.

8

Une fois dehors, Brunetti consulta sa montre et constata avec surprise qu'il était presque dix-sept heures. Il se sentit tout d'un coup affamé – à un moment où il était géographiquement à mi-chemin entre son domicile et son lieu de travail. Il n'avait aucune idée de ce qu'il trouverait à manger chez lui, et le temps qu'il y aille et se prépare quelque chose, il serait trop tard pour revenir à la questure. Il repassa dans sa tête l'itinéraire jusqu'à San Marco, évoquant tous les bars et toutes les trattorias qu'il connaissait le long de ce trajet puis, à l'idée de ce qu'il allait rencontrer, décida de passer par Campo Sant'Angelo et Campo San Fantin. Sachant que c'était absurde, puisqu'il avait lui-même choisi de sauter le déjeuner, il fut assailli par une vague d'auto-apitoiement : lui qui faisait son travail du mieux qu'il pouvait se retrouvait affamé à un moment où il aurait du mal à se faire servir un repas.

Il se rappela alors une des rares histoires que son père lui avait racontées sur la guerre, même si le souvenir était quelque peu confus, le vieil homme ne la lui ayant jamais racontée deux fois de la même manière. À un moment donné, alors qu'ils avançaient en Basse-Saxe, très peu de jours après la fin de la guerre, son père et deux compagnons avaient été adoptés par un chien errant, sorti d'une maison bombardée pour les suivre. Le lendemain, ils avaient mangé le chien. Avec le temps, cette histoire avait pris la valeur d'un talisman pour Brunetti, et il y repensait dès que quelqu'un parlait de nourriture d'une manière qu'il trouvait trop affectée, traitant celle-ci comme un accessoire de mode et non comme une nécessité vitale. Il lui suffisait d'entendre l'une des amies de Paola se plaindre de sa digestion délicate et de son incapacité à consommer des légumes ayant voisiné avec de l'ail pour que l'histoire lui revînt à l'esprit. Il se rappelait s'être trouvé assis quelques années avant, au cours d'un repas, en face d'un homme ayant déclaré qu'il lui était impossible de manger toute autre viande que celle de son boucher, et qu'il sentait immédiatement la différence de qualité. Lorsque le personnage eut fini de raconter ce sommet de chochotterie, et après que tous les convives l'eurent félicité pour la délicatesse de son palais, Brunetti avait balancé l'histoire du chien.

Il coupa par le Campo San Fantin et s'arrêta dans un bar où il prit deux sandwichs et un verre de vin blanc. Pendant qu'il mangeait, une séduisante brune entra, habillée d'un manteau cintré en faux léopard sous un chapeau noir dément – assemblage d'une calotte cléricale et d'une pizza au noir de seiche. Il l'étudia pendant qu'elle savourait son café ; en réalité, il fit exactement comme chacun des hommes présents dans le bar. Car tous devaient rendre grâce de cette apparition qui leur faisait chaud au cœur et illuminait leur journée.

Le moral un peu remonté, il quitta le bar et retourna à la questure. Dès la porte de son antre, il vit qu'un dossier était posé au centre de son bureau. Il fut étonné lorsqu'il découvrit qu'il s'agissait du rapport d'autopsie du dottor Venturi sur Ernesto Moro. Sa réaction immédiate fut de se demander ce que mijotait Venturi, à quelle manœuvre ou à quel jeu de pouvoir il se livrait et contre qui. La rapidité avec laquelle il avait procédé à l'autopsie et mis en forme ses conclusions ne pouvait s'expliquer que par une tentative de se gagner les faveurs de Brunetti ; or cette faveur ne pouvait lui servir que s'il envisageait de l'emporter sur un rival, réel ou supposé tel, soit dans la police, soit dans le système médical.

Brunetti refusa de spéculer plus longtemps sur les motivations de Venturi pour s'intéresser au rapport. Ernesto Moro était en excellente santé au moment de sa mort, sans aucun indice d'une maladie quelconque, sans une carie, même si ses dents présentaient des traces d'un ancien travail d'orthodontie. Il avait eu une fracture de la jambe gauche qui datait peut-être de dix ans, mais qui avait été parfaitement réduite, et possédait encore ses amygdales et son appendice.

Il était mort par strangulation. On ne pouvait savoir de quelle hauteur il était tombé quand le nœud coulant s'était resserré sur sa gorge, mais elle avait été de toute façon insuffisante pour lui casser la nuque et il était donc mort étouffé. Le décès, expliquait Venturi, n'avait pas été rapide : la corde avait provoqué d'importantes éraflures sur le devant et le côté droit du cou. Ce qui laissait à penser que pendant ses derniers instants le cadet s'était débattu dans des convulsions instinctives pour lutter contre l'étouffement. Suivaient les dimensions exactes de la douche dans laquelle on avait trouvé le corps et son envergure bras tendus. Brunetti repensa aux marques en coups de pinceau sur les parois de la douche.

D'après l'état de la nourriture retrouvée dans l'estomac du garçon, il avait dû mourir entre minuit et trois heures du matin. Aucune trace de produits stupéfiants, et il n'avait consommé que très peu de vin au cours de son dernier repas, sans doute pas plus d'un verre – en tout cas, certainement pas assez pour lui embrumer l'esprit.

Brunetti replaça les documents dans le classeur, qu'il

laissa ouvert sur son bureau. Ce rapport disait à la fois tout et rien. Il s'efforça de faire abstraction du coup de fusil essuyé par la signora Moro et de ne voir dans la mort de son fils qu'un événement sans rapport. L'hypothèse la plus évidente devenait alors une déception mal vécue ou le désir de punir quelqu'un pour le tort réel ou imaginaire qu'il lui aurait fait. Mais s'il faisait entrer la mère dans l'équation, les motifs éventuels se multipliaient exponentiellement. Au lieu d'être le moteur principal de l'action, le jeune homme devenait un simple rouage et quelque autre personne le moteur.

Suivant ce fil décousu de spéculations vagues, Brunetti se dit que le fait que la mère eût survécu signifiait qu'elle n'était pas la cible principale, laquelle devait donc être Moro père. Ou le fils lui-même ? Mais cela, de même, ne le menait nulle part : tant qu'il ne pouvait savoir pour quelle raison Moro aurait pu être une cible, tout ce qu'il pouvait imaginer était aussi fragile que les bouts épars d'information sur lesquels il se fondait.

L'arrivée de la signorina Elettra mit un terme à ce foisonnement d'hypothèses hasardeuses. « Vous l'avez lu ? demanda-t-elle avec un mouvement de tête vers le rapport d'autopsie.

– Oui. Qu'est-ce que vous en pensez ?

– Je n'arrive pas à comprendre qu'un jeune homme comme lui veuille se tuer. Je trouve ça totalement absurde.

– Ce n'est pas si inhabituel, j'en ai peur. Beaucoup d'adolescents se suicident. »

Sa réponse parut provoquer une réaction douloureuse de la jeune femme, qui s'approcha du bureau, tenant un autre classeur à la main. « Oui, mais pourquoi ?

– J'ai eu un petit entretien privé avec l'un des cadets de l'école. Il estime que l'avenir n'est fait que d'incertitudes, et il se demande même s'il y en aura un pour eux.

– C'est absurde ! s'écria-t-elle avec colère. On a toujours un avenir.

– Je ne fais que répéter ce qu'il m'a dit.

– Un cadet vous a dit ça ?

– Oui. »

Elle resta longtemps silencieuse. « Je suis sortie avec un cadet pendant quelque temps », dit-elle au bout d'un moment.

La curiosité de Brunetti fut aussitôt éveillée. « Quand vous étiez étudiante ? »

Un sourire narquois vint danser sur ses lèvres. « Certainement pas la semaine dernière, en effet… J'avais dix-huit ans. » Elle contempla un instant le plancher avant de se corriger. « Non, en réalité, je n'avais que seize ans. Voilà qui explique tout. »

Brunetti savait parfaitement quand il fallait relancer un interlocuteur. « Qui explique quoi ? »

– Que j'aie pu le supporter. »

Il se leva à moitié de son siège et fit signe à la secrétaire de s'asseoir. Elle se passa la main sur les fesses pour tendre sa jupe et posa le classeur sur ses genoux.

« Et qu'est-ce qu'il y avait de si difficile à supporter ? demanda-t-il, sincèrement intrigué que la signorina Elettra eût été capable d'endurer quelque chose qui ne lui aurait pas plu.

– J'ai failli vous répondre que c'était un fasciste comme tous les autres, et qu'il l'est encore probablement aujourd'hui, mais il y en a peut-être quelques-uns qui n'en sont pas. Je me contenterai donc de dire que *lui* était une brute fasciste et snob, comme la plupart de ses amis. » Depuis le temps qu'il la connaissait, Brunetti savait quand la signorina Elettra ne faisait que des gammes verbales et quand elle se préparait pour une aria ; il crut déceler les signes avant-coureurs d'un grand air.

« Vous ne vous en rendez compte que maintenant ?

demanda-t-il, lui offrant le plus laconique des récitatifs comme moyen de lancer l'aria.

– On les voyait tout le temps, mes copines et moi, qui paradaient en ville dans leur grande cape, et on s'imaginait que c'étaient les garçons les plus fantastiques et les plus merveilleux au monde. Si l'un d'entre eux nous adressait la parole, c'était comme si le ciel s'ouvrait et qu'un dieu en descendait. Puis, un jour, l'un d'eux… » Elle hésita sur la façon de choisir ses mots et changea de direction. « Bref, j'ai commencé à sortir avec un cadet.

– À sortir ?

– Oh, pour aller boire un café, se promener, juste descendre au Giardini pour s'asseoir sur un banc et parler. » Affichant un sourire mélancolique, elle se corrigea. « Pour écouter, en réalité. » Le sourire cette fois s'adressa à Brunetti. « Je crois qu'on pourrait inventer un nouveau substantif pour ça, signor : ce n'était pas une conversation, mais un *écoutage*. C'était à ça que j'avais droit à chaque rencontre : à un écoutage.

– C'était peut-être le moyen le plus rapide de voir à qui vous aviez affaire, non ? suggéra le policier d'un ton pince-sans-rire.

– Oui, répondit-elle brusquement. J'ai appris à qui j'avais affaire. »

Il ne savait plus trop quelle question lui poser. « Et qu'est-ce qu'il a pu vous raconter pour que vous ayez une telle opinion de lui ?

– Quand j'ai dit qu'il était une brute fasciste et snob ?

– Oui.

– Vous connaissez Barbara, n'est-ce pas ? demanda-t-elle, faisant allusion à sa sœur.

– Bien sûr.

– Elle faisait sa médecine à l'époque et elle passait la semaine à Padoue. On ne se voyait pas beaucoup, seulement pendant les week-ends, et encore pas tous.

Cela faisait trois semaines que je sortais avec Renzo quand elle est venue à la maison, et j'ai voulu qu'elle fasse sa connaissance. Je le trouvais tellement merveilleux, intelligent, réfléchi… » Elle eut un reniflement de mépris pour ce jugement de jeunesse et reprit. « Imaginez ça, réfléchi ! À dix-huit ans ! » Elle prit une profonde inspiration et sourit à Brunetti, qui sut ainsi que l'histoire allait bien se terminer. « À chaque fois que nous sortions ensemble, il n'était question que de politique, d'histoire, de toutes ces choses dont j'entendais parler depuis si longtemps par mes parents et Barbara. Ses discours à lui, pourtant, n'avaient pas grand-chose à voir. Mais voilà, il avait de beaux yeux bleu foncé et une décapotable, chez lui, à Milan. » Elle sourit une fois de plus au souvenir de sa naïveté d'antan et soupira.

Comme elle paraissait moins décidée à continuer, Brunetti la relança. « Et Barbara l'a finalement rencontré ?

– Oh oui. Et il a suffi qu'ils échangent trois mots pour qu'ils se haïssent l'un l'autre. Je suis sûre qu'il la prenait pour rien de moins qu'une communiste cannibale et qu'elle a dû le considérer comme un porc fasciste. » Elle lui sourit de nouveau.

« Et alors ?

– L'un des deux avait raison. »

Il éclata de rire. « Et combien de temps vous a-t-il fallu pour le comprendre à votre tour ?

– Oh, j'imagine que je l'avais toujours su, mais voilà, il avait ces yeux… Et il y avait la décapotable. » Elle rit. « Il en avait même une photo dans son portefeuille. »

Il eut un peu de mal, sur le coup, à se figurer une signorina Elettra aussi évaporée, mais au bout d'un moment de réflexion, il se dit qu'au fond ce n'était pas si surprenant.

« Qu'est-ce qui s'est passé ?

– Lorsque Barbara a commencé à m'en parler, en rentrant à la maison, ce fut comme si les écailles m'étaient tombées des yeux, comme on dit dans la Bible, je crois – c'est bien ça ? Bref, quelque chose dans ce genre. Il suffisait que j'arrête de le regarder et que je me mette à réfléchir à ce qu'il racontait pour comprendre qu'il n'était qu'un sale abruti.

– Et il racontait quoi ?

– La même rengaine que les gens comme lui vous ressortent toujours : la gloire de la nation, la nécessité de valeurs familiales fortes, l'héroïsme des hommes pendant la guerre. » Elle s'interrompit et secoua de nouveau la tête comme quelqu'un qui émerge de décombres. « C'est tout de même extraordinaire, les âneries que l'on peut écouter sans s'en rendre compte.

– Des âneries ?

– J'imagine que si ce sont des enfants qui les disent, on peut les appeler comme ça. C'est à partir du moment où des adultes les colportent qu'elles deviennent dangereuses.

– Et lui, qu'est-ce qu'il est devenu ?

– Aucune idée. Il a sans doute eu son diplôme, il est entré dans l'armée et il est allé torturer des prisonniers en Somalie. C'était son genre.

– Violent ?

– Non, pas vraiment, mais facile à entraîner. Il avait le bon credo. Vous savez bien, tous les trucs dont ils se gargarisent : l'honneur, la discipline, le besoin d'ordre. Il devait tenir ça de sa famille. Son père avait été général ou je ne sais quoi, et il n'avait jamais entendu dire autre chose.

– Comme vous, mais à l'opposé ? » demanda Brunetti avec un sourire. Il connaissait Barbara, et donc les opinions politiques des Zorzi.

« Exactement. Sauf que jamais personne dans ma famille ne m'a fait de discours sur la discipline et le besoin d'ordre. » Elle dit cela avec un orgueil non dissimulé.

Il était sur le point de lui poser une autre question mais elle se leva, comme si elle prenait soudain conscience de tout ce qu'elle venait de lui révéler sur elle-même, et se pencha pour poser le dossier sur le bureau. « Il y a là-dedans tout ce que j'ai pu obtenir, signor, dit-elle d'un ton qui rompait avec celui, familier, de la conversation qu'ils venaient d'avoir.

– Merci.

– Ça devrait être clair, mais si vous avez besoin d'explications, appelez-moi. »

Il releva qu'elle ne lui avait pas demandé de passer à son bureau ou dit qu'elle était prête à remonter dans le sien, le cas échéant. Les limites géographiques de leurs rapports officiels venaient d'être restaurées.

« Certainement. Et encore merci », ajouta-t-il alors qu'elle faisait déjà demi-tour vers la porte.

9

Le dossier contenait des photocopies d'articles de presse sur la double carrière de Fernando Moro comme médecin et homme politique. La première semblait avoir conduit à la seconde : il avait soulevé l'intérêt de l'opinion publique six ans auparavant lorsque, en tant que l'un des inspecteurs mandatés pour faire le bilan des soins hospitaliers en Vénétie, il avait rendu un rapport qui remettait en question les statistiques officielles du gouvernement provincial. D'après ces statistiques, la Vénétie avait le meilleur ratio médecins / patients de tout le continent. Le rapport Moro mettait en lumière le fait que ces chiffres excellents étaient dus à l'inclusion, dans les calculs, de trois nouveaux hôpitaux destinés à procurer un niveau de soin particulièrement élevé. L'argent de leur construction avait été débloqué et comme cet argent avait été dépensé, les statistiques incluaient ces hôpitaux et tous les services qu'ils étaient censés procurer. Les chiffres qui en résultaient avaient de quoi émerveiller : la Vénétie pouvait se targuer d'avoir le meilleur service de santé de toute l'Europe.

Ce fut le rapport Moro qui révéla un détail gênant, à savoir que ces trois établissements, aussi grandioses qu'eussent été leurs plans, aussi bien constituées qu'eussent été les équipes médicales et aussi variés les services que les uns et les autres devaient assurer, n'existaient que sur le papier. Une fois qu'on enlevait ces données des tables de calcul, les soins médicaux auxquels avaient droit les Vénitiens retombaient au niveau que les patients connaissaient: quelque part en dessous de Cuba, mais certainement très au-dessus du Soudan.

À la suite de ce rapport, Moro avait été fêté en héros par la presse et en était devenu un dans l'esprit de la population; il découvrit alors avec consternation que l'administration de l'hôpital dans lequel il travaillait avait décidé que ses talents seraient mieux employés si on lui confiait la responsabilité du pavillon des grabataires. Il protesta, faisant observer qu'en tant que cancérologue, ses services seraient plus utiles dans le pavillon d'oncologie, ce que l'hôpital considéra comme de la fausse humilité, sans doute, confirmant sa nomination.

C'est ainsi qu'il prit la décision de se présenter aux élections avant que son nom ne tombât dans l'oubli; mouvement peut-être simplement tactique, mais qui n'en fut pas moins couronné de succès.

Moro avait un jour fait la remarque que sa longue expérience des maladies en phase terminale avait été pour lui une préparation idéale pour sa carrière de parlementaire. La rumeur voulait que, tard le soir, et seulement en présence de vieux et fidèles amis, il développât cette métaphore, chose que ses collègues du Parlement finirent bien entendu par apprendre. Cela affecta peut-être le choix des comités auxquels il se retrouva affecté.

Tout en lisant la sélection d'articles que lui avait fournie la signorina Elettra, tous prétendant à une présentation neutre des faits mais tous colorés de l'affiliation politique du journal ou du journaliste, Brunetti se rendit compte qu'il y projetait lui-même les nuances de ses propres souvenirs. Il connaissait Moro depuis des années, au moins pour en avoir souvent entendu parler, et comme il partageait ses inclinations politiques, il savait qu'il nourrissait à son égard un préjugé favorable et qu'il le supposait *a priori* honnête. Il n'ignorait cependant pas à quel point cette façon de voir les choses était dangereuse, en particulier pour un policier. Toutefois, Moro n'était en rien un suspect : la manière terrifiante dont il avait manifesté son chagrin excluait qu'il fût pour quelque chose dans la mort de son fils. « Ou alors, je n'ai jamais eu de fils ; ou alors, je n'ai jamais eu d'âme », se surprit-il à murmurer à voix basse.

Il jeta un coup d'œil à la porte, gêné de s'être laissé à ce point distraire par ses pensées, mais il n'y avait personne. Il poursuivit sa lecture, mais les autres articles reprenaient simplement les informations essentielles contenues dans les premiers. Quelles que fussent les insinuations tortueuses et les explications alambiquées et spécieuses du comportement de Moro, même le plus demeuré des lecteurs voyait bien qu'on ne pouvait douter de l'intégrité de cet homme.

Les allusions devenaient moins discrètes dans certains des papiers traitant de la soudaine démission de Moro du Parlement, décision qu'il refusait de commenter et d'attribuer à autre chose que des « motifs personnels ». Le premier, rédigé par l'un des panégyristes les plus connus de la droite, soulevait la question rhétorique de savoir quel était le lien entre la démission de Moro et l'arrestation, deux semaines auparavant, de l'un des derniers membres de la bande à Baader. « Aucun, probablement », marmonna Brunetti, se surprenant une fois de plus à parler tout seul, habitude ennuyeuse qu'il avait prise lorsqu'il lisait ce genre de spéculation douteuse dans la presse.

On parlait de « l'accident de chasse » de la signora Moro dans deux entrefilets qui ne rapportaient que les faits essentiels, le second ajoutant cependant le nom de ses hôtes lorsque c'était arrivé.

Il décrocha, composa le 12 et demanda le numéro d'un certain Giovanni Ferro à Sienne, dans la province du même nom. Il y en avait deux ; il prit les deux numéros.

Il composa le premier ; une voix de femme lui répondit.
« Signora Ferro ?

— Qui est à l'appareil ?

— Je suis le commissaire Guido Brunetti, de la police de Venise, signora. »

Il entendit le petit soupir surpris de sa correspondante, qui demanda aussitôt d'une voix tendue et précipitée qu'elle ne contrôlait manifestement pas : « C'est Federica ?

— Federica Moro ? »

La femme était de toute évidence trop secouée pour répondre autre chose que oui.

« Non, signora, il ne lui est rien arrivé, je vous en prie, croyez-moi. J'appelle simplement pour l'accident d'il y a deux ans. » La femme ne dit rien, mais Brunetti l'entendait qui respirait encore fort à l'autre bout de la ligne. « Vous m'entendez, signora ? Vous allez bien ? »

Il y eut un autre long silence, et il eut peur qu'elle ne raccrochât – si elle ne l'avait déjà fait – mais elle reprit finalement la parole. « Vous êtes qui, déjà ?

— Le commissaire Guido Brunetti. De la police de Venise, signora… signora ? Vous m'entendez ?

— Oui, dit-elle, très bien. » Il y eut un troisième long silence, puis la signora Ferro dit qu'elle allait rappeler et raccrocha aussitôt, laissant Brunetti avec le souvenir de sa terreur et des intonations particulières de l'accent toscan.

Effectivement, se dit Brunetti en reposant le combiné, pourquoi aurait-elle dû croire qu'il était celui qu'il prétendait être ? Rien ne permettait de le prouver ; il avait appelé à propos d'une femme qui avait reçu un coup de fusil douteux et dont l'agresseur, selon toute vraisemblance, n'avait jamais été retrouvé par la police que Brunetti prétendait représenter.

Elle ne mit que quelques minutes pour le rappeler. Il décrocha à la première sonnerie en donnant son nom.

«Bien, dit-elle. Je tenais à être tout à fait certaine.

– C'est très sage de votre part, signora. J'espère que vous êtes convaincue, à présent, que je suis celui que je prétends être.

– Oui. Que voulez-vous savoir à propos de Federica? enchaîna-t-elle.

– Je vous appelle à propos de cet accident de chasse parce que nous avons une affaire qui pourrait avoir un lien. D'après les journaux, elle résidait chez vous et votre mari au moment où c'est arrivé.

– En effet.

– Pourriez-vous m'en dire un peu plus sur ce qui s'est passé, signora?»

Il y eut encore un long silence, puis la femme demanda: «Vous ne lui avez pas parlé?

– À la signora Moro?

– Oui.

– Non, pas encore.» Il attendit.

«Vous devriez, je crois.»

Il y avait quelque chose, dans la manière dont la signora Ferro avait donné ce conseil, qui invitait à ne pas la contrarier. «J'aimerais beaucoup, répondit-il d'un ton aimable. Pouvez-vous me dire où je pourrais la trouver?

– Elle n'est pas à Venise?» s'étonna la femme, la nervosité de leur premier entretien revenant dans sa voix.

Il adopta son ton le plus apaisant. «Vous êtes la première personne que j'ai appelée, signora. Je n'ai même pas encore eu le temps d'essayer de trouver les coordonnées de la signora Moro.» Il se sentait comme un explorateur sur un glacier qui vient de tomber sur une immense crevasse béant à ses pieds; il n'avait rien dit jusqu'ici de la mort du jeune Moro et le faire maintenant était impossible. «Est-elle ici avec son mari?»

La voix de la signora Ferro devint parfaitement neutre. «Ils sont séparés.

– Ah, je l'ignorais. Mais elle habite bien toujours ici, à Venise?»

C'est tout juste s'il ne suivait pas l'évolution de ses pensées pendant le silence qui se prolongeait. Un policier finirait toujours par retrouver son amie, tôt ou tard, dut-elle se dire. «Oui, répondit-elle finalement.

– Pouvez-vous me donner son adresse?

– Attendez, je vais la chercher.» Elle avait répondu lentement et il y eut le petit bruit mat d'un combiné qu'on pose, puis un long silence, et elle reprit l'écouteur. «San Marco 2823», dit-elle, donnant ensuite le numéro de téléphone.

Brunetti la remercia et se demandait déjà s'il ne pourrait pas lui poser d'autres questions, lorsque la signora Ferro ajouta : «Laissez le téléphone sonner une fois, puis rappelez. Elle ne veut pas être dérangée.

– Je peux comprendre ça, signora», dit-il, tandis que lui revenait soudain à l'esprit le souvenir du corps sans vie d'Ernesto Moro, tel le fantôme d'un des fils d'Ugolin.

La femme lui dit au revoir et raccrocha. Brunetti se dit alors que mis à part l'adresse de la signora Moro, qu'il aurait pu de toute façon trouver sans peine, il n'était guère plus avancé qu'avant ce coup de téléphone.

Son bureau était plongé dans la pénombre. Le soleil de la fin de l'après-midi était passé sous l'horizon et il n'aurait pas pu voir assez bien le cadran de son téléphone pour composer un numéro. Il se leva pour aller allumer à l'interrupteur près de la porte, constatant alors avec surprise qu'un ordre inhabituel régnait sur son bureau. Il l'avait rangé machinalement pendant son entretien téléphonique avec la signora Ferro : une pile de dossiers était posée au milieu, une feuille de papier sur un côté, un stylo posé perpendiculairement dessus. Il pensa soudain à la propreté obsessionnelle qui régnait dans la maison de sa mère, avant qu'elle ne tombât dans l'état de sénilité dont elle était toujours prisonnière, puis à l'explosion de désordre des mois qui avaient précédé son placement.

Au moment où il se rassit, il se sentit soudain épuisé et dut lutter contre l'envie de poser la tête sur le bureau dans ses bras croisés et de fermer les yeux. Cela faisait plus de dix heures qu'ils avaient été appelés à l'Académie, dix heures pendant lesquelles il s'était imprégné de mort et de malheur, tel un buvard pompant un liquide amer. Ce n'était pas la première fois, depuis qu'il était dans la police, qu'il se demandait combien de temps encore il pourrait continuer d'exercer un tel métier. Il s'était rassuré, par le passé, en se disant que tout irait mieux avec deux ou trois semaines de vacances ; et souvent, le fait de ne plus être dans la ville, d'être loin des crimes dont il était le témoin obligé, lui avait rendu sa bonne humeur, au moins pendant le temps de son éloignement. Mais il n'imaginait pas aujourd'hui qu'un tel éloignement dans le temps et dans l'espace pût le débarrasser de ce sentiment de futilité des choses qui l'assaillait de toute part.

Il savait qu'il aurait dû essayer d'appeler la signora Moro, il fut sur le point de le faire, mais sa main ne put se décider à décrocher le téléphone. Qu'est-ce que c'était, déjà, la chose qui transformait les êtres vivants en pierre ? Le basilic ? La Méduse ? Un truc avec des serpents pour chevelure et une bouche ouverte sur un hurlement. Il tenta de retrouver l'image de cet être, sans pouvoir se rappeler les artistes qui en avaient peint ou sculpté une représentation.

Son départ de la questure eut quelque chose d'une fuite – c'est du moins l'impression que lui-même ressentit.

Son fauteuil resta repoussé du bureau, la porte ouverte, les papiers impeccablement centrés au milieu du plateau pendant qu'il fonçait chez lui dans un état qui n'était pas loin de la panique.

C'est son nez qui lui fit remettre les pieds sur terre, si l'on peut dire. En ouvrant la porte de l'appartement, il fut accueilli par les arômes qui parvenaient de la cuisine : une pièce de viande rôtissait ou mijotait, peut-être du porc ; mais enrichie d'ail au point qu'il avait l'impression que toute une tresse était au four avec la viande.

Il accrocha son veston, se souvint alors qu'il avait laissé son porte-documents à la questure et haussa les épaules. Il s'arrêta à la porte de la cuisine, espérant trouver tout le monde assis autour de la table, mais la pièce était vide, mis à part la puissante senteur de l'ail, qui paraissait provenir d'une grande cocotte dont le contenu cuisait à feu doux.

Il se laissa envahir par l'odeur et essaya de se souvenir d'où il l'avait déjà sentie. Il savait qu'il la connaissait bien, comme une mélodie qu'on identifie facilement sans pouvoir dire de quelle œuvre elle est extraite. Il essaya de séparer les arômes : en dehors de l'ail, il y avait la tomate, un peu de romarin, quelque chose de iodé et marin comme des crevettes ou des coques – plus probablement des crevettes – et peut-être des carottes. Mais c'était avant tout un univers aillé. Il évoqua ce qu'il avait éprouvé peu avant dans son bureau, cette impression de se noyer dans le malheur. Il inspira profondément, espérant que l'ail allait chasser tout cela. S'il était capable de chasser les vampires, il devait pouvoir exercer sa magie alliacée contre quelque chose d'aussi banal que le malheur. Adossé au chambranle, les yeux fermés, il se mit à inhaler régulièrement jusqu'à ce qu'une voix dise dans son dos : «Ce n'est pas là, que je sache, la fière attitude d'un défenseur de la justice et du droit des opprimés.»

Sur quoi Paola apparut à côté de lui, l'embrassa sur la joue sans vraiment le regarder et se coula devant lui pour passer dans la cuisine.

« Ce ne serait pas la soupe de Guglielmo, par hasard ? demanda Guido.

– Celle-là même », répondit Paola. Elle prit une longue cuillère en bois, souleva le couvercle de la cocotte et se mit à remuer le contenu. « Douze têtes d'ail, murmura-t-elle avec dans la voix quelque chose comme de l'émerveillement.

– Et dire que nous avons survécu à chaque fois…

– Si ce n'est pas une preuve d'intervention divine, ça !

– Et s'il faut en croire Guglielmo, un traitement radical pour les vers et l'hypertension artérielle.

– Sans parler d'une méthode extrêmement sûre pour avoir une place sur le vaporetto, demain. »

Brunetti se mit à rire, sentant un peu de sa tension diminuer. Il évoqua le souvenir de leur ami Guglielmo, qui, en poste pendant quatre ans au Caire comme attaché militaire, avait profité de ce temps pour apprendre l'arabe, se convertir au christianisme copte et faire fortune dans la contrebande des objets archéologiques qu'il faisait sortir du pays *via* des appareils militaires. Fine gueule s'il en était, il avait rapporté, à son départ, toute une série de recettes dont la plupart avaient en commun d'exiger des quantités d'ail phénoménales.

« C'est vrai, qu'on a trouvé de l'ail séché dans les cercueils des momies ? demanda Brunetti en se redressant.

– Je suis sûre que tu en trouverais jusque dans les poches de l'uniforme de Guglielmo », répliqua Paola. Elle reposa le couvercle et regarda pour la première fois son mari bien en face. Sa voix changea. « Qu'est-ce qui t'arrive ? »

Il essaya de sourire, mais échoua. « Mauvaise journée.

« – Quoi ?

– Un suicide qui n'en est peut-être pas un.

– Qui ?

– Un adolescent.

– Quel âge ?

– Dix-sept ans.»

Ce décès, le sexe et l'âge – tout paralysa Paola. Elle prit une profonde inspiration, secoua la tête comme pour rejeter toute manifestation de superstition et posa une main sur le bras de son mari. «Dis-moi.»

Pour une raison qu'il ne comprenait pas mais qui relevait peut-être de la même crainte superstitieuse que Paola, Guido ne voulut pas regarder sa femme pendant qu'il lui racontait le sort d'Ernesto Moro ; si bien qu'il s'affaira à sortir deux verres du placard, une bouteille de tokay bien frais du frigo, le tire-bouchon du tiroir ; puis, prenant tout son temps de manière à ce que la tâche qu'il s'était impartie durât au moins autant que les explications qu'il donnait, il se mit en demeure de déboucher le vin blanc. «Il était étudiant à San Martino. On nous a appelés ce matin, et nous l'avons trouvé pendu dans l'une des douches des lavabos. Enfin, c'est Vianello qui l'a trouvé comme ça.»

Il remplit deux verres et en tendit un à Paola, qui l'ignora pour lui demander l'identité du suicidé.

«Le fils de Fernando Moro.

– Dottor Moro ?

– Oui.» Brunetti pressa le verre dans la main de Paola jusqu'à ce qu'elle le prît.

«On l'a mis au courant ?»

Guido se détourna, posa son verre, ouvrit le frigo à la recherche de quelque chose à grignoter pour s'occuper. Tournant le dos à Paola, il répondit simplement : «Oui.»

Elle ne dit rien pendant qu'il farfouillait sur les étagères ; il trouva finalement une poche en plastique contenant des olives qu'il ouvrit et posa sur le comptoir.

Mais à peine les avait-il vues, noires, rebondies, brillantes d'une huile aux reflets jaunes, qu'il n'en eut plus envie et reprit son verre. Conscient de l'attention de Paola, il lui jeta un coup d'œil.

«C'est toi qui as dû lui annoncer?

– Il est arrivé pendant que nous étions auprès du corps. Je suis ensuite allé lui parler chez lui.

– Aujourd'hui même? s'exclama-t-elle, incapable de dissimuler ce qui était de sa part de l'étonnement, sinon de l'horreur.

– Je n'y suis pas resté longtemps.» Il regretta cette réponse dès qu'elle fut sortie de sa bouche.

Paola lui adressa un regard peu amène mais, lorsqu'elle vit son expression, laissa sa remarque idiote passer sans commentaire. «Et la mère?

– J'ignore où elle est. Quelqu'un m'a dit qu'elle se trouvait ici, à Venise, mais je n'ai pas pu l'appeler.»

C'est peut-être la manière dont il dit ce «je n'ai pas pu» qui poussa Paola à ne pas insister, là non plus. Elle se contenta de lui demander ce qui lui faisait penser que la signora Moro pût être ailleurs.

«L'habitude, proposa-t-il.

– L'habitude de douter?

– On pourrait appeler ça comme ça.» Il s'accorda enfin une première gorgée de vin. Frais, gouleyant, il ne le réconforta pas, mais lui rappela tout de même que ce genre de réconfort existait.

«Tu ne veux pas en parler? demanda Paola, prenant elle aussi sa première gorgée.

– Plus tard, peut-être. Après le repas.»

Elle acquiesça de la tête, prit une autre gorgée de vin et reposa son verre. «Si tu veux aller lire un moment, je vais mettre le couvert. Les enfants ne devraient pas tarder à arriver…» Elle s'interrompit, consciente de rappeler implicitement que pour les enfants rien n'avait changé, leur famille n'était pas touchée. Tel un cheval qui freine son allure pour éviter un trou, sa voix grimpa d'une tierce, empreinte d'une fausse jovialité : « ... et nous mangerons la soupe de Guglielmo. »

Brunetti passa dans le séjour, posa le verre sur la table, s'installa sur le canapé et prit le livre qu'il avait en cours, la vie de l'empereur byzantin Alexius racontée par sa fille, Anna Comnène. Une demi-heure plus tard, lorsque Chiara vint dire à son père qu'ils passaient à table, elle le trouva au même endroit, le livre ouvert sur les genoux mais toujours à la même page, tandis qu'il contemplait la houle des toits de la ville.

10

Guido avait espéré que parler de la mort du jeune homme à sa femme atténuerait l'horreur qui l'emplissait encore, mais il n'en fut rien. Une fois couché, Paola blottie contre lui, il raconta par le menu les événements de la journée, frappé par ce que cette conversation au fond du lit avait de grotesque. Quand il eut terminé, ne lui cachant même pas la bouffée d'angoisse qui l'avait poussé à fuir son bureau sans même essayer de contacter la signora Moro, elle se redressa sur un coude et le regarda.

«Combien de temps vas-tu encore tenir à ce train-là, Guido?»

Dans la pénombre du clair de lune, il lui jeta un coup d'œil, reportant aussitôt son attention sur le miroir du mur opposé qui reflétait vaguement la lumière en provenance de la terrasse.

Elle laissa passer un certain temps avant de l'aiguillonner d'un : «Eh bien?

– Je ne sais pas. Je ne pourrai pas y penser tant que cette affaire ne sera pas terminée.

– S'il s'est suicidé, n'est-elle pas déjà terminée?

– Ce n'est pas dans ce sens-là que je l'entends : réellement terminée.

– Pour toi, c'est ce que tu veux dire?» demanda-t-elle. Dans un autre contexte, elle aurait parlé d'un ton exigeant une réponse, y ajoutant peut-être même une remarque sarcastique ; mais ce soir, c'était une simple demande d'information.

« Sans doute, oui.

– Et quand cela arrivera-t-il ? »

La fatigue cumulée de la journée lui tomba dessus, comme si elle avait décidé de l'envelopper dans ses bras cotonneux et de le bercer jusqu'à ce qu'il s'endormît. Il sentit ses yeux se fermer et goûta un moment au repos de ces bras impalpables. La pièce commença à devenir lointaine et il sentit qu'il s'enfonçait dans le sommeil. Voyant soudain les événements qui avaient affecté la famille Moro sous la forme stylisée d'un triangle de coïncidences, il murmura : « Quand les lignes ne seront plus là » et s'abandonna au sommeil.

En se réveillant, le lendemain matin, il avait tout oublié. Les rayons du soleil, se reflétant sur le même miroir, vinrent jouer sur son visage et le tirèrent de son sommeil. Il se déplaça légèrement vers la droite et son corps enregistra l'absence de celui de Paola ; il tourna la tête à gauche, ouvrit les yeux et vit le clocher de San Polo, tellement lumineux dans le soleil levant qu'il distinguait les joints de ciment de ses briques. Un pigeon arriva en planant, déploya ses ailes pour ralentir et exécuta un atterrissage en douceur sous un avant-toit. Il tourna par deux fois sur lui-même, s'agita encore un peu puis se fourra la tête sous l'aile.

Rien de ce qu'avait fait l'oiseau jusqu'ici ne rappelait l'horreur de ce qu'il avait vécu hier, mais lorsque sa tête disparut sous son aile, Brunetti revit brutalement le visage d'Ernesto Moro au moment où Vianello le faisait disparaître sous la cape.

Guido sortit du lit et alla prendre une douche dans la salle de bains, évitant soigneusement de regarder au passage son reflet dans le miroir. Quand vint le moment de se raser, cependant, il ne put faire autrement : l'image que lui renvoya le miroir était celle de l'affliction épuisée, une expression qu'il avait vue trop souvent sur les visages de parents en proie au chagrin. Comment leur expliquer que leur enfant était mort, et même si on pouvait l'expliquer, quelle explication pourrait jamais venir à bout du torrent de souffrance que ces mots feraient jaillir ?

Paola et les enfants étaient déjà partis depuis longtemps et il quitta l'appartement, soulagé à l'idée de cette occasion d'aller dans une pâtisserie où il avait ses habitudes, et de ne pas avoir à faire la conversation, sinon pour répondre à quelque commentaire inoffensif qu'on lui faisait. Il acheta donc *Il Tempo* et *Il Gazzettino* au kiosque de Campo Santa Marina et alla se réfugier chez Didovich, où il commanda un cappuccino et une brioche.

UN CADET SE PEND À L'ACADÉMIE SAN MARTINO, titrait le premier quotidien en pages intérieures, LE FILS D'UN EX-DÉPUTÉ RETROUVÉ MORT À SAN MARTINO, affichait le deuxième en première page. Les chapeaux informaient les Vénitiens que le père de la victime avait publié un rapport très critique et controversé sur les services de santé en Vénétie, rapport condamné par le ministère de la Santé ; que la police enquêtait sur la mort du jeune homme ; que ses parents étaient séparés. Brunetti se dit qu'à la lecture des derniers paragraphes, n'importe qui, indépendamment des informations que pouvaient contenir par ailleurs les articles, soupçonnerait les parents, ou leur manière de vivre, d'être pour quelque chose dans la mort de leur enfant, sinon d'en être directement responsables.

« C'est terrible, non, ce garçon ? » dit l'une des voisines de comptoir de Brunetti à l'intention du propriétaire, avec un geste de la main en direction du journal. Elle mordit dans sa brioche et secoua la tête.

«Mais qu'est-ce qu'ils ont, les gosses, de nos jours ? Ils ont tellement de choses ! Ça ne leur suffit pas ?» demanda une autre.

Une femme à peu près du même âge que les deux premières, les cheveux de ce rouge post-ménopause devenu de rigueur, reposa bruyamment sa tasse dans la soucoupe et leur donna aussitôt la réplique : «C'est parce que les parents ne s'occupent pas d'eux. Moi, je suis restée à la maison pour m'occuper des miens, et rien de pareil n'est jamais arrivé.» On aurait pu en déduire que la seule voie offerte aux enfants de femmes exerçant un métier était le suicide. Les trois commères hochèrent la tête à l'unisson, désapprobatrices devant cette dernière preuve de la perfidie et de l'ingratitude de la jeunesse et de l'irresponsabilité des parents – elles-mêmes exceptées.

Brunetti replia ses journaux, paya et quitta l'établissement. Les mêmes titres racoleurs tapinaient sur les affichettes jaunes collées à l'arrière du kiosque à journaux. De telles attaques ne devaient même pas atteindre les parents Moro, trop plongés dans un chagrin sans fond : cette conviction fut le seul réconfort auquel put songer Brunetti, devant cette dernière manifestation de la félonie de la presse.

Une fois à la questure, il se rendit directement dans son bureau, où l'attendait une pile de nouveaux dossiers. Il composa le numéro de la signorina Elettra, qui décrocha en disant : «Il veut vous voir tout de suite.»

Il n'était plus surpris de la divination dont la secrétaire faisait preuve : elle avait dépensé une part considérable des budgets alloués au matériel de police en faisant installer par les télécoms, dans son bureau, un nouveau poste – mais sans doute cette part n'avait-elle pas suffi, puisqu'elle était la seule, dans toute la questure, à disposer d'un écran où s'affichait l'identité de celui ou de celle qui l'appelait. L'utilisation du pronom ne le surprenait pas davantage : elle n'accordait cette distinction qu'à son supérieur immédiat, le vice-questeur Giuseppe Patta.

« Tout de suite tout de suite ? demanda-t-il.

– Tout de suite hier après-midi, je dirais. »

Brunetti descendit donc d'un étage pour se rendre au bureau de Patta sans prendre le temps d'examiner les dossiers. Il s'attendait à trouver la signorina Elettra à son bureau, dans l'antichambre du vice-questeur, mais elle n'était pas là. Il passa la tête par la porte pour voir si elle n'arrivait pas dans le couloir, mais il n'y avait personne.

Répugnant à se présenter devant Patta sans les indications qu'elle lui donnait à chaque fois auparavant – son humeur, les raisons de la convocation – Brunetti envisagea un instant de remonter dans son bureau pour y lire les rapports, ou encore d'aller voir si Vianello ou Pucetti n'étaient pas dans la salle des officiers. Tandis qu'il hésitait, la porte donnant dans le bureau du vice-questeur s'ouvrit et la signorina Elettra en sortit. Elle portait ce jour-là ce que les Américains appellent une « veste de bombardier », serrée à la taille, gonflée et rembourrée à hauteur de poitrine et sur les épaules – cela dit, les pilotes de l'Air Force n'étaient probablement pas autorisés à porter de la soie sauvage couleur abricot.

D'où il était, Patta bénéficiait, avec la porte ouverte, d'une vue dégagée sur le bureau de sa secrétaire. « J'aimerais vous voir, Brunetti », lança-t-il. Brunetti jeta un coup d'œil à la signorina Elettra au moment de se tourner vers le bureau de Patta, mais tout ce qu'elle eut le temps de faire fut une moue de désapprobation ou de dégoût. Tels deux navires dans la nuit, ils se croisèrent sans guère échanger davantage que le plus bref des signaux d'identification.

« Fermez la porte », ordonna Patta, levant les yeux un

instant pour les rabaisser aussitôt sur les papiers qu'il avait devant lui. Brunetti se tourna, sachant avec certitude que Patta ajoutât ou non «merci» à son ordre serait une indication fiable sur l'ambiance qu'allait avoir leur entretien. Le temps de se faire cette réflexion, il fut clair qu'il devait s'attendre à tout, sauf à un échange courtois et agréable d'idées entre deux collaborateurs. Quand le délai était bref, il équivalait au coup de fouet machinal d'un conducteur d'attelage : destiné à claquer dans l'air et à réveiller l'attention de l'animal sans lui faire de mal, c'était une affirmation d'autorité inconsciente qui n'était pas destinée à blesser. S'il était plus long, il signalait que Patta était irrité, mais sans dire pour quelle raison. La complète absence de la formule de politesse, comme aujourd'hui, trahissait ou de la peur ou de la rage ; l'expérience avait appris au commissaire que celle-là était plus dangereuse que celle-ci, car la peur poussait Patta à mettre sans aucun scrupule la carrière des autres en danger, s'il s'agissait de protéger la sienne. Cette évaluation de la situation était achevée lorsque Brunetti se tourna pour s'approcher de son supérieur, et il ne fut donc pas intimidé par le regard courroucé dont celui-ci le foudroya.

«Oui, signor?» demanda-t-il, la mine sérieuse, ayant appris qu'on attendait de lui, dans ces moments-là, une absence totale d'expression sur son visage et d'intonation dans sa voix. Il attendit que Patta lui fît signe de s'asseoir, imitant de manière tout à fait consciente le comportement d'un chien de meute mal placé dans la hiérarchie.

«Qu'est-ce que vous attendez? demanda Patta, toujours sans lever les yeux. Asseyez-vous donc.»

Brunetti s'installa en silence dans le fauteuil, plaçant ses bras bien à plat sur les accoudoirs. Puis il reprit son attente, se demandant quel genre de scène le vice-questeur lui réservait, et comment il allait la lui jouer.

Une minute s'écoula. Patta continuait de lire le dossier posé devant lui, tournant une page de temps à autre.

Semblable en cela à la plupart des Italiens, Brunetti n'avait que respect et approbation pour tout ce qui était beau. Quand il le pouvait, il choisissait toujours de s'entourer de beauté : sa femme, les vêtements qu'il portait, les tableaux qui décoraient son domicile et même la beauté de la pensée dans les livres qu'il lisait : toutes ces choses lui procuraient le plus grand plaisir. Comment, se demanda-t-il (question qu'il se posait à chaque fois qu'il était resté une semaine ou plus sans voir son supérieur), comment un homme aussi beau que le vice-questeur pouvait-il être si radicalement dépourvu de toutes les qualités qu'on associait habituellement à la beauté ? La posture bien droite de Patta n'était que physique, car il était plutôt une anguille sur le plan moral ; la ligne ferme de la mâchoire trahissait une force de caractère qui ne se manifestait en réalité que par de l'entêtement ; et les beaux yeux sombres ne voyaient que ce qu'ils voulaient bien voir.

Plongé dans ces réflexions, Brunetti ne comprit pas que Patta venait finalement de s'intéresser à lui et n'entendit pas le début de sa phrase ; montant en marche, il capta seulement les derniers mots : « ... la façon dont vous avez maltraité ses étudiants. »

Tel un érudit reconstituant un texte ancien à l'aide de bribes, Brunetti comprit que les étudiants en question devaient être ceux de l'Académie San Martino et que la seule personne en mesure d'employer un possessif les concernant ne pouvait être que son commandant.

« Je suis entré par hasard dans la chambre de l'un d'eux, et nous avons discuté de son travail en classe. Je ne vois pas en quoi on peut parler ici de mauvais traitement, signor.

– Il ne s'agit pas seulement de vous, le coupa Patta sans donner l'impression d'avoir pris la peine d'écouter les explications de son subordonné. Mais aussi de l'un de vos hommes. J'étais à un dîner, hier au soir, et le père de l'un des garçons m'a dit qu'on avait interrogé son fils sans ménagements.» Patta laissa Brunetti se pénétrer de tout ce que cela avait d'horrible avant d'ajouter : «Ce monsieur est un ancien camarade de classe du général d'Ambrosio.

– Je suis désolé, signor, dit Brunetti non sans se demander si fiston irait aussi se plaindre à papa au cas où l'ennemi le traiterait "sans ménagements" sur le champ de bataille ; mais je suis sûr que s'il l'avait su, il se serait montré plus courtois.

– N'essayez pas de faire le malin avec moi, rétorqua Patta, faisant preuve, pour une fois, d'une sensibilité plus grande que d'ordinaire au ton de Brunetti. Je ne veux pas que vos hommes aillent là-bas et s'en prennent à ces enfants, et qu'ils troublent l'ordre. Vous avez dans cette école les fils de quelques-unes des personnes les plus importantes du pays, et je ne veux pas qu'ils soient traités ainsi.»

Brunetti avait toujours admiré la façon dont la «police», telle un volant de badminton, allait et venait entre Patta et tous ceux qui pouvaient en être tenus pour responsables. Si elle avait brillamment résolu une affaire ou s'était comportée courageusement, c'était la police de Patta. En revanche, dans tous les cas de mauvais comportement, de négligence ou d'incompétence, elle devenait la police de quelqu'un d'autre – en l'occurrence, de Brunetti.

«Je ne suis pas sûr qu'on puisse vraiment parler de mauvais traitements, signor, dit le commissaire d'un ton conciliant. J'ai demandé à un officier d'interroger quelques étudiants simplement pour savoir s'ils avaient remarqué un comportement étrange ou inhabituel de la part d'Ernesto Moro, ou s'il avait tenu des propos pouvant indiquer son intention de se suicider.» Ne se laissant pas couper la parole, cette fois, il enchaîna aussitôt : « J'estimais que cela nous aiderait à rendre encore plus claire l'hypothèse du suicide.

– Plus claire ? Plus claire que quoi ?

– Que les simples preuves matérielles, signor. »

Un instant, Brunetti crut que Patta allait se contenter de répondre « bien ». Certes, son visage se détendit nettement et il respira plus profondément. « Très bien, dit-il finalement. Classons l'affaire comme un suicide et laissons l'Académie reprendre sa vie normale.

– Bonne idée, signor, dit Brunetti, ajoutant, comme si l'idée venait seulement de lui venir à l'esprit : Mais qu'allons-nous faire si les parents ne s'estiment pas satisfaits ?

– Que voulez-vous dire, pas satisfaits ?

– Eh bien, le père n'en est pas à son coup d'essai pour ce qui est de créer un scandale, répondit Brunetti avec un mouvement de la tête, comme s'il s'indignait du scepticisme vis-à-vis des institutions publiques qu'avait manifesté le rapport Moro. C'est pourquoi je ne voudrais pas être responsable de conclusions sur la mort de son fils qui laisseraient la moindre possibilité d'être contestées.

– Vous croyez que ce serait possible ?

– Probablement pas, signor, mais je ne voudrais pas offrir la plus petite occasion à une personne aussi tatillonne que Moro de mettre le doigt sur un détail pouvant faire naître un doute. Or c'est quelqu'un qui a déjà beaucoup attiré l'attention de l'opinion publique. » Brunetti réfréna son envie d'en rajouter.

Patta réfléchit à tout ça pendant un moment avant de finalement demander : « Que proposez-vous ? »

Le commissaire feignit de paraître surpris qu'on lui posât une telle question. Il commença à parler, s'interrompit, attaqua une nouvelle phrase – bref, donna tous les signes de celui qui n'avait pas encore envisagé cette possibilité. « Je suppose que j'essaierais de voir s'il ne prenait pas de la drogue ou montrait des signes de dépression. »

Patta parut une fois de plus réfléchir. « Ce serait plus facile pour eux de le supporter s'ils étaient certains, je suppose.

– Qui donc, signor ?

– Les parents.

– Les connaissez-vous ? risqua Brunetti.

– Le père, oui. »

La réponse n'ayant pas été suivie d'une attaque en règle du médecin, Brunetti prit encore un risque et demanda : « Alors vous pensez que nous devrions poursuivre dans cette voie, signor ? »

Patta se redressa et fit passer une lourde pièce byzantine dont il se servait comme presse-papiers d'un côté à l'autre de son bureau. « Si cela ne doit pas prendre trop de temps, entendu. » Réponse pattienne typique : tout en ordonnant l'enquête, il s'assurait que tout retard dans celle-ci retomberait sur la tête de quelqu'un d'autre.

« Bien, signor », répondit Brunetti en se levant. Patta reporta son attention sur le dossier peu épais posé devant lui et Brunetti quitta le bureau.

Dans l'antichambre, il trouva la signorina Elettra plongée dans ce qui semblait être un catalogue. Il regarda un peu mieux et vit qu'elle étudiait une double page représentant des écrans d'ordinateurs.

Elle leva la tête et lui sourit.

« Mais, dit-il avec un geste vers l'écran posé sur le bureau, ne venez-vous pas d'en acheter un ?

– C'est vrai, mais ils viennent juste d'en sortir de nouveaux, avec des écrans parfaitement plats, pas plus épais qu'une pizza. Regardez. » Elle pointa un index à l'ongle écarlate vers une photo. Même si la comparaison qu'elle avait employée lui paraissait surréaliste, il dut convenir qu'elle était assez juste.

Il lut les deux premières lignes du texte qui figurait en dessous, mais devant tous ces chiffres et ces acronymes, sans parler de termes aussi ésotériques que «gigabytes», il sauta jusqu'à la dernière ligne, celle du prix. «Hé, mais c'est un mois de salaire, ça! ne put-il s'empêcher de remarquer, conscient de ce que son ton avait de désapprobateur.

– Plus près de deux, le corrigea-t-elle, si on prend le plus grand.

– Vous allez vraiment le commander?

– Je n'ai pas le choix, j'en ai bien peur.

– Et pourquoi?

– J'ai déjà promis celui-ci à quelqu'un, dit-elle avec un geste vers le (pourtant) tout nouvel écran, comme si c'était un sac de linge sale qu'elle confiait à sa femme de ménage. À Vianello.»

Brunetti décida de fermer les yeux. «Il semble qu'il y ait un lien entre le vice-questeur et le dottor Moro, dit-il. Pensez-vous pouvoir en apprendre un peu plus là-dessus?»

Elle s'était replongée dans le catalogue. «Rien de plus facile, signor», dit-elle en tournant une page.

11

Comme toutes les villes de la péninsule, Venise se ressentait du refus du gouvernement d'adopter une politique d'immigration réaliste. Le résultat, entre autres, était l'existence de milliers d'immigrants illégaux qui, profitant du vide juridique italien, une fois en possession d'un document légitimant leur présence sur le continent, passaient dans les pays du Nord pour y travailler et bénéficier d'un certain degré de protection légale. Une autre des conséquences était l'irritation grandissante des gouvernements des autres pays d'Europe devant la manière dont les Italiens se lavaient les mains du problème en le leur refilant.

Venise, et donc Brunetti, commençaient à être aussi touchés à leur manière par ce problème : les petits larcins s'étaient multipliés dans des proportions vertigineuses, notamment les vols à la tire et à l'étalage, ces derniers n'épargnant pas les plus modestes commerces ; et les gens ne se sentaient plus tranquilles chez eux. La plupart de ces affaires passant par la questure, Brunetti ne pouvait que constater cette augmentation ; elle ne l'affectait cependant que légèrement, comme un début de fièvre qu'indique le thermomètre mais que l'on ne ressent pas vraiment. Ou alors, le seul symptôme qu'il en éprouvait était la montagne grandissante de documents qu'il devait parapher – et qu'il aurait dû lire.

Dans le même temps, peu de crimes violents étaient

commis dans les rues et les maisons de Venise, et Patta, sans doute parce que son nom n'avait pas été cité dans le *Gazzettino* depuis plus d'une semaine, donna l'ordre à Brunetti de préparer un rapport dont les statistiques établiraient le taux élevé de réussite de la police de Venise. Ce rapport devait montrer – Patta l'avait clairement dit – que la plupart des auteurs d'infractions diverses étaient retrouvés et arrêtés et donc qu'il y avait eu, au cours de l'année passée, une diminution sensible de la criminalité dans la ville.

«Mais c'est absurde, protesta Brunetti lorsque la signorina Elettra l'eut mis au courant.

– Pas plus absurde que toutes les autres statistiques dont on nous abreuve.»

Rendu impatient à l'idée du temps qu'il allait perdre à préparer ce rapport, il demanda sèchement: «Lesquelles?

– Celles sur le nombre des morts dans les accidents de la route, par exemple, répondit-elle avec un sourire patient devant son énervement.

– Qu'est-ce qu'elles ont donc?» Pas véritablement intéressé, il doutait cependant que des faits aussi clairement constatés et consignés pussent être altérés.

«Eh bien, si vous mourez une semaine ou plus après l'accident dans lequel vous avez été blessé, l'accident n'est plus la cause de votre décès, expliqua-t-elle, presque avec orgueil. Au moins, pas d'un point de vue statistique.

– Ce qui voudrait dire qu'on est tué par l'hôpital? répliqua-t-il dans une tentative pour faire de l'humour.

– Oh, cela arrive déjà assez souvent comme ça, signor, dit la secrétaire sans donner la moindre impression de perdre patience. Je ne sais pas exactement sous quelle rubrique ils enregistrent ces décès, mais ce n'est pas au titre d'accident de la route, de toute façon.»

Il ne vint pas un seul instant à l'esprit de Brunetti de

douter de ce qu'elle lui apprenait. Mais cela le renvoya au rapport qu'ils avaient à préparer. «Croyez-vous que nous pourrions nous-mêmes employer cette technique ?

– Vous voulez dire que, par exemple, si l'on assassine quelqu'un mais qu'il lui faut une semaine pour mourir, il n'y aura pas eu meurtre ? Ou que si un vol n'est signalé qu'une semaine après les faits, il n'y aura pas eu vol ?» Il acquiesça d'un signe de tête, et la signorina Elettra se mit à réfléchir à cette possibilité. «Je suis sûre, dit-elle finalement, que le vice-questeur serait ravi. Nous risquons cependant d'avoir quelques problèmes si on nous pose des questions sur notre méthode de calcul…»

Il renonça à spéculer davantage sur cet angélisme mathématique pour revenir à la dure réalité du rapport qu'ils avaient à concocter. «Pensez-vous que nous pourrons arriver à lui donner ce qu'il veut ?»

C'est d'un ton sérieux qu'elle lui répondit, cette fois. «Nous ne devrions pas avoir tellement de difficultés, en fin de compte. Tout ce que nous devons faire, c'est nous montrer prudents sur le nombre de crimes et délits signalés.

– En d'autres termes ?

– Nous ne devons prendre en compte que les cas où les victimes ont déposé une plainte en bonne et due forme, soit chez nous, soit chez les carabiniers.

– Et quel est l'avantage ?

– Je vous l'ai déjà dit, commissaire. Les gens ne se fatiguent pas à rapporter les petits délits, en particulier les vols à la tire ou les cambriolages. Si bien que lorsqu'ils téléphonent pour les signaler mais ne prennent pas la peine de passer ici déposer plainte, le délit n'a pas été officiellement signalé.» Elle se tut un instant, laissant Brunetti, qui savait à quel point elle était experte en casuistique, se préparer aux conséquences auxquelles ce beau raisonnement ne pouvait qu'aboutir. «Et s'il n'y a pas de plainte officielle, ce qui, d'une certaine manière, signifie que le délit ne s'est jamais produit, je ne vois pas pour quelle raison nous devrions l'inclure dans nos calculs.

– Et d'après vous, quel pourcentage de gens ne prennent pas la peine de porter plainte ?

– Nous n'avons aucun moyen de le savoir, signor. Après tout, il y a une impossibilité philosophique à prouver un fait négatif... Je dirais un peu plus de la moitié, ajouta-t-elle malgré tout.

– Qui portent plainte ou qui ne portent pas plainte ?

– Qui ne portent pas plainte. »

Ce fut au tour de Brunetti, cette fois, de garder le silence un certain temps. « Voilà qui tombe à pic pour nous, non ?

– Tout à fait. Voulez-vous que je m'en occupe, signor ? Lui, il les veut pour passer dans les journaux ; les journaux les veulent pour pouvoir dire que Venise est un petit paradis où les délits sont virtuellement inconnus, si bien qu'à mon avis personne ne viendra remettre en question mes chiffres ou ma manière de compter.

– C'en est un, n'est-ce pas ?

– Quoi donc, un petit paradis ?

– Oui.

– Comparé au reste du pays, je crois que oui, signor.

– Et d'après vous... ça va rester longtemps ainsi ? »

La signorina Elettra haussa les épaules. Alors que Brunetti faisait demi-tour pour quitter l'antichambre, elle ouvrit le tiroir de son bureau et prit quelques feuilles de papier. « Je n'ai pas oublié le dottor Moro, signor », dit-elle en les lui tendant.

Il la remercia et quitta les lieux. Tout en montant l'escalier, il vit que ces documents expliquaient pourquoi Patta connaissait bien Fernando Moro. La chose était des plus naturelles : la mère de la signora Patta était l'une des patientes de Moro depuis qu'il avait repris son activité de médecin. La signorina Elettra n'avait pas été jusqu'à procurer au commissaire des copies du dossier médical, mais elle lui avait donné les dates de toutes ses visites au dottor Moro, soit vingt-sept, en tout, au cours des deux dernières années. Au bas de la page, la signorina Elettra avait ajouté, de sa propre main : *Cancer du sein*. Il regarda la date du dernier rendez-vous ; il remontait à un peu plus de deux mois.

Comme tout supérieur hiérarchique, le vice-questeur Patta faisait souvent l'objet de spéculations de la part de ceux qui étaient sous ses ordres. Ses raisons d'agir ou non étaient la plupart du temps transparentes : le pouvoir dont il disposait, son maintien ou son augmentation. Par le passé, il avait cependant fait preuve à plusieurs reprises d'une grande faiblesse et avait donc connu des déceptions dans sa quête des honneurs – mais toujours pour prendre la défense de sa famille. Brunetti, bien que méfiant vis-à-vis de Patta et n'éprouvant en général que le plus profond mépris pour les motifs qui le faisaient agir, n'avait que respect pour une faiblesse de ce genre.

Le commissaire s'était dit que par décence il se devait d'attendre au moins deux jours avant de chercher à parler à l'un des deux parents d'Ernesto Moro. Ce délai étant passé, il était arrivé à la questure, ce matin-là, avec l'intention d'interroger l'un ou l'autre. Au domicile du dottor Moro, il tomba sur un répondeur. À son cabinet, un message lui apprit que pour quelque temps le dottor D. Biasi prendrait en charge ses patients, et donnait le numéro de téléphone et les heures de consultation de ce dernier. Brunetti rappela le premier numéro et laissa son nom et le numéro de sa ligne directe, demandant que le docteur veuille bien le rappeler.

Restait la mère. La signorina Elettra lui avait procuré une courte biographie de celle-ci. Vénitienne comme

Moro, elle avait rencontré son futur mari alors qu'ils étaient encore au lycée ; puis tous les deux avaient été à l'université de Padoue, où Moro avait choisi de faire médecine et Federica, d'étudier la psychologie de l'enfant. Ils s'étaient mariés à la fin de leurs études mais n'étaient revenus à Venise que lorsqu'on avait proposé à Moro une place à l'hôpital civil ; Federica Moro avait alors ouvert une consultation privée en ville.

Leur séparation légale, qui avait eu lieu avec une hâte incongrue peu après l'accident, avait été une surprise pour leurs amis. Ils n'avaient pas divorcé, et ni l'un ni l'autre ne paraissait avoir une liaison. Il n'y avait aucune preuve de contact entre eux et, apparemment, ils ne communiquaient que par avocats interposés.

La signorina Elettra avait agrafé au dossier l'article de *La Nuova* sur la mort d'Ernesto. Brunetti s'abstint de le lire, se contentant de la légende, sous la photo de famille, prise « en des temps plus heureux ».

Le sourire de Federica Moro était le point focal de la photo. Elle avait passé un bras dans le dos de son mari et le tenait par la taille, la tête appuyée contre sa poitrine, son autre main ébouriffant les cheveux de son fils. Le cliché avait été pris sur une plage ; ils étaient en short et en tee-shirt, bronzés, débordant de joie de vivre et de santé ; on voyait, juste derrière l'épaule droite de Moro, la tête d'un nageur dépassant de l'eau. La photo datait de plusieurs années, car Ernesto était encore petit garçon, même pas au seuil de l'adolescence. Federica ne regardait pas l'objectif et son mari et son fils la regardaient ; l'expression d'Ernesto était ouverte et fière – et qui n'aurait pas été heureux d'avoir une si jolie maman ? L'expression de Fernando était plus réservée mais tout aussi fière.

L'un d'eux, songea Brunetti, venait sans doute de dire quelque chose de drôle, ou peut-être avaient-ils vu une scène, sur la plage, qui les avait fait rire. À moins que le photographe n'eût lui-même fait le clown pour l'occasion. Brunetti fut frappé par le fait que, des trois, c'était Federica qui avait les cheveux les plus courts : une coupe garçonne de quelques centimètres de long. Le contraste était marqué avec son corps épanoui et l'aisance naturelle avec laquelle elle tenait son époux.

Qui pouvait oser publier une pareille photo, et qui avait pu la donner au journal en sachant pertinemment qu'elle serait publiée ? Il défit l'agrafe et glissa la photo dans le dossier. Le même numéro que lui avait donné la signora Ferro était inscrit sous le nom de Federica Moro. Il le composa, oubliant le conseil de ne laisser sonner qu'une fois, puis de recommencer.

Une voix de femme répondit à la quatrième sonnerie, disant simplement : « Oui ?

– Signora Moro ?

– Oui.

– Signora, c'est le commissaire Guido Brunetti à l'appareil. De la police. Je vous serais très reconnaissant si vous pouviez m'accorder un peu de votre temps… pour parler de votre fils, ajouta-t-il au bout d'un moment, quand il vit qu'elle ne réagissait pas.

– Aah…, dit-elle, puis elle garda le silence quelques secondes. Pourquoi avoir autant attendu ? » demanda-t-elle finalement. Il sentit qu'elle était en colère d'avoir eu à poser cette question.

« Je ne voulais pas faire intrusion dans votre chagrin… Je suis désolé, ajouta-t-il comme elle restait une fois de plus sans réaction.

– Avez-vous des enfants ? demanda-t-elle soudain, prenant Brunetti de court.

– Oui.

– Quel âge ont-ils ?

– J'ai une fille… » Il hésita, puis ajouta, parlant vite : « … et mon fils est du même âge que le vôtre.

– Pourquoi ne pas me l'avoir dit tout de suite ? » Il

y avait comme de l'étonnement, de la part de la signora Moro, qu'il n'ait pas pensé à utiliser ce puissant levier affectif.

Ne sachant trop comment réagir à cette question, Brunetti se contenta de demander s'il pouvait venir lui parler.

«Quand vous voulez», dit-elle. Il eut brièvement la vision de jours, de mois, d'années, de toute une vie s'étirant devant elle.

«Est-ce que je peux passer tout de suite?

– Qu'est-ce que ça changera? demanda-t-elle – mais c'était une vraie question, pas un sarcasme ou de l'auto-apitoiement.

– Je vais en avoir pour environ vingt minutes.

– Je vous attends.»

Il avait repéré son adresse sur le plan de la ville et savait donc l'itinéraire qu'il devait emprunter. Il aurait pu prendre un vaporetto jusqu'à San Marco, mais il préféra suivre la berge et couper la place en passant devant le musée Correr. Il entra dans Frezzerie et tourna à gauche dans la première ruelle. Deuxième porte à droite, sonnette du haut. Il appuya sur le bouton et l'ouvre-porte se déclencha aussitôt, sans question posée via l'Interphone.

Il entra dans un hall humide et sombre, alors qu'il n'y avait aucun canal à proximité. Il grimpa jusqu'au troisième étage où il trouva, juste en face de lui, une porte ouverte. Il s'arrêta dans l'embrasure, appela: «Signora Moro?», entendit une voix répondre quelque chose de l'intérieur de l'appartement, décida donc d'entrer et referma la porte derrière lui. Il s'engagea dans un couloir et se dirigea vers ce qui paraissait être une source de lumière.

Il trouva une porte sur la droite, entra, et vit une femme assise de l'autre côté de la pièce, de la lumière filtrant par deux fenêtres dont les rideaux étaient partiellement tirés, derrière elle. Il régnait là une odeur de tabac froid mais aussi, crut-il déceler, de naphtaline.

«Commissaire? demanda-t-elle en tournant son visage vers lui.

– Oui. Merci de me recevoir.»

Elle eut un petit geste de rejet, puis remit la cigarette que tenait sa main entre ses lèvres et inhala profondément. «Vous avez une chaise, là», lui dit-elle avec un geste de la main vers un siège à cannage qui se trouvait contre le mur.

Brunetti le prit et l'installa en face d'elle, pas trop près mais pas non plus au milieu de la pièce. Il s'assit et attendit qu'elle prît la parole. Il ne voulait pas lui donner l'impression qu'il l'étudiait, et il tourna son regard vers les fenêtres, par lesquelles il ne voyait qu'un pan de mur de la maison d'en face, de l'autre côté de l'étroite ruelle. Ces ouvertures ne laissaient filtrer qu'une lumière chiche. Il reporta son attention sur la signora Moro et, même dans cette demi-pénombre, n'eut pas de mal à reconnaître la femme de la photo. À ceci près qu'on aurait dit qu'elle venait de suivre un régime ultra-sévère qui lui avait tiré la peau sur le visage et ciselé la mâchoire jusqu'à donner l'impression que les os allaient transpercer la peau. Le même processus paraissait avoir réduit tout son être à l'essentiel – épaules, bras et jambes contenus dans un chandail et un pantalon sombres qui ne faisaient qu'accentuer la fragilité de son corps.

Il devenait évident qu'elle n'allait pas parler la première et qu'elle se contenterait de rester assise en tirant sur sa cigarette. «J'aimerais vous poser quelques questions, signora», commença-t-il sans pouvoir aller plus loin: il venait d'être pris d'un fort accès de toux nerveuse.

«C'est la cigarette?» demanda-t-elle, se tournant vers la table et l'écrasant dans un cendrier sans attendre la réponse.

Il leva une main rassurante. «Non, non, pas du tout», réussit-il à hoqueter avant d'être pris d'un nouvel accès.

Elle finit d'écraser son mégot et se leva. Il tenta d'en faire autant, comme pour lui dire de ne pas se déranger, mais se retrouva plié en deux par la toux ; elle eut un geste pour le faire se rasseoir et quitta la pièce. Brunetti se laissa retomber sur sa chaise et continua de tousser, les larmes aux yeux. Elle revint presque tout de suite et lui tendit un verre d'eau. «Buvez lentement, lui dit-elle. À petites gorgées.»

Toujours tremblant de l'effort qu'il faisait pour se contrôler, il prit le verre, la remerciant d'un signe de tête, et le porta à ses lèvres. Il attendit que les spasmes s'atténuent et avala une petite gorgée ; puis une deuxième et une troisième, jusqu'à ce que le verre fût vide et qu'il sentît qu'il pouvait de nouveau respirer librement. Il fut encore secoué par deux ou trois hoquets, puis tout rentra dans l'ordre. Il se pencha alors pour poser le verre sur le sol. «Merci.

– De rien», répondit-elle en reprenant place dans son fauteuil, en face de lui. Il la vit tendre machinalement la main vers le paquet de cigarettes, sur la table, puis la ramener sur ses genoux. «C'est une toux nerveuse, non ?

– Probablement, répondit-il avec un sourire, même si je ne devrais sans doute pas l'avouer.

– Et pourquoi donc ? demanda-t-elle, curieuse.

– Parce que je suis un policier, et que les policiers ne sont pas supposés manifester de signes de faiblesse ou de nervosité.

– C'est ridicule, non ?»

Il acquiesça, se rappelant à cet instant qu'elle était psychologue. Il s'éclaircit la gorge et dit : «Pouvons-nous reprendre au début, signora ?»

Elle esquissa un sourire, fantôme de celui, éclatant, qu'il avait vu sur la photo du dossier. «Nous sommes là pour ça, n'est-ce pas ? Que voudriez-vous savoir ?

– J'aimerais vous poser des questions sur votre accident, si c'était possible.»

Elle fut visiblement déroutée, mais Brunetti comprenait pourquoi : son fils venait de mourir dans des circonstances qui restaient encore à déterminer officiellement et il l'interrogeait sur un événement datant de plus de deux ans. «Vous voulez dire… à Sienne ? demanda-t-elle finalement.

– Oui.

– Et qu'est-ce qui vous intéresse dans cette affaire ?

– Le fait qu'à l'époque elle n'a justement paru intéresser personne.»

Elle inclina la tête de côté tout en réfléchissant à ce qu'elle allait répondre. «Je vois… On aurait dû s'y intéresser ?

– C'est ce que j'aimerais déterminer, signora.»

Un silence s'établit entre eux, et Brunetti n'eut pas d'autre choix que d'attendre patiemment de voir si elle allait lui raconter ce qui s'était passé. Les secondes s'écoulant, elle jeta par deux fois un coup d'œil sur ses cigarettes, et il faillit lui dire qu'elle pouvait en prendre une, que cela ne le gênait pas, mais il s'abstint. Comme le silence se prolongeait, il examina les quelques objets qu'il apercevait dans la pièce : son fauteuil, la table, les rideaux des fenêtres. Tout cela manifestait un goût bien différent de l'opulence discrète qu'il avait entrevue dans l'appartement du dottor Moro. Il n'y avait aucune tentative pour harmoniser les styles et les couleurs et le mobilier n'était là que pour répondre aux besoins essentiels en la matière.

«Je suis descendue chez nos amis le vendredi matin, dit-elle, se décidant enfin à parler – et prenant Brunetti par surprise. Fernando devait nous rejoindre par le dernier train, vers dix heures du soir. La journée était splendide, on était à la fin de l'automne mais il faisait encore très bon, et j'ai donc décidé d'aller faire une

petite marche, l'après-midi. Je n'étais pas à un kilo-
mètre de la maison lorsque j'ai entendu un bruit assour-
dissant – il aurait aussi bien pu s'agir d'une bombe.
J'ai senti une douleur dans ma jambe et je suis tombée.
Pas comme si on m'avait poussée ou bousculée ; non, je
suis juste tombée de ma hauteur. »

Elle lui jeta un coup d'œil, comme pour vérifier s'il
trouvait le moindre intérêt à son récit. Il hocha la tête et
elle continua. « Je me suis retrouvée par terre, trop son-
née pour faire quoi que ce soit. Ça ne me faisait pas tellement mal au début, à vrai dire. J'ai entendu des bruits
en provenance du bois vers lequel je me dirigeais. Pas
vraiment un bois, d'ailleurs, juste un grand bosquet de
moins d'un hectare. Quelque chose se déplaçait sous les
arbres et j'ai voulu appeler à l'aide. Je ne l'ai pas fait.
Sans savoir pourquoi, je n'ai finalement rien dit. Je suis
juste restée allongée où j'étais.

« Une minute ou deux ont dû passer et deux chiens
sont arrivés en courant, venant de la même direction
que moi. Ils aboyaient à tue-tête et ils ont commencé à
me tourner autour en bondissant, sans cesser un instant
d'aboyer. Je leur criais de se taire. Ma jambe avait
commencé à me faire mal, à ce moment-là, et il m'avait
suffi de la regarder pour comprendre qu'on m'avait
tiré dessus. Il fallait que je fasse quelque chose. Et
puis ces chiens avaient déboulé, aboyant et bondissant
comme des damnés autour de moi, à croire qu'ils
étaient fous. »

Elle s'arrêta et, le silence se prolongeant, Brunetti se
sentit obligé de la relancer. « Qu'est-ce qui s'est passé,
ensuite ?

– Deux chasseurs sont arrivés. Les propriétaires des
chiens, si vous préférez, qui avaient suivi leurs bêtes. Ils
m'ont vue à terre et ils ont cru qu'ils m'avaient atta-
quée, alors ils sont arrivés en courant et ils se sont mis à
chasser les chiens à coups de pied et coups de crosse –

mais les pauvres bêtes ne m'avaient rien fait. Elles m'ont même probablement sauvé la vie.»

Elle s'interrompit et le regarda droit dans les yeux, comme pour lui demander s'il n'avait pas de questions, puis reprit son récit. «L'un d'eux m'a posé un tourniquet avec son mouchoir et ils m'ont portée jusqu'à leur Jeep, qui était juste au coin du bois. De là, ils m'ont conduite à l'hôpital. Les médecins sont habitués à ce genre d'accident : les chasseurs n'arrêtent pas de se tirer les uns sur les autres ou de se blesser eux-mêmes, on dirait.» Elle se tut quelques secondes et ajouta doucement : «Les pauvres diables…» d'une voix tellement remplie de sympathie que Brunetti ne put s'empêcher de trouver bien vulgaire et bête la conversation qu'il avait eue sur le même sujet avec la signorina Elettra.

«Et à l'hôpital, on ne vous a pas demandé comment c'était arrivé ?

– Ce sont les deux hommes qui m'avaient porté secours qui se sont chargés de donner les explications ; pour ma part, je n'ai fait que confirmer leurs déclarations quand je suis sortie de la salle d'opération.

– À savoir que c'était un accident ?

– Oui, que c'était un accident.» Elle avait répondu cela sans y mettre d'intonation particulière.

«Et vous le pensez ?»

Il y eut de nouveau un long silence avant qu'elle ne reprenne la parole. «Sur le moment, je n'ai pas imaginé un instant qu'il pouvait s'agir d'autre chose. Mais depuis, j'ai commencé à me demander pourquoi celui qui m'avait tiré dessus n'était pas venu voir ce qu'il avait fait. Car s'il avait cru tirer un animal, il serait venu vérifier qu'il l'avait bien tué, non ?»

Réflexion que s'était faite Brunetti dès l'instant où il avait entendu raconter cette histoire.

«Sans compter qu'en entendant les chiens et les autres chasseurs, il serait venu voir ce qui se passait –

simplement pour que quelqu'un d'autre ne profite pas du gibier que lui avait abattu... Mais comme je vous l'ai dit, je n'y ai pas beaucoup pensé, à l'époque.

– Et aujourd'hui ?»

Elle fut sur le point de répondre quelque chose, mais se reprit. «Je ne voudrais pas avoir l'air mélodramatique, mais j'ai bien d'autres choses en tête, aujourd'hui.»

C'était aussi le cas de Brunetti. Il se demanda si l'accident avait fait l'objet d'un rapport de police et si les deux chasseurs qui l'avaient trouvée avaient remarqué la présence d'une tierce personne dans le secteur.

Brunetti sentit qu'il ne pourrait plus l'empêcher bien longtemps de prendre une cigarette. «Il ne me reste qu'une question», dit-il.

Elle n'attendit pas qu'il l'eût posée. «Non, Ernesto ne s'est pas suicidé. Je suis sa mère, et je sais viscéralement qu'il n'aurait pas pu faire une chose pareille. C'est une autre des raisons pour lesquelles je pense que ce n'était pas un accident.» Elle se leva de sa chaise. «Si c'était votre dernière question...» dit-elle, se dirigeant vers la porte. Elle boitait légèrement, appuyant à peine un peu plus sur la jambe gauche ; mais comme elle portait un pantalon, il n'eut aucune idée des dégâts que la droite avait subis.

Il la laissa le reconduire jusqu'à l'entrée de l'appartement. Il la remercia mais ne lui tendit pas la main. Il faisait un tout petit peu plus chaud, dehors, et comme il était déjà midi passé, Brunetti décida de rentrer directement chez lui pour prendre son repas en famille.

12

Arrivé avant les enfants, Brunetti décida de tenir compagnie à Paola pendant qu'elle finissait de préparer le repas. Il profita de ce qu'elle mettait la table pour soulever le couvercle des casseroles et ouvrir la porte du four, soulagé de ne tomber que sur des plats familiers : soupe de lentille, poulet au chou rouge et ce qui lui paraissait être une salade de Trévise.

«Dois-tu faire appel à tous tes talents de détective pour examiner cette volaille ? lui demanda-t-elle en posant les verres sur la table.

– Non, pas vraiment, répondit-il après avoir refermé le four et s'être redressé. Mes investigations concernaient la salade, chère signora, et je me demandais s'il n'y en avait pas avec des traces de cette même pancetta que j'ai détectée dans la soupe de lentilles.

– Avec un flair pareil, dit-elle en venant lui poser un doigt sur le bout du nez, il ne devrait plus y avoir un seul crime dans cette ville.» Elle souleva le couvercle de la casserole de soupe et remua un instant le mélange. «Tu rentres tôt.

– J'étais du côté de San Marco et il aurait été absurde de retourner à la questure, dit-il, prenant une gorgée d'eau minérale. Je suis passé voir la signora Moro…» Paola resta sans réaction. «Je voulais lui poser quelques questions sur son accident de chasse.

– Et alors ?

– Alors, quelqu'un lui a tiré dessus depuis un bois qui est proche de la maison de ses amis. À ce moment-là, d'autres chasseurs sont arrivés et l'ont emmenée à l'hôpital.

– Et tu es bien sûr qu'il s'agit d'autres chasseurs ? observa Paola, donnant la preuve que son scepticisme inné s'était trouvé renforcé par vingt années de mariage avec un policier.

– Il semblerait bien », se contenta-t-il de répondre.

Sachant à quel point il lui répugnait d'aborder la question du jeune homme, Paola le relança : « Et son fils ?

– Elle est certaine qu'il ne s'est pas suicidé, mais c'est tout ce qu'elle a dit.

– C'est sa mère, il faut la croire.

– Comme ça, tout simplement ? s'étonna Brunetti, incapable de dissimuler son propre scepticisme.

– Oui, tout simplement. Si quelqu'un pouvait savoir ce dont il était capable, c'était bien elle. »

Peu désireux de contester cette affirmation, il remplit de nouveau son verre d'eau et alla se poster à la fenêtre qui donnait au nord. Derrière lui, Paola demanda : « Et de quoi a-t-elle l'air ? »

Il évoqua l'image de la signora Moro, sa voix, ses yeux qui n'avaient manifesté aucune curiosité pour lui, la peau délicate de son cou. « Elle est... réduite. Elle a perdu son intégrité. » Il crut que Paola allait lui demander d'être plus clair, mais elle ne fit aucun commentaire. « Je n'ai vu qu'une photo plus ancienne d'elle, datant de quelques années, où elle est avec son mari et son fils qui n'est encore qu'un petit garçon. C'est bien la même personne ; si tu préfères, on la reconnaît très bien d'après cette photo, mais elle a perdu quelque chose, elle est... amoindrie.

– Je comprends. Bien sûr, qu'elle a perdu quelque chose, qu'elle est amoindrie. »

Rien ne lui permettait de penser que Paola aurait une réponse à sa question, mais il la posa tout de même. «Et cet amoindrissement, crois-tu qu'il disparaîtra un jour?»

À cet instant, il comprit qu'il l'obligeait par là à penser à la mort éventuelle de leurs propres enfants, car la seule manière d'y répondre était de se mettre à la place de Federica Moro. Il regretta sa question au moment même où elle lui sortait de la bouche. Jamais il n'avait osé lui demander si elle avait envisagé une telle possibilité, et il ignorait si elle y pensait souvent. Bien qu'ayant toujours trouvé lui-même absurde que des parents fussent outre mesure inquiets pour la sécurité de leurs enfants, pas un jour ne passait sans qu'il n'éprouvât lui-même de l'inquiétude pour les siens. Il avait beau savoir que c'était ridicule, en particulier dans une ville où ne circule aucune voiture, cela n'entamait en rien son anxiété ni ne l'empêchait d'énumérer dans sa tête tout ce qui pourrait mettre leur sécurité en péril.

La voix de Paola vint interrompre sa rêverie. «Non. Je ne pense pas qu'on puisse se remettre de la mort d'un enfant... pas complètement.

– Crois-tu que c'est pire quand on est la mère?»

Elle rejeta cette idée d'un revers de la main. «Non. C'est absurde.» Il lui fut reconnaissant de ne pas donner un exemple prouvant que le chagrin d'un père pouvait être aussi profond que celui d'une mère.

Il se détourna de la vue des montagnes et leurs regards se croisèrent. «D'après toi, qu'est-ce qui est arrivé?» demanda-t-elle.

Il secoua la tête, se sentant tout à fait incapable de donner une cohérence aux différents drames vécus par la famille Moro. «Tout ce dont je dispose, c'est de quatre événements: il écrit son rapport sur les services de santé et tout ce qu'il y gagne est de se faire taper sur les doigts; il est élu au Parlement mais démissionne avant la fin de son mandat ; sa femme est victime d'un accident de chasse peu avant sa démission ; son fils est retrouvé pendu dans les lavabos de l'Académie San Martino.

– Est-ce que l'Académie a quelque chose à voir là-dedans ?

– Quelque chose à voir ? En quoi ? Parce que c'est une école militaire ?

– C'est la seule chose qui la distingue des autres, non ? Ça, et le fait qu'ils passent l'hiver à marcher dans les rues comme une colonie de pingouins. Et le reste de l'année à toiser tout le monde, le nez en l'air, comme s'ils étaient importunés par une odeur nauséabonde. » Telle était la manière dont Paola décrivait habituellement les gens snobs et leur comportement. Comme elle était la fille d'une comtesse et d'un comte et avait passé sa jeunesse entourée de tous les symboles de la richesse et de gens titrés, il se disait qu'elle devait savoir de quoi elle parlait.

« J'ai toujours entendu dire que l'école avait de bons résultats, dit-il.

– Tu parles ! explosa-t-elle, faisant disparaître une telle possibilité de cette seule réplique.

– Je ne suis pas sûr que ce soit une démonstration convaincante, aussi cohérente et bien raisonnée qu'elle soit. »

Paola lui fit face et, les mains sur les hanches, prit la pose d'une actrice s'efforçant d'incarner le rôle de la Femme en Colère. « Ma démonstration n'est peut-être pas convaincante, mais je vais m'employer à ce qu'elle le soit.

– Ah, j'adore quand tu te mets en colère comme ça, ma chère Paola », dit-il d'une voix forcée de tête. Elle laissa retomber ses mains et éclata de rire. « Allez, raconte-moi tout. » Il tendit la main vers la bouteille de pinot noir, sur le comptoir.

« Tu te souviens de Susanna Arici ? Elle y a enseigné, tout de suite après son retour de Rome, alors qu'elle attendait sa nomination dans l'Éducation nationale. Elle croyait qu'en acceptant un poste à temps partiel à l'Académie, elle aurait déjà un pied dans le système. » Devant le regard interrogateur de Guido, elle s'expliqua mieux. « Elle pensait que l'école était dirigée par l'armée, ce qui en aurait fait un établissement d'État. Mais en réalité, elle est entièrement privée, sans aucun lien officiel avec l'armée – ce qui ne l'empêche pas, semble-t-il, de recevoir une aide publique assez considérable. Si bien qu'elle s'est retrouvée avec un boulot à temps partiel mal payé, point. Et lorsque arriva le moment de créer un poste permanent, ce n'est pas à elle qu'on l'attribua.

– Qu'est-ce qu'elle enseignait, l'anglais, non ? » demanda Brunetti, qui avait rencontré Susanna à plusieurs reprises. Sœur cadette d'une ancienne camarade de classe de Paola, elle était allée poursuivre ses études à Urbino puis était revenue enseigner à Venise, où elle vivait toujours ; divorcée à l'amiable d'un premier mari, elle vivait avec le père de sa seconde fille.

« Oui. Mais elle n'y est restée qu'un an. »

Comme l'histoire remontait à une dizaine d'années, Guido observa que les choses avaient pu changer, depuis.

« Je ne vois pas pourquoi. Si les établissements publics ont changé, eux, c'est pour devenir encore pires qu'avant, bien qu'à mon avis les étudiants soient toujours les mêmes, à peu de choses près. Je ne vois pas pourquoi il en irait différemment dans les écoles privées. »

Brunetti tira une chaise à lui et s'assit. « Très bien. Et qu'est-ce qu'elle disait de l'Académie ?

– Que tous les parents étaient d'un snobisme achevé et transmettaient leur sentiment de supériorité à leurs fils. À leurs filles aussi, pour autant que je sache, mais l'Académie n'accueille que des garçons...» Paola demeura quelques instants songeuse, et Guido se demanda si elle n'allait pas profiter de l'occasion pour se lancer dans une dénonciation en règle des écoles unisexes financées par l'État.

Elle s'approcha de lui, lui prit le verre des mains et en but une gorgée avant de le lui rendre. «Ne t'inquiète pas. Un seul sermon à la fois, mon cher.» Pour ne pas l'encourager, Brunetti retint un sourire.

«Qu'est-ce qu'elle t'a raconté d'autre?

– Que ces morveux vivaient avec le sentiment qu'ils avaient, de naissance, droit à tout ce qu'ils avaient ou à tout ce que leurs parents avaient, et qu'ils se prenaient pour un groupe à part, le dessus du panier.

– Ce n'est pas le cas de tout le monde?

– Dans le leur, il faut ajouter qu'ils ne se sentaient liés qu'à ce seul groupe, à ses règles et à ses décisions.

– C'est bien ce que je voulais dire. Nous, à la police, nous ressentons cela, c'est incontestable. Certains, en tout cas.

– Oui, je n'en doute pas. Mais cela ne t'empêche pas de te sentir tout de même tenu par les lois qui régissent la société dans son ensemble, non?

– En effet», admit Guido, qui se crut tout de même obligé d'ajouter, en conscience mais aussi parce que c'était la réalité: «Du moins certains de nous.

– Eh bien, d'après Susanna, ces garçons ne se sentaient liés à rien du tout. Ou plutôt, ils pensaient que les seules règles qui les concernaient étaient celles de leur structure militaire. Tant qu'ils y obéissaient et restaient loyaux vis-à-vis du groupe, ils estimaient qu'ils pouvaient faire tout ce qu'ils voulaient.»

Paola le regardait tout en parlant et lorsqu'elle vit à quel point il était attentif à ses paroles, elle continua. «De plus, les professeurs faisaient d'après elle tout ce qu'ils pouvaient pour encourager cette tendance; il faut dire qu'ils venaient presque tous eux-mêmes de familles de militaires. Ils disaient aux étudiants de penser avant toute chose qu'ils étaient des soldats. » Elle eut un sourire – plutôt sinistre. « Tu te rends compte de ce que ça a de pathétique ? Ils ne sont pas soldats, ils n'ont aucun lien réel avec l'armée et on leur apprend à se considérer comme des guerriers n'ayant de culte à rendre qu'à la violence. C'est lamentable. »

Un détail, qui le titillait depuis un moment, finit par émerger dans son esprit. « Sa sœur était là quand la jeune fille a été violée ? demanda-t-il.

– Non. Je crois que c'est arrivé un an ou deux après son départ. Pourquoi ?

– J'essaie de me souvenir de l'histoire. Il s'agissait de la sœur de l'un d'eux, c'est bien ça ?

– Oui, ou d'une cousine, répondit Paola, qui secoua la tête comme si, du coup, la mémoire allait mieux lui revenir. Tout ce que je me rappelle, c'est que la police a été appelée à l'Académie et qu'à première vue on aurait bien dit que la fille avait été violée. Et l'histoire a brusquement disparu des journaux, à la vitesse d'une pierre dans un puits.

– C'est bizarre, mais je n'en ai qu'un souvenir très vague ; je sais simplement que c'est arrivé, mais les détails ne me reviennent pas.

– Je me demande si tu n'étais pas à Londres pour cette conférence, à l'époque. Il me semble m'être dit que je n'avais aucun moyen de savoir ce qui s'était vraiment passé parce que tu n'étais pas là pour me le dire, et que ma seule source d'information était la presse.

– Oui, c'est sans doute l'explication. Je suis sûr qu'il doit y en avoir des traces dans les dossiers ; il faut bien qu'il y ait au moins le rapport original.

– Pourrais-tu le retrouver ?

– La signorina Elettra le pourra, j'en suis certain.

– Mais pourquoi se donner ce mal ? objecta-t-elle

soudain. Rien de surprenant dans cette histoire : des garçons chouchoutés, des parents riches, si bien que tout se calme bien vite et disparaît des journaux le temps de le dire… sinon des archives, pour ce que j'en sais.

– Je peux tout de même lui demander d'aller jeter un coup d'œil. Sinon, qu'est-ce que t'a encore raconté Susanna ?

– Qu'elle ne s'y était jamais sentie à l'aise. Il y avait un ressentiment sous-jacent à son égard, dû au fait qu'elle était une femme.

– Elle n'avait pas la moindre chance d'y changer quelque chose, n'est-ce pas ?

– Voir quelqu'un d'autre engagé pour le poste permanent a finalement été la meilleure chose qui lui soit arrivée, dit Paola.

– Laisse-moi deviner. Ils ont pris un homme, hein ?

– Exactement.»

Choisissant ses mots avec soin – sachant trop bien que sa femme risquait d'enfourcher l'un de ses chevaux de bataille – Guido demanda : «Est-ce que ce ne serait pas une forme de sexisme à l'envers que je détecterais là ?»

Elle lui jeta un regard noir, puis son expression laissa la place à un sourire tolérant. «D'après Susanna, il parlait l'anglais aussi bien qu'un chauffeur de taxi parisien, mais il avait été à l'Académie navale de Livourne, alors peu importait qu'il le parle bien ou non. Ou même qu'il n'en connaisse pas un traître mot, probablement. Comme tu le sais, cette école n'a en réalité qu'un but : que les gosses y finissent leurs études en beauté avant d'aller occuper la place de leur père dans l'armée ou dans le business quelconque qui est le leur, on ne peut pas dire que l'armée, comme institution, ait de grandes exigences intellectuelles pour ceux qu'elle engage.»

Avant que Guido pût mettre en question ce jugement,

elle enchaîna : «Bon, d'accord, j'exagère peut-être un peu. Susanna a tendance à voir des discriminations sexistes un peu partout.»

Lorsqu'il put placer un mot, Guido demanda : «Tout cela, elle te l'a dit à l'époque ?

– Bien entendu. J'étais parmi celles qui l'avaient recommandée pour le poste. Si bien que quand ils l'ont remerciée, elle me l'a dit. Pourquoi ?

– Je me demandais si tu lui avais parlé depuis que c'est arrivé.

– Depuis la mort du jeune Moro ?

– Oui.

– Non, cela fait au moins six mois que nous ne nous sommes pas vues. Mais je m'en souviens très bien, sans doute parce que ce qu'elle m'a dit alors confirmait la mauvaise opinion que j'ai toujours eue des militaires. Ils ont l'éthique d'un nœud de vipères. Ils sont capables de faire n'importe quoi pour se couvrir les uns les autres : mentir, falsifier des documents, se parjurer. Tu n'as qu'à voir l'histoire de ces pilotes américains.

– Ceux qui ont fait tomber une cabine de téléphérique parce qu'ils volaient trop bas ?

– Oui. Crois-tu qu'il y en ait eu un pour dire la vérité ? Autant que je sache, aucun n'est allé en prison. De combien de morts sont-ils responsables ? Vingt ? Trente ?» Elle émit un bruit dégoûté, se versa un peu de vin, mais laissa le verre sur le comptoir avant de continuer. «Ils sont capables de faire ce qu'ils veulent à qui n'est pas de leur clan, et dès l'instant où l'opinion publique s'émeut, ils se referment tous comme des huîtres et se mettent à te parler d'honneur, de loyauté et de tous ces nobles sentiments merdiques. Il y aurait de quoi faire vomir un porc.» Elle se tut, ferma les yeux, puis les entrouvrit juste assez pour repérer son verre, qu'elle souleva. Elle prit une petite gorgée, puis une grande rasade ; un sourire illumina son visage. « Fin du sermon. »

Dans sa jeunesse, Brunetti avait accompli dix-huit mois d'un service militaire n'ayant rien eu de mémorable ; il avait passé l'essentiel de son temps en randonnées de montagne avec l'unité de chasseurs alpins à laquelle il appartenait. Ses souvenirs (il était le premier à admettre qu'ils avaient acquis la patine dorée de l'âge) étaient avant tout un sentiment d'union et d'appartenance entièrement différent de celui qui régnait dans sa famille. S'il évoquait cette période, l'image qui lui revenait avec la plus grande précision était celle d'un repas de fromage, de pain et de salami pris en compagnie de quatre autres garçons dans un refuge de montagne glacial du Haut-Adige, après lequel ils avaient descendu deux bouteilles de grappa et chanté des chansons de marche. Il n'avait jamais raconté cette soirée à Paola, non pas parce qu'il avait honte de s'être enivré comme les autres, mais parce que le souvenir le remplissait encore d'une joie simple. Il n'avait aucune idée de ce qu'étaient devenus depuis ses compagnons de beuverie, une fois leur service militaire terminé, mais il savait qu'un lien fort avait été forgé dans ce refuge de montagne glacial et qu'il ne revivrait plus jamais rien de tel.

Il revint dans le présent et à sa femme.

« Tu as toujours haï les militaires, non ?

– Donne-moi une seule raison de ne pas les détester », répliqua-t-elle du tac au tac.

Assuré qu'elle rejetterait son souvenir comme la pire forme de rituel masculin d'intégration, Guido se retrouva bien démuni pour lui répondre. « La discipline ? proposa-t-il.

– On croirait que tu n'as jamais été dans un train avec des soldats partant en permission », dit-elle, ajoutant : « La discipline, tu parles…

– Le service militaire les éloigne des jupons de leur mère ? »

Elle éclata de rire. « C'est probablement la seule bonne chose que ça leur fait. Malheureusement, leurs dix-huit mois terminés, ils reviennent tous se réfugier dans le cocon familial.

– Tu crois que c'est ce que Raffi va faire ?

– Si j'ai mon mot à dire (Guido se demanda si le contraire lui arrivait jamais), il ne fera pas son service. Il vaudrait beaucoup mieux qu'il aille passer dix-huit mois en Australie, à parcourir le pays en auto-stop et à faire la plonge dans les restaurants. Il en apprendrait certainement beaucoup plus, ou bien en faisant à la place un service civil dans un hôpital, par exemple.

– Tu le laisserais partir tout seul en Australie ? Pendant dix-huit mois ? Pour faire la plonge ? »

Paola le regarda et sourit en voyant l'expression d'étonnement sincère qu'il affichait. « Pour qui me prends-tu, Guido, pour la mère des Gracques ? T'imagines-tu que je vais garder éternellement mes enfants serrés dans mon giron, comme s'ils étaient ma seule parure ? Bien sûr, ce ne sera pas facile de le voir partir, mais je suis certaine que cela lui fera un bien immense de devoir se débrouiller tout seul et d'être indépendant. » Comme Guido ne faisait aucun commentaire, elle ajouta : « Au moins, il apprendra à faire son lit.

– Il le fait déjà, observa-t-il, prenant sa remarque au pied de la lettre.

– Je parle d'une manière générale. Il commencerait à comprendre que la vie ne se réduit pas à cette ville minuscule avec ses préjugés vétilleux, et peut-être aussi que si l'on veut quelque chose, il faut travailler pour l'obtenir.

– Plutôt qu'en demandant à ses parents ?

– Exactement. Ou à ses grands-parents. »

Guido avait rarement entendu Paola émettre un jugement critique sur ses parents, même d'une manière voilée, et sa curiosité en fut éveillée. «Les choses ont-elles été trop faciles pour toi? Quand tu es devenue adulte, je veux dire.

– Pas plus qu'elles ne l'ont été pour toi-même, mon cher.»

Ne sachant trop ce que voulait dire cette réponse sibylline, il était sur le point de lui poser la question lorsque la porte de l'appartement s'ouvrit à grand fracas, Raffi et Chiara entrant en trombe dans le couloir. Guido et Paola échangèrent un regard, puis un sourire… Il était temps de passer à table.

13

Comme souvent, Brunetti fut réconforté par le fait de déjeuner chez lui en famille. Il n'aurait su dire si sa réaction était très différente de celle d'un animal retournant dans son terrier : en sécurité, réchauffé par la chaleur de ses petits s'excitant sur la proie qu'il avait rapportée. Toujours est-il qu'il retrouva le moral et repartit au travail plein d'énergie et décidé à reprendre la chasse.

Toute cette violence imaginaire disparut de son esprit lorsqu'il entra dans le bureau de la signorina Elettra et la trouva penchée sur des documents, menton dans le creux de la main, l'air parfaitement détendue et à l'aise. «Je ne vous dérange pas, j'espère ? » demanda-t-il quand il vit sur les papiers le sceau du ministère de l'Intérieur avec, dessous, la bande rouge du classement « secret ».

« Non, pas du tout, commissaire, répondit-elle en glissant négligemment les papiers dans un classeur, ne faisant qu'exciter un peu plus l'intérêt de Brunetti.

– Puis-je vous demander un service ? » Il avait pris bien soin de la regarder droit dans les yeux et de ne pas loucher sur le classeur.

« Volontiers, signor. » Elle rangea le dossier dans le premier tiroir de son bureau et prit de quoi écrire, gardant son stylo à bille levé. « De quoi s'agit-il ?

– Avez-vous trouvé, dans les dossiers de l'Académie, quelque chose sur cette fille qui aurait été violée ? »

Le crayon retomba en claquant sur le bureau et son sourire s'effaça. Elle eut un mouvement de recul de tout son corps mais ne dit rien.

« Ça ne va pas, signorina ? » demanda-t-il, inquiet.

Elle regarda son stylo, le prit, fit jouer plusieurs fois le mécanisme de la pointe comme pour en vérifier le bon fonctionnement, puis leva les yeux et sourit à Brunetti. « Si, si, très bien, signor. » Elle regarda le carnet de notes, l'attira à elle et tint le stylo juste au-dessus. « Elle s'appelait comment ? Et quand est-ce arrivé ?

– Je ne sais pas... Ou plutôt, je ne suis pas sûr qu'il soit arrivé quelque chose. L'affaire doit remonter à environ huit ans ; je crois que ça s'est passé à San Martino pendant que j'étais à un séminaire à Londres. D'après le rapport original, la jeune fille aurait été violée par plusieurs garçons, me semble-t-il. Mais finalement, il n'y a eu aucune mise en accusation et on n'en a plus entendu parler.

– Dans ce cas, que voulez-vous que je cherche exactement, signor ?

– Je ne sais pas très bien, avoua Brunetti. Tout ce qui pourrait donner des précisions sur ce qui s'est réellement passé, quel était le nom de la jeune fille, pourquoi l'histoire a-t-elle été enterrée aussi vite... Bref, tout ce que vous pourrez trouver là-dessus. »

Elle mit un temps anormalement long à prendre ces questions en note, mais il attendit qu'elle eût fini. Le stylo toujours à la main, elle demanda : « S'il n'y a pas eu de mise en examen, je risque bien de ne pas trouver grand-chose, observa-t-elle.

– En effet. Mais j'espère qu'il y aura au moins un rapport sur le premier dépôt de plainte.

– Et s'il n'y en a pas ? »

Il était intrigué de la voir aussi hésitante à se lancer dans une enquête. « Alors voyez dans les journaux. Une fois que vous aurez la date, évidemment.

– Je regarderai dans votre dossier personnel, signor, et j'aurai ainsi les dates de votre séjour à Londres.» Elle leva les yeux sur lui, l'expression sereine.

«Oui, oui, bonne idée. Je serai dans mon bureau», ajouta-t-il bêtement.

Dans l'escalier, il se reprit à penser à la mercuriale de Paola contre les militaires, essayant de comprendre pourquoi il n'arrivait pas à les condamner aussi définitivement et avec la même virulence qu'elle. Cela tenait en partie, il le savait, à son expérience personnelle sous les drapeaux, même si elle avait été brève, et à l'attendrissement persistant qu'il éprouvait pour cette période de camaraderie vécue comme allant de soi. Ce n'était peut-être rien de plus relevé que l'instinct de meute, les chasseurs rassemblés autour de l'animal abattu répétant à satiété les incidents de la chasse du jour tandis que des morceaux de graisse fondent en grésillant dans le feu. Mais s'il fallait en croire ses souvenirs, sa loyauté s'était cantonnée à son groupe d'amis proches, sans se porter sur quelque idéal abstrait de corps ou de régiment.

Ses lectures historiques lui avaient offert de nombreux exemples de soldats morts pour défendre le drapeau du régiment ou en se livrant à des actes héroïques pour sauver ce qui était perçu comme l'honneur de leur groupe ; Brunetti avait toujours considéré ces comportements comme relevant du gaspillage et quelque peu stupides. Certes, en lisant le récit des événements, ou même les paroles prononcées lors des remises de décoration – souvent à titre posthume – à ces braves jeunes gens, Brunetti s'était senti ému par la noblesse de leur geste, mais l'antienne du solide bon sens n'avait pas pour autant cessé de retentir en fond sonore, lui rappelant qu'en fin de compte ces jeunes gens avaient sacrifié leur vie pour protéger ce qui n'était rien de plus qu'un morceau de chiffon ; geste audacieux et courageux, sans aucun doute, mais aussi d'une témérité folle qui frisait l'idiotie.

Son bureau disparaissait sous les rapports d'un genre ou d'un autre qui s'étaient accumulés depuis plusieurs jours, tels les détritus de marées successives. Il se drapa dans le manteau du devoir et, pendant les deux heures suivantes, se livra à une activité aussi futile (quoique moins dangereuse) que celle qu'il reprochait l'instant d'avant à ces vaillants jeunes gens. En lisant les comptes rendus d'arrestation pour cambriolage, vol à la tire, escroqueries diverses – la litanie des délits pratiqués dans les rues de Venise –, il fut frappé de tomber aussi souvent sur des noms à consonance étrangère et par le fait que l'âge des délinquants les exemptait de toute punition. Ce n'était pas le fait lui-même qui le troublait, cependant, mais l'idée que chacune de ces arrestations signifiait un vote de plus pour la droite. Des années auparavant, il avait lu une nouvelle d'un auteur américain qui se terminait sur l'image d'une longue file de pécheurs, en route vers le paradis sur un grand arc dans le ciel. Il se représentait souvent la même file de pécheurs s'avançant lentement au milieu des cieux de la politique italienne, mais avec une destination qui n'était pas exactement le paradis.

Abruti par l'ennui qui suintait de cette tâche, il entendit qu'on l'appelait pas son titre et il leva les yeux.

«Ah, Pucetti, dit-il, faisant signe au jeune officier d'entrer. Viens t'asseoir.» Trop content de ce prétexte pour mettre la paperasse de côté, il tourna son attention vers le nouveau venu. «De quoi s'agit-il?» demanda-t-il, brusquement frappé par l'apparence de jeunesse de son subordonné, dans son uniforme impeccable, un subordonné bien trop jeune pour porter une arme à son côté, bien trop innocent pour savoir s'en servir à bon escient.

«C'est à propos du jeune Moro, signor. Je suis passé vous voir hier, mais vous n'étiez pas là.»

C'était presque un reproche, quelque chose d'inhabituel de la part de Pucetti. Brunetti sentit une brusque pointe d'irritation à l'idée que ce gamin pût prendre un tel ton avec lui et il dut lutter contre l'envie de lui rétorquer qu'il avait décidé qu'il n'avait aucune raison de se hâter. Si tout le monde pensait que la police traitait la mort du jeune Moro comme un suicide, les gens auraient tendance à parler plus librement du cadet; de plus, il n'avait pas à justifier sa décision à un subordonné. Il attendit simplement un peu plus qu'il l'aurait fait normalement, puis demanda simplement à Pucetti de parler.

« Vous vous souvenez, l'autre jour, quand nous étions là-bas, et que nous avons interrogé les cadets ? » demanda Pucetti. Brunetti fut tenté de lui rétorquer qu'il n'en était pas encore à l'âge où il faut longuement solliciter sa mémoire pour la faire revenir.

« Oui, bien sûr, se contenta-t-il de dire.

– Eh bien, c'est très étrange, signor. Quand nous sommes retournés leur parler, c'était à croire que personne ne le connaissait et n'avait été en classe avec lui. La plupart de ceux que j'ai interrogés m'ont dit qu'ils ne le connaissaient pas très bien. J'ai parlé avec le garçon qui l'a découvert, Pellegrini, mais il ne savait rien. Il s'était soûlé la veille, puis couché vers minuit, d'après ce qu'il m'a dit. Oui, enchaîna Pucetti avant que Brunetti ne lui posât la question, il avait été à une soirée chez un ami, à Dorsoduro. Je lui ai demandé comment il était rentré, et il m'a dit qu'il avait la clef de la porte cochère. Que le concierge lui en avait donné une pour vingt euros. À la manière dont il m'a raconté ça, j'ai eu l'impression que n'importe qui pouvait s'en procurer une. » Pucetti attendit de voir si son supérieur n'avait pas de question à ce sujet, puis continua : « J'ai demandé à son camarade de chambrée, qui m'a dit que c'était vrai, que Pellegrini l'avait même réveillé en arrivant. Quant à Pellegrini, il m'a dit qu'il s'était relevé à six heures pour boire et que c'était là qu'il avait vu Moro.

– Mais ce n'est pas lui qui a appelé, si ?

– Vous voulez dire qui *nous* a appelés, signor ?

– Oui.

– Non. C'est l'un des employés de l'école. Il était monté pour réparer quelque chose et il a entendu du bruit dans les lavabos et c'est lui qui a appelé quand il a vu ce qui s'était passé.

– Plus d'une heure après la découverte du corps par Pellegrini. » Brunetti s'était fait cette réflexion à voix haute. Pucetti ne réagissant pas, il ajouta : « Quoi d'autre ? Continue. Qu'est-ce qu'ils disaient de Moro ?

– Tout est là-dedans, signor », répondit le policier en posant un dossier sur le bureau de Brunetti. Il se tut un instant, évaluant ce qu'il devait encore ajouter. « Je sais que ça va vous paraître bizarre, signor, mais j'ai eu l'impression que la plupart d'entre eux étaient indifférents à cette affaire. Qu'ils n'avaient pas l'attitude que vous ou moi aurions s'il arrivait quelque chose de pareil à quelqu'un qu'on connaîtrait ou avec qui on travaillerait. » Il parut réfléchir à ce qu'il venait de dire avant de poursuivre. « Ça faisait un sale effet, cette manière de parler comme s'ils ne le connaissaient pas. Or ils vivent tous ensemble, ils vont en cours ensemble ! Comment pouvaient-ils prétendre qu'ils ne le connaissaient pas ? » Entendant sa voix monter dans les aigus, Pucetti fit un effort pour se calmer. « Bref, l'un d'eux m'a dit qu'il avait été en cours avec Moro deux jours avant, le vendredi, et qu'ils avaient étudié ce soir-là et le lendemain, ensemble, en vue d'un examen.

– Quand devait avoir lieu l'examen ?

– Le lendemain.

– Le lendemain de quoi ? De sa mort ?

– Oui, signor. »

La conclusion de Brunetti fut instantanée, mais il posa néanmoins la question à Pucetti. « Et tu en déduis quoi ? »

Il était évident que le jeune policier l'avait anticipée, car il répondit sans hésiter. « Les gens qui se suicident, enfin, il me semble, le font plutôt après un examen, au moins après avoir vu à quel point leurs résultats étaient mauvais, et c'est ça qui les décide… C'est en tout cas ce que je ferais – à vrai dire, il m'en faudrait bien plus qu'échouer à un stupide examen pour ça.

– Et qu'est-ce qui pourrait te pousser à te suicider ? »

Pucetti ouvrit un œil rond qui le fit ressembler à une chouette. « Oh, je ne vois vraiment pas quoi, signor. Et vous ?

– Non, je ne vois vraiment pas non plus, répondit Brunetti en secouant la tête rien qu'à cette idée. Mais je suppose qu'on ne sait jamais. » Il avait des amis qui se suicidaient à petit feu avec le stress, les cigarettes ou l'alcool, et certains de ces amis avaient des enfants qui se shootaient avec des choses plus radicales encore, mais il n'en voyait aucun, du moins pour le moment, qui pourrait être tenté par le suicide. C'était peut-être pour ça qu'un suicide faisait parfois l'effet d'un coup de tonnerre, quand il était commis par la personne qui aurait paru la moins susceptible de le faire.

Son attention revint à Pucetti au moment où celui-ci finissait sa phrase : « … d'aller skier cet hiver.

– Le fils Moro ? » demanda Brunetti, simulant l'incrédulité pour dissimuler le fait qu'il n'avait pas écouté.

– Oui, signor. Et le cadet qui me l'a dit a ajouté que Moro attendait ça avec impatience, qu'il adorait vraiment skier. » Une fois de plus, Pucetti ménagea un silence pour permettre à son supérieur de faire un commentaire, mais il n'y en eut pas. « Il paraissait bouleversé, signor.

– Qui ça, le garçon qui t'en a parlé ?

– Oui.

– Et pour quelle raison ?»

Pucetti lui jeta un regard étonné, intrigué que son patron n'eût pas déjà deviné. «Parce que s'il ne s'est pas suicidé, c'est que quelqu'un l'a assassiné.»

À l'expression de satisfaction ravie qui se peignit sur le visage de Brunetti, le jeune policier commença à soupçonner, non sans ressentir un peu de gêne, que celui-ci y avait déjà pensé.

14

Les jours suivants, le cours des réflexions de Brunetti se trouva détourné de la famille Moro et de ses drames à cause d'une affaire concernant le casino de Venise. Cette fois, on ne demanda pas à la police d'enquêter sur une forme nouvelle et raffinée d'escroquerie qu'auraient pratiquée les clients ou les croupiers, mais sur l'administration de l'établissement elle-même, accusée de s'être enrichie aux dépens des joueurs. Brunetti faisait partie des rares Vénitiens à se souvenir que le casino appartenait à la ville, et donc à avoir pleinement conscience que tout vol ou détournement de fonds était autant d'amputations sur le budget destiné à la veuve et à l'orphelin. Brunetti ne trouvait rien de surprenant à ce que des gens qui côtoyaient journellement des joueurs professionnels fussent eux-mêmes des voleurs : c'était leur témérité qui le laissait parfois stupéfait, car il semblait bien que tous les services annexes proposés par le casino – banquets, soirées privées, même les bars – eussent été discrètement rétrocédés à une société privée dont le patron était le frère du directeur.

Étant donné qu'il avait fallu, d'une part, faire venir des enquêteurs d'autres villes afin qu'ils pussent se faire passer pour des joueurs sans être démasqués par les physionomistes du casino et, de l'autre, trouver des employés acceptant de témoigner contre leurs employeurs et leurs collègues, cette enquête délicate et compliquée avait pris du temps. Et celui que Brunetti devait y consacrer l'empêchait du coup d'en disposer d'assez pour les autres affaires, en particulier celle d'Ernesto Moro. Les preuves, cependant, continuaient à s'accumuler en faveur de la thèse du suicide : le rapport de l'enquête technique sur la douche et la chambre du jeune homme ne contenait rien qui pût faire naître des doutes sur la cause de sa mort, et aucune des déclarations de ses condisciples comme des professeurs ne faisait état de réserves sur cette version des faits. Brunetti, s'il n'était pas ébranlé par cette absence de preuves en faveur de la thèse d'un assassinat, se rappelait toutefois que, par le passé, son impatience avait été parfois néfaste pour l'enquête. Patience, calme et pondération devaient être ses maîtres mots.

Le magistrat instructeur chargé de l'affaire était sur le point de signer des mandats d'arrêt contre toute la direction du casino, lorsque le bureau du maire publia un communiqué qui annonçait le transfert du directeur à un autre poste dans l'administration municipale, ainsi que la promotion de ses principaux assistants à des places de choix dans divers services de la ville. De plus, les deux principaux témoins se trouvèrent propulsés à des postes de premier rang dans le casino réorganisé, sur quoi l'un et l'autre se rendirent compte qu'ils avaient dû se tromper dans la version qu'ils avaient précédemment donnée des événements. Son bel édifice jeté à bas, la police se retira du merveilleux palazzo du Canal Grande et les enquêteurs venus d'ailleurs furent renvoyés dans leurs foyers.

Ce retournement se traduisit, pour Brunetti, par une convocation de Patta en fin de matinée. Le vice-questeur le sermonna pour ce qu'il considérait comme une attitude beaucoup trop agressive envers l'administration du casino. Mais étant donné que le commissaire n'avait jamais éprouvé autre chose qu'une certaine désapprobation désabusée vis-à-vis du comportement des suspects (il avait une vision – comment dire ? – large d'esprit sur les délits contre la propriété), les remontrances acerbes de Patta ne lui firent pas plus d'effet qu'une averse de printemps sur un sol détrempé.

Ce ne fut que lorsque son supérieur aborda la question de l'affaire Moro qu'il prêta à nouveau attention à ce que lui disait le vice-questeur. « Le lieutenant Scarpa m'a dit que ce garçon passait pour instable et qu'il n'est donc pas nécessaire de nous attarder davantage sur cette affaire. Le moment est venu de fermer le dossier.

– Aux yeux de qui ?

– Pardon ?

– Aux yeux de qui Ernesto Moro passait-il pour instable ? » Il fut évident, à la réaction de Patta, qu'il n'avait pas pensé à poser la question : l'affirmation de Scarpa lui tenait lieu de preuve.

« De ceux de ses professeurs, j'imagine. De ceux des gens de l'école. Aux yeux de toutes les personnes auxquelles a parlé le lieutenant Scarpa, répliqua Patta. Pourquoi cette question ?

– Simple curiosité, signor. Je ne savais pas que le lieutenant s'intéressait à l'affaire.

– Je n'ai pas dit qu'il s'y intéressait », lança Patta d'un ton qui ne cherchait pas à cacher sa désapprobation devant tant d'incapacité, de la part de Brunetti (ou cette mauvaise volonté, soupçonnait-il), à faire ce que tout bon policier doit savoir faire : comprendre quand une suggestion est en réalité un ordre. Il prit une longue inspiration. « Peu importe à qui il a parlé ; le fait est qu'on lui a dit que le garçon était indiscutablement instable, si bien qu'il est plus que vraisemblable qu'il s'agit d'un suicide.

– C'est en tout cas ce qu'indique formellement l'autopsie, avança diplomatiquement Brunetti.

– Oui, je sais. Je n'ai pas eu le temps de lire le rapport

en détail, mais en le parcourant, tout semble concourir à l'hypothèse du suicide.»

Brunetti n'avait aucun doute sur qui avait pris la peine de «parcourir» le rapport; mais ce qui le laissait dubitatif était les raisons qu'avait pu avoir Scarpa de s'intéresser à une affaire qui n'était pas de son ressort.

«A-t-il dit autre chose concernant tout cela? demanda Brunetti, prenant le ton de celui qui n'est que moyennement intéressé.

– Non. Pourquoi?

– Oh, simplement parce que si le lieutenant est convaincu, nous devrions peut-être informer les parents que l'enquête est close.

– Vous leur avez déjà parlé, n'est-ce pas?

– Oui, il y a quelques jours. Mais si vous vous en souvenez, signor, vous m'avez demandé qu'il n'y ait pas le moindre doute possible sur nos conclusions, afin que le père n'ait aucune raison de se plaindre de la qualité de notre travail, étant donné qu'il a déjà fait pas mal d'histoires à d'autres agences de l'État.

– Vous faites allusion à son rapport?

– Oui, signor. J'avais cru comprendre que vous vouliez être bien certain qu'il n'aurait aucun motif de lancer une enquête semblable sur la manière dont nous avons conduit nos investigations sur la mort de son fils.» Brunetti s'interrompit un instant pour mesurer l'effet de ses paroles; quand il vit que Patta commençait à être mal à l'aise, il enfonça le clou suivant. «C'est un personnage qui paraît avoir acquis la confiance de l'opinion publique, et on peut craindre que toute plainte déposée par lui ne soit aussitôt reprise par la presse.» Il se permit un petit haussement d'épaules méprisant. «Mais si le lieutenant Scarpa estime qu'il y a suffisamment de quoi prouver aux parents que c'est un suicide, alors je n'ai plus aucune raison de poursuivre mon enquête sur cette affaire.» Posant d'un geste sec les mains sur ses cuisses, le commissaire se leva, déjà désireux de se lancer dans autre chose – à présent que l'affaire Ernesto Moro avait été si bien réglée par son collègue, le lieutenant Scarpa.

« Eh bien, dit Patta comme à regret, il est peut-être prématuré de penser que les choses soient aussi concluantes que le lieutenant Scarpa aimerait le croire.

– Je ne vous suis pas très bien, signor. » Ce mensonge, pour que Patta ne croie pas s'en tirer aussi facilement et parce que Brunetti voulait voir jusqu'où l'homme irait pour prendre ses distances avec la position de Scarpa. Patta ne réagit pas, et un Brunetti rendu téméraire en profita pour demander : « Peut-on mettre en doute ces témoignages ? » Il dut faire un effort pour vider la question de tout sous-entendu sarcastique. Patta restant toujours sans réaction, il ajouta : « Mais qu'est-ce qu'il vous a dit exactement, signor ? »

D'un geste, le vice-questeur lui fit signe de se rasseoir et se laissa lui-même aller contre le dossier de son fauteuil, le menton dans une main – sans doute une posture non menaçante apprise dans un séminaire de gestion comme moyen de signifier sa solidarité avec un subordonné. Il sourit, se frotta un instant la tempe, sourit à nouveau. « Je crois que le lieutenant Scarpa est un peu trop pressé de dire aux parents que l'enquête est close. » Autre formulation sortie tout droit d'un séminaire, sans doute. « Pour tout dire, la rumeur a couru dans l'école que le jeune Moro n'était pas dans son état normal, les quelques jours avant sa mort. En y réfléchissant à tête reposée, je me dis que le lieutenant a interprété un peu trop hâtivement cela comme une preuve de suicide », risqua Patta, ajoutant tout de suite : « Bien que je sois sûr qu'il ait raison.

– Ces cadets ont-ils précisé comment il se comportait ? Et qui étaient ces garçons ? ajouta Brunetti avant que Patta eût le temps de répondre à la première question.

– Je ne suis pas sûr qu'il me l'ait dit, avoua Patta.

– Ça doit figurer dans son rapport, dit Brunetti avec un léger mouvement vers l'avant, comme s'il s'attendait à ce que le vice-questeur exhibât le rapport en question.

– Non, il m'a fait son rapport oralement.

– Si bien qu'il n'a mentionné aucun nom ?

– Pas que je sache, non.

– Savez-vous s'il a préparé un rapport écrit, depuis ?

– Non, mais il n'a pas dû considérer que c'était indispensable, pas après m'avoir parlé.

– Oui, c'est vrai.

– Que voulez-vous dire ? » contre-attaqua Patta, retrouvant instantanément ses manières habituelles.

Brunetti eut un sourire neutre. « Seulement qu'il a dû penser avoir fait son devoir en soumettant un rapport oral à son supérieur. » Il laissa le silence se prolonger quelques instants, puis changea d'expression, prenant celle qu'adoptent les ténors jouant le rôle du simplet dans *Boris Godounov*. « Que devons-nous faire, à présent, signor ? »

Il craignit un moment d'avoir été trop loin, mais la réaction de Patta lui fit comprendre que non. « Je pense qu'il serait prudent de parler de nouveau aux parents, pour voir s'ils paraissent accepter la thèse du suicide. » L'honnêteté de Patta le décontenançait parfois, tant celui-ci trahissait un manque d'intérêt absolu pour la vérité.

« Le lieutenant Scarpa pourrait peut-être s'en charger, signor, qu'en pensez-vous ? »

Cette suggestion réveilla la méfiance de Patta. « Non. Il vaut mieux que ce soit vous. Après tout, vous leur avez déjà parlé, et j'imagine qu'ils vous ont trouvé sympathique. » Jamais cette qualité n'avait autant l'air d'un défaut de caractère que dans l'emploi qu'en faisait Patta lorsqu'il la prêtait à Brunetti. Il réfléchit encore quelques instants et ajouta : « Oui, faites comme ça.

Allez les voir, et tâtez le terrain. Vous saurez comment vous y prendre. Une fois qu'ils auront accepté l'idée que c'était un suicide, nous pourrons clore le dossier.

– Et reporter toute notre attention sur le casino ? » ne put s'empêcher de lancer Brunetti.

Le regard que lui lança Patta fit baisser la température de plusieurs degrés dans la pièce et repoussa Brunetti bien loin. « Je pense que la ville s'est montrée capable de régler ce problème », déclara Patta, obligeant Brunetti (et ce n'était pas la première fois) à se dire que son supérieur n'était peut-être pas aussi stupide qu'il trouvait agréable de le croire.

Une fois chez lui, il se mit à fouiller dans les documents empilés sur son bureau jusqu'à ce qu'il ait trouvé le dossier d'Ernesto Moro. Il composa le numéro du père. On décrocha à la sixième sonnerie et une voix répondit en donnant son nom.

« C'est le commissaire Brunetti, dottor Moro, dit-il. J'aimerais pouvoir vous parler à nouveau, si c'était possible. » Comme Moro gardait le silence, Brunetti ajouta : « Pouvez-vous m'indiquer une heure qui vous conviendrait ? »

Le médecin soupira. « Je vous ai déjà fait savoir que je n'avais rien de plus à vous dire, commissaire, répondit-il d'une voix calme, tout à fait dépourvue d'expression.

– Je ne l'ai pas oublié, dottore, et je suis désolé de devoir vous déranger, mais j'ai besoin de vous parler.

– Besoin ?

– C'est ce qu'il me semble.

– Nous n'avons besoin que de très peu de choses dans cette vie, commissaire. Ne vous en êtes-vous jamais rendu compte ? » Il avait posé la question comme s'il était prêt à passer le reste de la journée à l'analyser.

« Si, dottore, souvent. Et je suis d'accord. »

Le médecin le surprit par sa question suivante. « Avez-vous lu *Ivan Illitch* ?

– Vous faites allusion à la nouvelle de Tolstoï ou à l'écrivain ?»

La réaction de Brunetti dut elle aussi surprendre Moro, car il y eut un silence prolongé avant qu'il ne réponde : « La nouvelle.

– Oui. Plusieurs fois, même.»

Le médecin soupira de nouveau, puis la ligne resta silencieuse pendant de longues secondes. « Venez à quatre heures, commissaire », dit finalement Moro avant de raccrocher.

Bien que n'ayant aucune envie d'avoir affaire aux deux parents d'Ernesto le même jour, Brunetti fit tout de même l'effort de téléphoner à la signora Moro. Il laissa le téléphone sonner une fois, coupa, appuya sur le bouton *rappel* – et se sentit soulagé lorsque personne ne décrocha. Il n'avait fait aucune tentative pour se renseigner sur les allées et venues éventuelles des parents. Pour ce qu'il en savait, Federica Moro avait très bien pu quitter Venise n'importe quand après les funérailles d'Ernesto ; et non seulement Venise, mais le pays, laissant tout derrière elle, sauf son chagrin de mère.

Brunetti savait que ce genre de spéculation ne le conduirait nulle part et il reporta donc son attention sur les papiers qui encombraient toujours son bureau.

L'homme qui accueillit Brunetti à l'appartement, à seize heures, aurait très bien pu être un frère plus âgé du médecin, et encore, à condition que cet aîné eût été affligé de quelque maladie pouvant entraîner de sérieux ravages. Le signe le plus effrayant était ses yeux, qui paraissaient recouverts d'une fine pellicule d'un liquide opaque. Le blanc avait pris les nuances ivoire qu'on voit parfois chez les personnes très âgées, et des triangles inversés, de couleur plombée, s'étaient dessinés sous chacun. Le nez fin s'était transformé en bec, et la puissante colonne du cou en un tronc sec, maintenu en position verticale par des tendons qui tiraient la peau. Pour dissimuler le choc qu'il ressentit à la vue de ces changements, Brunetti regarda vers le plancher. Mais lorsqu'il remarqua que l'ourlet de son pantalon retombait mollement sur le talon de ses chaussures et traînait sur le sol, il releva la tête pour regarder le médecin dans les yeux ; celui-ci se tourna à cet instant et conduisit son visiteur dans un salon.

« Alors, commissaire ? Qu'êtes-vous venu me dire ? » demanda un Moro parfaitement courtois quand les deux hommes furent assis face à face.

La cousine du médecin ou quelqu'un d'autre avait dû venir souvent, car l'appartement était impeccable. Le parquet brillait, les tapis étaient disposés avec une régularité géométrique et d'énormes bouquets explosaient de couleurs dans des vases de Murano. La mort n'avait en rien affecté la prospérité de la famille, même si Moro aurait aussi bien pu habiter dans un hall de banque, à voir l'attention qu'il accordait à ce qui l'entourait.

« Je crois que tout cela rend pour vous le mensonge sans objet, dottore », dit Brunetti sans autre préambule.

Moro ne parut pas trouver la formulation particulièrement inhabituelle. « On peut dire ça comme ça, oui.

– J'ai beaucoup pensé à notre dernière rencontre, dit Brunetti avec l'espoir de créer un début de lien avec l'homme.

– Je ne m'en souviens pas, répondit Moro, sans sourire ni froncer les sourcils.

– J'avais essayé de vous parler de votre fils.

– C'est compréhensible, commissaire, étant donné qu'il venait de mourir et que vous étiez responsable de l'enquête sur son décès. »

Brunetti chercha, mais en vain, une note de sarcasme ou de colère dans le ton du médecin. « Oui, j'y ai beaucoup pensé.

– Et moi je n'ai pensé à rien d'autre qu'à mon fils.

– Y a-t-il quelque chose dans ce que vous avez pensé

que vous pourriez me dire ? Ou que vous accepteriez de me dire ? se corrigea-t-il.

– Et quel intérêt mes pensées peuvent-elles présenter pour vous, commissaire ? » Brunetti remarqua que la main droite de son interlocuteur ne cessait de s'agiter : il se frottait en permanence le pouce contre le majeur, comme s'il roulait entre eux un objet invisible.

« Comme je l'ai dit, je crois que vous avez dépassé le stade du mensonge, c'est pourquoi je ne vous cacherai pas que je ne crois pas à la thèse du suicide. »

Le regard de Moro se détourna pendant quelques instants de Brunetti pour revenir sur lui. « Il n'y a pas que le stade du mensonge que j'ai dépassé, commissaire.

– Que voulez-vous dire ? demanda Brunetti le plus poliment possible.

– Que je ne m'intéresse guère à l'avenir.

– Le vôtre ?

– Le mien, et, par conséquent, celui de n'importe qui d'autre.

– Vous ne vous intéressez pas à celui de votre femme ? » demanda Brunetti, honteux de ce coup bas.

Moro cligna par deux fois des yeux et parut réfléchir à la question avant de répondre. « Ma femme et moi sommes séparés.

– Votre fille, alors ? insista Brunetti, qui se souvenait avoir lu une allusion à son existence dans un article sur le médecin.

– C'est sa mère qui s'en occupe », répondit Moro avec ce qui paraissait être une totale indifférence.

Brunetti aurait voulu lui faire remarquer qu'il en était toujours le père mais ne put s'y résoudre. Au lieu de cela, il changea de direction. « La séparation est une situation légale », dit-il.

Il fallut un certain temps à Moro pour répondre. « Je ne vois pas où vous voulez en venir », dit-il finalement.

Jusqu'ici, Brunetti n'avait pas tellement fait attention

au choix de leurs mots, dans les échanges qui avaient précédé, laissant son instinct le guider comme s'il était sur pilote automatique. Si bien que l'esprit détaché de leur sens immédiat, il faisait mieux attention au ton et aux gestes de Moro, à la manière dont il se tenait assis, au placement de sa voix. Il avait l'impression que l'homme s'était réfugié en quelque lieu éloigné de la douleur, comme si son cœur avait été placé sous une garde bienveillante et que seul son esprit eût disposé de la liberté de répondre aux questions. Il se dégageait cependant de lui une puissante impression de peur ; non pas la peur de Brunetti, mais de trahir quelque chose de ce qui se trouvait derrière cette façade de calme et de retenue.

Brunetti décida de répondre à ce qui était manifestement une question. « Je me suis entretenu avec votre épouse, dottore, et elle n'a manifesté aucune rancœur vis-à-vis de vous.

– Vous vous y attendiez ?

– Étant donné la situation, oui. Il me semblait que c'était compréhensible. De cette façon, elle aurait pu trouver un moyen ou un autre de vous rendre responsable de ce qui est arrivé à votre fils. On peut supposer que c'est vous qui l'avez poussé à s'inscrire à l'Académie. »

Moro lui lança un regard interloqué, ouvrit la bouche comme s'il s'apprêtait à se défendre, puis la referma sans rien dire. Brunetti détourna les yeux pour ne pas voir la colère du médecin ; quand il revint sur lui, son visage était vide de toute expression.

Brunetti demeura longtemps sans rien trouver à dire, jusqu'au moment où il parla d'une manière entièrement spontanée. « J'aimerais que vous me fassiez confiance, dottore. »

Moro garda lui aussi longtemps le silence avant de répondre. « J'aimerais également pouvoir vous faire

152

confiance, commissaire. Mais ce n'est pas le cas, et ça ne le sera jamais.» Voyant que Brunetti se préparait à objecter quelque chose, il ajouta rapidement : «Non pas parce que vous ne paraissez pas être parfaitement honnête, mais parce que j'ai appris à ne faire confiance à personne.» Brunetti voulut à nouveau parler, mais Moro lui imposa le silence d'un geste de la main. «De plus, vous représentez un État que je considère pour ma part non seulement comme négligent, mais comme criminel, et c'est un motif suffisant à mes yeux pour vous exclure totalement de ma confiance.»

Sur le coup, Brunetti se sentit offensé par ces paroles et éprouva le besoin de se défendre et de défendre son honneur, mais dans le silence qui tomba lorsque Moro se tut, il comprit que ces propos n'avaient rien à voir avec lui personnellement : aux yeux de Moro, il était contaminé, en quelque sorte, du seul fait qu'il travaillait pour l'État. Et le policier prit conscience qu'il éprouvait trop de sympathie pour cette position pour la combattre.

Il se leva, mais d'un mouvement fatigué, sans rien de la fausse énergie qu'il y mettait lorsqu'il faisait le même geste devant Patta. «Si vous décidez que vous pouvez me parler, dottore, je vous en prie, n'hésitez pas à m'appeler.

– Bien entendu», répondit Moro avec tout ce qu'il fallait de politesse. Il se leva à son tour, reconduisit Brunetti jusqu'à la porte et le laissa partir sans rien ajouter.

15

Une fois dehors, il se tâta les poches à la recherche de son portable, pour découvrir qu'il avait dû l'oublier une fois de plus à son bureau ou dans une autre veste. Il résista aux sirènes qui lui murmuraient qu'il était inutile d'appeler la signora Moro si tard dans l'après-midi, qu'elle refuserait de lui parler – il y résista, en fait, le temps de faire deux tentatives pour l'appeler depuis des cabines publiques. La première, équipée de ces nouveaux appareils argentés aux lignes aérodynamiques venus remplacer les anciens (moches, de couleur orange, mais fiables), refusa sa carte de téléphone, et la seconde se contenta d'émettre un couinement rythmique à la place du signal normal. Il arracha la carte à l'appareil, la remit dans son portefeuille et, estimant avoir fait tout ce qu'il pouvait, décida de retourner à la questure pour ce qui restait de la journée.

Debout dans la gondole – un *traghetto* –, entre la Salute et San Marco, ses genoux de Vénitien s'ajustaient automatiquement aux mouvements de l'embarcation, poussée par les coups de rame du gondolier, secouée par les vagues de la marée montante. Regardant droit devant lui lorsqu'ils traversèrent le Canal Grande, il fut soudain frappé par l'idée qu'on pût se sentir aussi épuisé qu'il l'était : devant lui se dressaient les dômes de la basilique San Marco, en partie dissimulée par le Palazzo Ducale, et il regardait ce spectacle comme si c'était le rideau de fond grossièrement peint d'une production provinciale et ennuyeuse d'*Otello*. Comment en était-il arrivé à pouvoir contempler tant de beauté sans en être ému ? Sur fond de grincement de la rame contre son taquet, il suivit ces pensées et se demanda s'il allait bientôt pouvoir regarder Paola sans avoir envie de lui caresser les seins, ou encore ses enfants occupés à quelque chose d'aussi idiot que suivre un feuilleton télévisé sans sentir son estomac se nouer à l'idée de tous les dangers que la vie leur réservait.

La gondole glissa jusqu'au quai sur lequel il sauta, non sans se dire qu'il ferait mieux de laisser ces réflexions stupides dans la barque. Une longue expérience lui avait appris que ses capacités d'émerveillement étaient toujours intactes et lui reviendraient, accompagnées du sentiment presque douloureux de la beauté qui l'attendait sous un angle nouveau à chaque coin de rue.

Il avait connu autrefois une femme très belle qui avait tenté de le convaincre que sa beauté était à certains points de vue une malédiction, car c'était la seule chose qui semblait intéresser les gens, à l'exclusion de toutes les autres qualités qu'elle pouvait avoir. À l'époque, il n'avait vu là qu'une tentative pour aller à la pêche aux compliments (des compliments qu'il lui aurait volontiers faits), mais il croyait comprendre aujourd'hui ce qu'elle avait voulu dire, au moins quand il pensait à la ville. Personne ne se souciait vraiment de ce qui lui arrivait – sinon comment expliquer la manière dont elle était gérée ? – du moment qu'on pouvait profiter d'elle et prendre la pose dans la gloire de son rayonnement, tant que durait cette beauté.

Une fois à la questure, il monta dans le bureau de la signorina Elettra, qu'il trouva plongée dans la lecture du *Gazzettino*. Elle lui sourit et lui montra l'article qui dominait la première page. « Le président des États-

Unis paraît vouloir faire lever toutes les restrictions sur les carburants à base de carbone, dit-elle, lui lisant ensuite le titre : *Une gifle pour les écologistes*.

– Je l'en crois capable», répondit Brunetti, guère intéressé à poursuivre cette conversation et se demandant si Vianello n'avait pas transmis ses vues passionnées sur l'écologie à la jeune femme.

Elle lui jeta un coup d'œil et retourna au journal. «Et ça : *Venise condamnée*.

– Quoi ? s'exclama Brunetti, pris de court devant une manchette dont il ne comprenait pas le sens.

– Eh bien, si la température continue de monter, les calottes glacières fondront, le niveau des mers s'élèvera, et c'en sera fini de Venise.» Cette perspective paraissait la laisser de marbre.

«Le Bangladesh aussi, pourrait-on ajouter.

– Bien entendu. Je me demande si le président américain a pensé aux conséquences.

– Je doute qu'il ait les capacités intellectuelles pour penser à des conséquences», observa Brunetti. Il avait pour habitude d'éviter de parler politique avec des collaborateurs, mais il ne savait trop si cette restriction concernait aussi la politique étrangère.

«J'en doute aussi. Sans compter que c'est ici que vont échouer les réfugiés, pas chez lui.

– Quels réfugiés ? interrogea Brunetti, se demandant où menait cette conversation.

– Ceux du Bangladesh. Si leur pays se retrouve un jour définitivement sous les eaux, les habitants ne vont évidemment pas y rester à attendre de se noyer, juste pour ne pas être une gêne pour les autres. Ils devront émigrer ailleurs, et comme il y a peu de chances qu'on les laisse aller vers l'est, ils échoueront ici.

– Vous ne prenez pas un peu trop de libertés avec la géographie, signorina ?

– Je ne parle pas des habitants eux-mêmes mais, les

uns chassant les autres, cela créera une vague d'émigra-tion qui, de proche en proche, finira sur nos côtes. » Elle le regarda, l'air étonnée qu'il n'eût pas compris. « Vous vous intéressez à l'histoire, n'est-ce pas, signor ? Alors vous savez comment ça se passe.

– Possible, répondit Brunetti, nettement dubitatif.

– On verra bien, dit-elle d'un ton conciliant en refer-mant le journal. Que puis-je faire pour vous, commis-saire ?

– J'ai parlé au vice-questeur, ce matin, et il ne paraît pas avoir envie de se fier entièrement à l'opinion du lieutenant Scarpa, selon qui le jeune Moro s'est suicidé.

– Il aurait peur d'un rapport Moro sur la police ? demanda-t-elle, sautant directement à une conclusion que Patta aurait sans doute refusé d'admettre.

– C'est plus que vraisemblable. Quoi qu'il en soit, il tient à ce qu'on ait éliminé toute autre possibilité avant de fermer le dossier.

– Et il n'y en a qu'une autre, n'est-ce pas ?

– En effet.

– Qu'en pensez-vous ? demanda-t-elle, repoussant le journal de côté et se penchant légèrement en avant, son corps trahissant une curiosité qu'elle avait réussi à dissimuler dans son ton.

– Je n'arrive pas à croire qu'il se soit suicidé.

– Moi non plus. Ça n'a aucun sens qu'un gamin comme lui abandonne toute sa famille.

– Les gosses n'ont pas toujours les sentiments de leurs parents à l'esprit quand ils décident de faire quelque chose, objecta-t-il, mais sans trop savoir pourquoi ; peut-être simplement pour pousser son interlocutrice à réfu-ter cette opinion

– Je le sais bien. Mais il y a sa petite sœur. C'est étonnant qu'il n'y ait pas pensé. Cela dit, vous avez peut-être raison.

– Quel âge a-t-elle ? demanda Brunetti, intrigué par

cette fillette mystérieuse pour laquelle aucun des deux parents n'avait manifesté d'intérêt.

– Il était question d'elle dans l'un des articles que j'ai rassemblés sur la famille, ou c'est quelqu'un qui m'en a parlé, répondit la signorina Elettra. C'est le grand sujet de conversation du jour.» Elle ferma les yeux, essayant de mieux s'en souvenir, et inclina la tête de côté. Il l'imagina qui parcourait la banque de données qu'elle avait dans sa tête. «Il doit s'agir de quelque chose que j'ai lu, car le souvenir n'est accompagné d'aucune émotion particulière, et ce serait le cas si c'était quelqu'un qui m'en avait parlé.

– Avez-vous tout conservé?

– Oui. Toutes les coupures de presse, celles des journaux comme des revues, sont dans le dossier où se trouvent aussi les articles sur le rapport du dottor Moro. Je vais chercher ça moi-même, ajouta-t-elle en levant une main pour prévenir la question de Brunetti. Ça me reviendra peut-être quand je verrai l'article ou commencerai à le lire.» Elle jeta un coup d'œil à sa montre. «Donnez-moi un quart d'heure, et je vous l'apporte.

– Merci, signorina.»

Il monta dans son bureau pour l'attendre et en profita pour composer le numéro de la signora Moro, mais sans succès. Pourquoi ne lui avait-elle pas parlé de sa fille, et comment se faisait-il qu'il n'y ait eu aucune trace de celle-ci, soit chez elle, soit chez le père? Il venait de commencer une liste des choses qu'il voulait faire vérifier par la signorina Elettra lorsque la secrétaire entra dans son bureau, le dossier à la main. «Voilà, signor. Valentina. Elle a aujourd'hui neuf ans.

– Est-il dit chez lequel de ses parents elle habite?

– Non, il n'y a rien. Elle est mentionnée dans un article sur Moro datant de six ans. On disait qu'il avait un fils, Ernesto, âgé de douze ans, et une fille, Valentina, âgée de trois. On parle aussi d'elle dans *La Nuova*.

– Je viens de me rendre compte que je n'ai pas vu trace de sa présence, ni chez sa mère ni chez son père.

– Avez-vous dit quelque chose qui aurait pu... ?

– À propos d'elle ?

– Non, pas exactement, plutôt quelque chose qui aurait pu donner l'occasion à la mère de parler d'elle. »

Brunetti essaya de se souvenir de la conversation qu'il avait eue avec la signora Moro. « Non, rien dont je me souvienne.

– Il est donc possible qu'elle ait pu ne pas la mentionner, n'est-ce pas ? »

Cela allait bientôt faire vingt ans que Guido Brunetti partageait son domicile avec un, puis deux enfants ; il avait l'impression qu'il n'y avait pas eu un instant sans qu'il eût sous les yeux des preuves matérielles de leur présence : jouets, vêtements, chaussures, livres, papiers, platine de disque et autres, éparpillés un peu partout dans le plus total désordre. Menaces de sanction comme prières se révélaient tout aussi futiles pour lutter contre le besoin, sans aucun doute génétique, des petits de l'espèce humaine de joncher leur nid de toutes sortes de détritus. D'autres, moins bienveillants, auraient parlé d'infection, mais Brunetti ne voulait voir là que la façon dont la nature préparait les parents à l'avenir : au jour où ces désordres deviendraient affectifs et psychologiques et pas simplement matériels.

« Il me semble que j'aurais tout de même dû voir des signes de sa présence, insista-t-il.

– Ils l'ont peut-être confiée à des parents, observa la signorina Elettra.

– Oui, c'est toujours possible », dit un Brunetti loin d'être convaincu. Car aussi souvent que ses enfants eussent été faire un séjour chez leurs grands-parents ou d'autres membres de la famille, des traces de leur occupation récente restaient encore visibles. Et soudain, il eut la vision de ce qu'avait dû être, pour les Moro, l'effort de faire disparaître toute trace de la présence d'Ernesto de leur domicile ; il pensa au danger que recélait tout ce qui avait pu être oublié : découvrir une chaussette au fond d'un placard suffisait à briser de nouveau le cœur d'une mère ; un disque des Spice Girls glissé par étourderie dans le boîtier devant contenir les sonates pour flûte de Vivaldi suffisait à rompre un calme déjà précaire. Des mois, des années peut-être, pouvaient passer avant que la maison cessât d'être un champ de mines, avant qu'on pût ouvrir placards et tiroirs sans un serrement de cœur intérieur.

Sa rêverie fut interrompue par la signorina Elettra, qui posa le dossier devant lui.

« Merci. J'aimerais que vous essayiez de vérifier un certain nombre de choses pour mon compte, signorina. » Il glissa le papier vers elle, énumérant les choses en question en même temps. « Voyez si vous pouvez trouver son école. Si elle habitait Venise, que ce soit chez l'un ou chez l'autre, elle allait forcément dans l'un des établissements de la ville. Il y a aussi les grands-parents : essayez de me trouver leurs coordonnées. Luisa Moro – la cousine que j'ai vue chez lui, mais je n'ai pas son adresse – pourra peut-être vous renseigner. » Il avait pensé aux amis siennois des Moro, et il lui demanda d'appeler la police locale pour savoir si la fillette n'était pas chez eux. La secrétaire suivait la liste du doigt au fur et à mesure. « Et j'aimerais que vous fassiez de même pour la signora Moro : ses amis, ses parents, ses collègues », conclut-il.

Elle leva les yeux vers lui. « Vous n'allez pas laisser tomber, n'est-ce pas ? »

Il repoussa le fauteuil du bureau mais ne se leva pas. « Cette histoire ne me plaît pas, ce qu'on m'a raconté ne me plaît pas. Personne ne m'a dit la vérité, personne ne m'a dit pourquoi il ne voulait pas la dire.

– Ce qui signifie ?

– Pour le moment, répondit Brunetti avec le sourire et aimablement, cela signifie que vous vous débrouillez pour me procurer toutes ces informations.

– Et quand cela sera fait ? demanda-t-elle, l'air de ne pas douter un instant qu'elle y parviendrait.

– Alors, nous commencerons peut-être à prouver une négation.

– Quelle négation, signor ?

– Qu'Ernesto Moro s'est suicidé. »

16

.

Avant de quitter la questure, il tenta une dernière fois
de joindre la signora Moro, comme un amoureux
importun qui s'entête devant le silence persistant d'une
femme. Il se demandait s'il n'aurait pas dû essayer de
passer par un ami commun, quelqu'un qui pût dire un
mot en sa faveur, et il comprit qu'il était sur le point
d'adopter des tactiques d'une autre époque – lorsque
ses efforts pour entrer en contact avec des femmes
avaient des objectifs bien différents. Alors qu'il se rapprochait du passage couvert conduisant au Campo San
Bartolomeo, tout songeur à l'idée de ce parallèle désta-
bilisant, il eut l'impression d'une brusque atténuation
de la lumière, devant lui. Il leva les yeux, pas encore
tout à fait conscient de son environnement, et vit quatre
cadets de San Martino qui, bras dessus bras dessous,
raides comme à la parade, venaient de s'engouffrer
dans la ruelle donnant sur la place. Les pans des longues
capes sombres de leur uniforme d'hiver flottaient de
part et d'autre et arrivaient à remplir toute la largeur de
la ruelle. Deux femmes, une jeune et une autre plus
âgée, se plaquèrent instinctivement contre la vitrine
de la banque et deux touristes qui avaient le nez dans
leur plan firent de même contre celle du bar, de l'autre
côté. Sans un regard pour les quatre piétons que leur
sillage avait expulsés sur les marges, la vague compacte
des jeunes gens se dirigeait à présent droit sur lui.

Brunetti les regarda droit dans les yeux – ils avaient tous l'âge de son fils, à quelque chose près – et le regard qu'ils lui rendirent était aussi vide et impitoyable que le soleil. Son pied droit eut peut-être un imperceptible moment d'hésitation, mais il s'obligea à le lancer en avant et continua d'avancer vers le quatuor, sans changer de pas, une expression implacable sur le visage, à croire qu'il était seul Calle della Bissa et que toute la ville lui appartenait.

Lorsqu'ils se rapprochèrent, Brunetti reconnut l'un d'eux : le morveux arrogant qu'il avait essayé d'interroger à l'Académie. Le besoin quasi atavique d'imposer sa suprématie de mâle dominant le poussa à changer de cap de deux degrés pour se diriger droit sur celui-ci. Il raidit les muscles de son estomac, serra les coudes, prêt à entrer en contact avec eux ; mais un dixième de seconde avant l'impact, le garçon qui tenait le bras de celui qui était la cible de Brunetti lâcha son compagnon et se déplaça vers la droite, créant un étroit passage juste suffisant pour Brunetti. Au moment où il s'y engouffrait, le commissaire vit, du coin de l'œil, le cadet arrogant avoir un mouvement latéral du pied dont l'objectif ne pouvait être que de le faire trébucher. Calculant bien et y mettant tout le poids de son corps, il visa la cheville du garçon et sentit une satisfaisante secousse lorsque la pointe de son soulier entra en contact avec son objectif avant de retrouver le pavé. Sans ralentir, il poursuivit son chemin du même pas, passa dans le Campo, coupa à gauche et prit la direction du pont.

Raffi et Chiara étant autour de la table ce soir-là, et comme il lui paraissait inconvenant de manifester devant les enfants sa fierté d'avoir eu un comportement aussi malveillant, il ne parla pas de sa rencontre avec les cadets, se contentant de savourer le repas. Paola avait acheté des raviolis *di zucca* et les avait préparés avec des feuilles de sauge qu'elle avait fait légèrement revenir dans du beurre, avant d'y ajouter du parmesan. Il y eut ensuite du veau au fenouil, la viande ayant passé toute la nuit au frigo dans une marinade de romarin, ail, graines de fenouil et pancetta émincée.

Tout en mangeant, attentif au mélange de saveur et à la fraîcheur et à la vivacité de son troisième verre de Sangiovese, il se rappela la bouffée d'inquiétude qu'il avait ressentie pour ses enfants, un peu plus tôt, et se sentit un peu ridicule. Il ne pouvait cependant pas rejeter complètement ce sentiment, ni se moquer de son désir que rien ne vînt jamais troubler leur paix. Il ignorait si la crainte permanente de voir changer les choses pour le pire était le fait de son pessimisme naturel, ou le résultat des expériences auxquelles sa profession le confrontait. Quel que fût le cas, sa vision du bonheur était toujours passée au filtre d'une sensation de malaise.

«Pourquoi on ne mange plus jamais de bœuf?» demanda Raffi.

Paola, qui pelait une poire, répondit: «Parce que Gianni ne connaît aucun éleveur en qui il peut avoir confiance.

– Confiance en quel sens? voulut savoir Chiara entre deux grains de raisin.

– Pour le fournir en bêtes parfaitement saines, je suppose.

– De toute façon, je n'ai plus envie d'en manger, se consola l'adolescente.

– Et pourquoi? Parce que t'as peur qu'elle te rende dingue? lui lança son frère, se corrigeant aussitôt: Encore plus dingue?

– Il me semble que nous avons déjà épuisé toutes les blagues qu'on pouvait faire sur la vache folle, intervint Paola avec un manque de patience inhabituel.

– Non, pas à cause de ça, dit Chiara.

– Alors pourquoi? lui demanda son père.

– Oh, parce que…

– Parce que quoi ? insista Raffi.

– Parce que nous n'avons pas besoin d'en manger.

– Jusqu'à maintenant, ça ne te gênait pas, pourtant.

– Je sais, que ça ne me gênait pas. Des tas de choses ne me gênaient pas, avant. Mais maintenant, elles me gênent. » Elle se tourna vers son frère pour lui porter ce qu'elle pensait manifestement être l'estocade : « C'est ce qu'on appelle grandir, au cas où tu n'en aurais jamais entendu parler. »

Raffi eut un reniflement méprisant, la poussant à renforcer sa défense.

« Ce n'est pas parce que nous *pouvons* en manger que nous *devons* le faire, reprit-elle. Sans compter que d'un point de vue écologique, c'est du gaspillage. » Elle avait asséné cela, songea Guido, comme si elle répétait une leçon – ce qui était probablement le cas.

« Et qu'est-ce que tu vas manger à la place, voulut savoir Raffi, des courgettes ? » Il se tourna vers sa mère. « Est-ce qu'on peut faire des vannes sur les courgettes folles ? »

Avec ce détachement olympien vis-à-vis des sentiments de ses enfants que Guido admirait tant, Paola se contenta de répondre : « J'interprète cela comme une offre pour faire la vaisselle, Raffi, nous sommes d'accord ? »

L'adolescent poussa un grognement mais ne protesta pas. Si Brunetti avait été moins averti de la roublardise des jeunes, il y aurait vu le signe que son fils acceptait d'assumer certaines responsabilités domestiques, le début de la maturité. Le Brunetti réel, celui qui s'était endurci depuis des années au contact des criminels et de leur esprit retors, ne s'y trompait pas : il s'agissait d'un marchandage mené avec sang-froid, l'acceptation immédiate devant être échangée contre quelque future récompense.

Comme Raffi se levait pour commencer à débarrasser la table, Paola lui adressa un grand sourire et, se levant à son tour, prouva qu'en ce qui concernait la roublardise, elle pouvait en remontrer à son mari. «Merci beaucoup de cette bonne grâce, Raffi... et non, pas question de prendre des leçons de plongée sous-marine», dit-elle.

Guido la suivit du regard pendant qu'elle quittait la cuisine, puis se tourna pour voir la tête que faisait son fils. Bouche bée, celui-ci ne cachait pas sa stupéfaction mais, faisant contre mauvaise fortune bon cœur, il sourit quand il vit que son père l'observait. «Comment elle fait? demanda-t-il. C'est tout le temps pareil.»

Guido était sur le point de lui mettre un peu de baume au cœur en expliquant que les mères avaient le pouvoir de lire dans les pensées de leurs enfants lorsque Chiara, qui s'employait avec détermination à finir les fruits du compotier, leva les yeux vers eux et dit: «C'est parce qu'elle lit Henry James.»

Guido alla dans le bureau de Paola et lui raconta sa rencontre avec les cadets; il préféra cependant ne pas faire état du sentiment de triomphe animal qu'il avait ressenti lorsque son pied était entré en contact avec la cheville du garçon.

«On peut se féliciter que ce soit arrivé ici, dit-elle quand il eut fini. Ici, en Italie.

– Pourquoi? Que veux-tu dire?

– Il y a des tas d'endroits où on peut se faire tuer pour moins que ça.

– Désigne-m'en deux, demanda-t-il, offensé qu'elle pût traiter aussi cavalièrement ce qui était à ses yeux une preuve de son courage.

– Le Sierra Leone et les États-Unis, pour commencer. Mais ça ne veut pas dire que je ne sois pas contente que tu l'aies fait.»

Guido resta un bon moment sans rien dire, puis

demanda : « Est-ce que tu trouves que ça se voit, à quel point je les déteste ?

– Qui ça ?

– Les garçons comme eux, venant de familles riches ayant des relations, forts de leur sentiment de supériorité.

– Tu veux dire des familles comme la mienne ? » Si Guido n'avait pas rapidement compris dans les premiers temps de leur vie commune qu'en dépit de sa brutalité, l'honnêteté réaliste de Paola n'avait le plus souvent rien d'agressif, il aurait pu être vexé par ce genre de question. À présent, il se contentait d'y répondre. « Oui, comme ta famille. »

Les doigts croisés de manière à appuyer le menton dessus, elle le regarda. « Non, je crois que seulement quelqu'un te connaissant très bien pourrait s'en rendre compte. Ou quelqu'un qui ferait très attention à tes propos.

– Quelqu'un comme toi, en somme ? demanda-t-il avec un sourire.

– Oui.

– Et d'après toi, pourquoi me tapent-ils aussi facilement sur les nerfs ? »

Elle réfléchit un instant. Elle y avait déjà pensé, certes, mais jamais il ne lui avait posé la question aussi directement. « C'est en partie à cause de ton sentiment de la justice.

– Pas par jalousie ? demanda-t-il, allant à la pêche au compliment.

– Non. En tout cas, pas par jalousie au sens simple du terme. »

Il se laissa aller dans le canapé, mains croisées derrière la nuque, et s'agita jusqu'à ce qu'il eût trouvé une position confortable. Elle attendit qu'il fût bien installé pour continuer. « L'autre partie, je crois, vient de ton ressentiment – non pas que certaines personnes soient plus riches que d'autres, mais qu'elles ne se rendent pas compte, ou refusent de reconnaître, que leur argent ne les rend pas supérieures ou ne leur donne pas le droit de faire n'importe quoi... qu'elles refusent aussi de considérer que la fortune dont elles disposent n'est pas forcément quelque chose qu'elles ont gagné ou mérité.» Elle lui sourit, avant de conclure : « Je pense que c'est au moins pour tout cela que tu les détestes autant.

– Et toi ? Tu ne les détestes pas ? »

Elle éclata de rire. « Il y en a trop dans ma famille pour que je puisse me le permettre ! » Il s'esclaffa à son tour. « Mais je les détestais, ajouta-t-elle, quand j'étais jeune et plus idéaliste qu'aujourd'hui. Puis un jour, j'ai compris que de toute façon, cela ne changerait jamais et comme il y en avait que j'avais fini par aimer beaucoup, et que je me rendais compte que cela ne changerait jamais non plus, j'ai compris que je n'avais pas d'autre choix que de les accepter tels qu'ils étaient.

– L'amour avant la vérité ?

– L'amour avant tout, Guido, j'en ai peur. » Elle lui avait répondu sur un ton mortellement sérieux.

Tout en se rendant à pied à la questure, le lendemain matin, Brunetti se dit tout d'un coup qu'il n'avait pas tenu compte d'au moins une anomalie dans l'affaire Moro : comment se faisait-il que le garçon eût été pensionnaire à l'Académie ? Il avait été tellement occupé à démêler les traditions et règles de vie dans l'école que, alors qu'il fouillait la chambre d'Ernesto, cette question évidente ne lui était pas venue à l'esprit : dans une culture encourageant les jeunes gens à vivre chez leurs parents jusqu'à leur mariage, comment se faisait-il que ce jeune homme fût pensionnaire, alors que ses parents habitaient à Venise ?

Au moment où il arrivait à la questure, il faillit se

cogner contre la signorina Elettra, qui sortait par la porte principale. «Bonjour, signorina. Allez-vous quelque part ?

– Bonjour, commissaire… Avez-vous besoin de quelque chose ?» répondit-elle en consultant sa montre. Ce n'était pas vraiment une réponse, mais il n'y fit pas attention.

«Oui, j'aimerais que vous donniez un coup de téléphone pour moi.»

Elle revint dans l'encadrement de la porte. «À qui ?

– À l'Académie San Martino.»

Elle n'essaya pas de lui cacher sa curiosité. «Et que souhaitez-vous que je leur dise ? demanda-t-elle en prenant déjà la direction de l'escalier.

– Je voudrais savoir si les élèves doivent obligatoirement être pensionnaires, ou s'ils peuvent aller dormir chez leurs parents quand ceux-ci habitent Venise. J'aimerais me faire une idée du degré de flexibilité de leur règlement. Vous pourriez peut-être vous faire passer pour un parent qui se renseigne sur l'Académie. Dire que votre fils vient juste de finir le secondaire et qu'il a toujours voulu entrer dans l'armée et que, comme vous êtes Vénitienne, vous aimeriez qu'il ait la possibilité d'entrer à San Martino, du fait de la réputation de l'école.

– Et je devrais demander tout ça d'une voix pleine de patriotisme et de fierté ?

– Débordante de patriotisme et de fierté, même.»

Elle n'aurait pu faire mieux. La signorina Elettra parlait un italien des plus purs et élégants, et maîtrisait un dialecte vénitien tombé depuis longtemps en désuétude. Elle employa un mélange parfait des deux au téléphone, réussissant à avoir tout à fait l'air d'être ce qu'elle disait qu'elle était : l'épouse vénitienne d'un banquier romain qui venait d'être nommé à la tête de l'agence de Venise d'un établissement dont elle oublia de donner le nom.

Après avoir fait attendre le secrétaire de l'Académie pendant qu'elle cherchait de quoi écrire, car il n'y avait rien à côté du téléphone (une précaution que lui recommandait pourtant de prendre son mari, s'excusa-t-elle), la signorina Elettra demanda quand commençait le semestre suivant, des détails sur les admissions, et à qui envoyer les lettres de recommandation et les bulletins scolaires. Lorsque le secrétaire lui proposa de la renseigner sur les frais de scolarité et le prix des uniformes, la femme du banquier ne voulut même pas en entendre parler, lui disant que leur comptable s'occupait de ces questions.

Brunetti, qui avait branché le haut-parleur pour suivre la conversation, fut stupéfait par la manière dont la signorina Elettra se mettait dans la peau du personnage, l'imaginant déjà retournant chez elle après une journée passée à courir les boutiques, et demandant au cuisinier s'il avait trouvé un authentique basilic de Gênes pour le pesto. Alors que le secrétaire de l'Académie lui disait qu'il espérait que le jeune Filiberto se plairait à l'école et que ses parents seraient satisfaits, la signorina Elettra l'interrompit : « Ah, une dernière question. Ça ne posera pas de problème qu'il dorme à la maison, n'est-ce pas ?

– Je vous demande pardon, signora, mais les garçons doivent en principe être tous pensionnaires. C'est d'ailleurs compris dans les frais. Où voudriez-vous qu'il passe la nuit ?

– Mais ici, avec nous, au palazzo, évidemment ! Il n'est pas question qu'il vive dans la promiscuité des autres garçons. Il n'a que seize ans ! » La femme du banquier n'aurait pas été plus horrifiée si le secrétaire lui avait demandé une pinte de sang. « Bien entendu, nous paierons intégralement les frais, mais il est impensable qu'on sépare de sa mère un enfant de cet âge.

– Ah, dit le secrétaire qui s'attacha surtout à la première partie de la réponse, faisant l'impasse sur la seconde, dans certains cas, et avec l'approbation du commandant, on peut faire des exceptions. Mais les élèves doivent être présents à huit heures, pour le premier cours de la journée.

– C'est la raison pour laquelle nous avons la vedette», répondit la signorina Elettra dans une dernière salve qui se termina par la promesse d'envoyer rapidement les papiers dûment signés, suivie de remerciements polis.

Brunetti éprouva une sympathie bien involontaire pour le vice-questeur Patta : l'homme n'avait tout simplement pas la moindre chance avec sa secrétaire. «Hé, Filiberto ? lança-t-il.

– Une idée de son père, répondit la signorina Elettra du tac au tac.

– Et vous, Eustasio, peut-être ?

– Non, Eriprando.»

17

Que des exceptions au règlement de l'école pussent être consenties à la discrétion du commandant confirmait ce que Brunetti soupçonnait déjà : là où se regroupaient les enfants des riches et des puissants, les règles n'avaient que trop tendance à plier devant les caprices des parents. Ce qu'il n'avait pas mesuré, cependant, était le degré de servilité du commandant – ni si cela avait la moindre chose à voir avec la mort d'Ernesto.

Trouvant plus prudent de ne pas aller plus loin dans ces spéculations, Brunetti composa de nouveau le numéro de la signora Moro, sans plus de succès que les fois précédentes. Poussé par un pressentiment dont il eut conscience sans pourtant le remettre en question, il décida de passer par son appartement et de voir si l'un ou l'autre de ses voisins n'aurait pas une idée de ses coordonnées actuelles.

Il prit le vaporetto jusqu'à San Marco et, de là, se retrouva rapidement devant la porte de l'immeuble. Il sonna, attendit, sonna à nouveau. Puis il en fit autant sur la rangée des sonnettes à gauche, de haut en bas, tel un alpiniste descendant en rappel. Ce n'est qu'en atteignant le premier étage qu'il obtint enfin une réaction ; le nom de l'occupant, sous la sonnette, était Della Vedova. Une voix de femme lui répondit et, lorsqu'il eut expliqué qu'il était de la police et qu'il avait besoin de parler à la signora Moro, l'ouvre-porte cliqueta aussitôt. Une ampoule faiblarde s'alluma dans le hall au moment où il entrait et la voix de femme l'interpella de la cage d'escalier : « Par ici, signor. »

Tandis qu'il grimpait les marches, il remarqua, fixé à la rampe, un système de monte-charge pour handicapé. L'explication se trouvait sur le seuil de l'appartement dont la porte était ouverte : là, l'attendait une jeune femme en fauteuil roulant, un énorme chat gris sur les genoux. Elle lui sourit lorsqu'il atteignit le palier, déplaça le chat et lui tendit la main droite. « Beatrice Della Vedova, dit-elle. Ravie de faire votre connaissance. »

Il lui répondit en donnant son nom complet et son titre. Posant les mains sur les roues du fauteuil, elle exécuta un demi-tour impeccable et se propulsa alors à l'intérieur de l'appartement. Brunetti la suivit et referma la porte derrière lui.

Elle le conduisit jusque dans un séjour occupé par une planche d'architecte réglée très bas, de manière à ce que le fauteuil pût juste passer dessous. Le plateau était couvert d'esquisses, des aquarelles représentant des ponts et des canaux, dans les couleurs vives que semblent préférer les touristes. Tout au contraire, les trois vues d'église – San Zaccaria, San Martino et San Giovanni in Bragora – accrochées au mur du fond faisaient preuve d'une attention aux détails architecturaux absente dans les aquarelles ; traitées dans des tons plus sourds, elles rendaient bien les nuances chaudes de la pierre et le jeu de la lumière sur le canal, devant San Martino comme sur les façades.

Elle fit de nouveau volte-face et le vit qui étudiait les œuvres exposées sur le mur. « Ça, c'est ma vraie peinture, dit-elle, avant de faire un geste vague vers la planche à dessin. Et ça, c'est ce que je fais pour gagner ma vie… Il faut bien que je puisse continuer à te payer ton Whiskas, pas vrai, gros lard ? » murmura-t-elle en se penchant sur l'oreille du chat.

L'animal se redressa, arrondit le dos et sauta lourdement au sol avec un bruit qu'on avait certainement entendu depuis le hall d'entrée. Puis, la queue dressée, il quitta la pièce. Beatrice Della Vedova sourit à Brunetti. « Pas moyen de savoir si mes commentaires sur son poids le vexent ou s'il n'aime pas que je lui rappelle qu'il est en partie responsable de ces croûtes. » Elle laissa la phrase en suspens quelques instants, avant d'ajouter avec un sourire : « Les deux explications se valent, vous ne croyez pas ? »

Brunetti lui répondit d'un sourire et elle l'invita à s'asseoir. Elle disposa son fauteuil de manière à lui faire bien face. Elle n'avait peut-être même pas trente ans, en dépit de quelques cheveux argentés et des plis verticaux entre ses sourcils qui la faisaient paraître plus âgée. Elle avait des yeux couleur d'ambre clair, un nez un peu trop grand par rapport au reste de ses traits et une bouche si molle et détendue qu'elle paraissait déplacée dans ce visage marqué par ce qui devait être une histoire de souffrance, comme Brunetti s'en fit la réflexion.

« Vous disiez que vous vous intéressiez à la signora Moro ? dit-elle pour l'encourager.

– En effet. Je souhaite lui parler. J'ai appelé plusieurs fois, mais elle n'est jamais chez elle. La dernière fois que nous avons été en contact, elle…

– C'était quand ? le coupa la jeune femme.

– Il y a quelques jours. Elle ne m'a pas parlé, alors, de son intention de quitter la ville.

– Ça ne m'étonne pas – qu'elle ne vous en ait pas parlé, je veux dire. »

Brunetti nota la remarque. « Je n'ai pas eu l'impression… », commença-t-il, mais il s'arrêta, ne sachant trop comment formuler ce qu'il voulait dire. « … qu'elle avait un endroit où aller. »

La signora (ou signorina) Della Vedova le regarda avec un intérêt renouvelé. « Pourquoi dites-vous cela ?

« – Je ne sais pas. Elle m'a donné le sentiment très net qu'elle était avant tout vénitienne et que ça ne l'intéressait pas d'aller ailleurs. Ou qu'elle n'en avait aucun désir. »

Comme Brunetti n'avait manifestement rien à ajouter, elle prit la parole. « Elle n'en a pas… D'endroit où aller.

– Vous la connaissez bien ?

– Non, pas vraiment. Elle n'est ici que depuis moins de deux ans.

– Depuis l'accident ? »

Le sourire avait disparu du visage de la signorina Della Vedova lorsqu'elle regarda Brunetti. « Ça, dit-elle avec un geste de la main vers ses jambes paralysées, c'est le résultat d'un accident. Ce qui est arrivé à Federica n'en était pas un. »

Brunetti se retint de toute réaction devant cette affirmation, préférant demander d'un ton calme : « Vous en êtes sûre ?

– Bien évidemment que non, répondit-elle, à nouveau sereine. Je n'y étais pas, et je n'ai pas vu ce qui s'est passé. Mais les deux fois où Federica m'en a parlé, elle a eu cette phrase : "Quand ils m'ont tiré dessus"… Les gens qui ont eu un accident ne s'expriment pas en ces termes. »

Brunetti ne doutait pas un instant que cette femme sache parfaitement comment s'exprimaient les victimes d'accident. « Elle l'a dit deux fois de cette façon ?

– Oui, pour autant que je m'en souvienne. Pas pour se plaindre : c'était juste une description de ce qui lui était arrivé. Je ne lui ai jamais demandé de détails, je ne voulais pas me montrer indiscrète. J'avais trop connu ça moi-même. J'imaginais qu'elle me dirait ce qu'elle voudrait quand elle se sentirait prête à le faire.

– Et l'a-t-elle fait ? »

Elle secoua la tête. « Non, seulement ces deux allusions.

– L'avez-vous vue souvent ?

– Une fois par semaine, en moyenne. Elle venait prendre un café avec moi, ou passait simplement pour bavarder.

– La connaissiez-vous avant qu'elle aménage ici ?

– Non. J'avais entendu parler de son mari, bien entendu – comme tout le monde. À cause du fameux rapport.» Brunetti hocha la tête. «C'est grâce à Gros-Gaston que je l'ai rencontrée.

– Le chat ?

– Oui. Elle l'a trouvé un jour devant la porte cochère et il est entré quand elle a ouvert. Comme il s'était arrêté sur mon paillasson, elle a frappé et m'a demandé s'il était à moi. Il lui arrive de sortir pour aller rôder dans la ruelle jusqu'à ce que quelqu'un ouvre le portail, ou sonne pour me dire de faire fonctionner l'ouvre-porte – du moins, les gens qui savent qu'il est à moi.» Un sourire vint éclairer son visage. «Ça me rend drôlement service. Ce n'est pas comme si je n'avais qu'à descendre pour le faire entrer.» Elle dit cela simplement, et Brunetti n'y décela ni une invitation implicite à poser des questions ni un appel inconscient à la pitié.

«Quand l'avez-vous vue pour la dernière fois ?»

Elle fut obligée de réfléchir. «Avant-hier. En fait, je ne l'ai pas vraiment vue, je l'ai simplement entendue dans l'escalier. J'en suis sûre. J'étais au courant de la mort de son fils, à ce moment-là. Comme j'avais reconnu son pas, je me suis dirigée vers la porte et j'étais sur le point d'ouvrir – puis je me suis rendu compte que je ne savais pas ce que j'allais lui dire, et je ne l'ai pas fait. Je suis restée là, à l'écouter qui montait l'escalier. Ensuite, une heure plus tard, je l'ai entendue qui redescendait.

– Et depuis ?

– Rien. Mais je dors au fond de l'appartement, ajouta-t-elle, précédant sa question, et j'ai un sommeil très profond à cause du traitement que je prends, si bien qu'elle a très bien pu entrer et sortir sans que je l'entende.

– Pas de coup de téléphone ?

– Non.

– Est-ce que c'est courant, qu'elle s'absente plus d'un jour ou deux ? »

Elle répondit immédiatement. « Non, pas du tout. En fait, elle est presque tout le temps chez elle, mais je ne l'ai entendue ni monter l'escalier ni marcher dans l'appartement. » Elle eut un geste du doigt vers le plafond.

« Avez-vous une idée de l'endroit où elle a pu aller ?

– Non, aucune. On ne se faisait pas de confidences. » Comme Brunetti paraissait intrigué, elle essaya de se montrer plus claire. « Je veux dire que nous n'étions pas amies, simplement deux femmes seules qui se parlaient de temps en temps. »

Il n'y avait aucun message caché dans cette remarque, pour autant que Brunetti pouvait le dire : seulement la vérité, et la vérité dite sans précautions oratoires. « Et elle vivait seule ?

– Oui, pour autant que je sache.

– Jamais personne ne lui rendait visite ?

– Non, pas que je sache.

– Même pas l'enfant ?

– Vous voulez parler de son fils ?

– Non, de sa fille.

– Sa fille ? » demanda-t-elle, son étonnement suffisant à éclairer Brunetti. Elle secoua la tête.

« Jamais ? »

Elle secoua encore une fois la tête, comme si aucun commentaire ne pouvait rendre ce qu'avait de choquant le fait qu'une mère ne mentionne jamais l'un de ses enfants.

« Et de son mari, vous en a-t-elle parlé ?

– Rarement.

– Mais en quels termes? Autrement dit, comment parlait-elle de lui? Avec rancœur, avec colère?»

Elle réfléchit quelques instants. «Non. Elle en parlait d'une manière normale.

– Avec affection?»

Elle lui adressa un bref coup d'œil, riche de curiosité contenue, avant de répondre: «Non, je ne pourrais pas dire ça. Elle l'a mentionné, c'est tout, d'un ton tout à fait neutre.

– Pourriez-vous me donner un exemple? insista Brunetti, qui voulait se faire lui-même son idée.

«Un jour, alors que nous parlions de l'hôpital...» Elle s'interrompit, soupira et reprit. «Nous parlions des erreurs qui avaient été commises, elle m'a dit que le rapport de son mari y avait mis un terme, mais seulement pendant une courte période.»

Il attendit qu'elle s'expliquât davantage, mais, semblait-il, elle n'avait rien à ajouter. Le policier ne voyait pas ce qu'il aurait pu lui demander de plus. Il se leva. «Merci, signora», dit-il en se penchant vers elle pour lui serrer la main.

Elle lui répondit d'un sourire et fit pivoter son fauteuil roulant en direction de la porte. Brunetti y arriva le premier et était sur le point de tourner la poignée lorsqu'elle lui demanda d'attendre. Croyant qu'un détail important venait de revenir à l'esprit de l'infirme, il se tourna mais sentit alors quelque chose se frotter contre son mollet. Baissant les yeux, il vit Gros-Gaston qui s'enroulait entre ses jambes, soudain pris d'amitié pour cette personne qui avait le pouvoir d'ouvrir la porte. Brunetti le souleva, stupéfait de le trouver si lourd, et le déposa en souriant sur les genoux de Beatrice Della Vedova, salua celle-ci et quitta l'appartement en s'assurant bien que Gaston ne se faufilait pas entre le chambranle et le battant de la porte.

Comme il avait su qu'il allait le faire dès l'instant où Beatrice lui avait dit qu'elle n'avait pas entendu le moindre signe de vie de la part de la signora Moro depuis deux jours, Brunetti monta à l'étage supérieur avec l'intention de rendre une discrète visite à son domicile. La porte était d'un modèle simple : le propriétaire de l'appartement ne se souciait pas de mettre ses locataires à l'abri des cambrioleurs. Brunetti prit son portefeuille et en retira une fine carte en plastique. Quelques années auparavant, Vianello l'avait confisquée à un cambrioleur que ses succès de monte-en-l'air avaient rendu imprudent. Vianello avait souvent eu l'occasion de s'en servir, toujours en violation flagrante de la loi et, lorsqu'il avait été nommé inspecteur, il l'avait donnée à son supérieur – geste symbolique pour lui dire qu'il savait que c'était avant tout au soutien et à l'opiniâtreté de celui-ci qu'il devait cette promotion. Sur le coup, Brunetti s'était demandé si Vianello n'avait pas simplement voulu se débarrasser d'une occasion de pécher, mais la carte s'était révélée tellement utile qu'il en était venu à l'apprécier à sa juste valeur.

Il la glissa entre le battant et le chambranle, juste à la hauteur de la serrure, et il lui suffit de peser sur la poignée pour que la porte s'ouvrît. Un réflexe conditionné le fit s'arrêter sur le seuil et renifler l'air, à la recherche de l'odeur de la mort. Mais il n'y avait que celles de la poussière, du tabac froid et d'un désinfectant au parfum synthétique entêtant, non celle de la chair en putréfaction. Soulagé, il referma derrière lui et passa dans le salon. Il le trouva exactement dans l'état où il l'avait laissé : les meubles dans la même position, le livre posé à l'envers sur l'accoudoir du canapé toujours au même endroit, peut-être même ouvert à la même page.

La cuisine était bien rangée : pas de vaisselle sale dans l'évier, et quand il eut ouvert la porte du réfrigérateur de la pointe du pied, il n'y trouva aucun produit périssable.

À l'aide d'un stylo qu'il avait sur lui, il ouvrit tous les placards ; il n'y découvrit, en tout et pour tout, qu'un unique sachet de café en poudre ouvert.

Dans la salle de bains, il visita l'armoire à pharmacie avec les mêmes précautions, mais elle ne contenait qu'un tube d'aspirine, une charlotte fatiguée, un flacon de shampoing neuf et des limes à ongle en carton. Les serviettes disposées sur le porte-serviettes étaient sèches.

Il ne restait plus que la chambre, dans laquelle Brunetti n'entra qu'avec répugnance : c'était un aspect de son travail qui lui était des plus désagréables. On voyait un petit rectangle plus clair dans la poussière, sur la table de nuit : sans doute avait-elle retiré une photo. Deux autres avaient dû se trouver sur la commode. Tiroirs et placards paraissaient pleins et il y avait deux valises vides sous le lit. Abandonnant tout scrupule, il rabattit les couvertures sur le côté du lit le plus proche de la porte et souleva l'oreiller. Dessous, impeccablement pliée, il y avait une chemise d'homme blanche. Brunetti la prit et la déploya. Elle lui aurait convenu, mais aurait été beaucoup trop grande pour les épaules de la signora Moro, et les manches lui seraient retombées sur les mains. Juste au-dessus de l'emplacement du cœur, si un homme l'avait portée, il distingua les initiales FM si délicatement brodées qu'il ne pouvait s'agir que de soie.

Il replia la chemise et la remit sous l'oreiller, puis refit correctement le lit et sortit de l'appartement aussi discrètement qu'il y était entré. Passant devant la porte de Beatrice Della Vedova, il se demanda si elle n'était pas toujours derrière, Gaston sur les genoux, l'oreille aux aguets pour saisir les bruits de pas, synonymes de la vie qui se déroulait au-delà.

18

Une fois les enfants au lit, et lorsque Guido et Paola se retrouvèrent dans le séjour (elle lisant *Persuasion* pour la cent septième fois et lui ruminant la pensée d'Anna Comnène, selon qui « à chaque fois qu'on assume le rôle d'historien, il faut oublier ses amitiés et ses inimitiés »), Brunetti revint sur son incursion dans l'appartement de la signora Moro, quoique indirectement. « Paola ? » demanda-t-il. Elle le regarda par-dessus le haut de son livre, l'expression vague et inattentive. « Que ferais-tu si je demandais que nous nous séparions ? »

Les yeux de Paola étaient déjà retournés au texte avant la fin de la phrase ; elle redressa brusquement la tête et le fixa. « Si *quoi* ?

– Si je demandais que nous nous séparions.

– Avant que j'aille dans la cuisine chercher le couteau à gigot, peux-tu me dire s'il s'agit ou non d'une hypothèse purement rhétorique ? » Elle avait posé la question d'une voix parfaitement calme.

« Tout à fait rhétorique, s'empressa-t-il de répondre, gêné de se sentir aussi heureux de la violence de sa réaction. Que ferais-tu ? »

Elle posa le livre à l'envers à côté d'elle. « Et pour quelle raison tiens-tu autant à le savoir ?

– Je te le dirai dès que tu auras répondu à ma question. Que ferais-tu ? »

Paola eut une expression déconfite qui le toucha. «Eh bien? insista-t-il.

– Si c'était une vraie séparation, je te flanquerais à la porte, après quoi je balancerais tout ce qui est à toi ici.»

Il eut un sourire littéralement béat. «Absolument tout?

– Oui. Tout. Même les choses que j'aime bien.

– Prendrais-tu l'une de mes chemises comme chemise de nuit?

– Tu perds la tête, ou quoi?

– Mais si c'était une fausse séparation?

– Fausse?

– Destinée à donner l'impression que nous sommes séparés parce que nous aurions besoin de faire croire que nous le sommes?

– Je te mettrais tout de même à la porte, mais je garderais tout ce que j'aime bien.

– Et la chemise? Tu dormirais dedans?»

Elle le regarda en coin. «Veux-tu une réponse sérieuse?

– Oui, de préférence.

– Alors oui, je la mettrais pour dormir, ou bien je la mettrais sur mon oreiller pour avoir au moins ton odeur.»

Guido croyait en la solidité de son mariage avec la même foi que celle qu'il plaçait dans la table périodique des éléments – non, il en était même plus sûr. Malgré tout, une petite piqûre de rappel, de temps en temps, ne faisait pas de mal. Le mariage des Moro lui paraissait tout aussi solide que le sien, même s'il ne voyait pas où cette constatation le menait.

«La signora Moro, dit-il alors, n'habite pas au domicile conjugal.» Elle hocha la tête pour lui signifier qu'il lui avait déjà appris ce détail. «Or l'une des chemises de son mari se trouve sous l'oreiller du lit dans lequel elle dort seule.»

Paola regardait par la fenêtre, d'où l'on voyait parfois

brûler une ampoule dans le dernier appartement de l'immeuble d'en face. «Ah, dit-elle au bout d'un long moment.

– Oui, *ah*, en effet.

– Et pourquoi ont-ils besoin d'avoir l'air d'être séparés?

– Afin que celui qui lui a tiré dessus ne puisse revenir finir son travail, je suppose.

– Oui. Ça tient debout.» Elle réfléchit un moment, puis demanda: «Et de qui pourrait-il s'agir?

– Si je le savais, je comprendrais probablement tout.»

Automatiquement, sans vraiment penser à ce qu'elle disait mais réaffirmant une vérité trop souvent vérifiée, elle observa: «On ne sait jamais tout.

– En tout cas, j'en saurais davantage que je n'en sais pour le moment. Et je saurais qui a tué le garçon.

– Tu ne vas pas laisser tomber, n'est-ce pas?» Il n'y avait pas l'ombre d'un reproche dans sa question.

«Non.

– Tu as probablement raison.

– Tu penses donc que c'est un meurtre, toi aussi?

– Je l'ai toujours pensé.

– Pourquoi?

– Parce que j'ai toujours eu confiance dans tes intuitions, et que celle-ci était très forte.

– Et si je me trompais?

– Nous serions tous les deux dans l'erreur.» Elle prit son livre, y glissa le marque-page, le referma et le posa à nouveau. «Je n'ai plus envie de lire.

– Moi non plus», dit-il en posant Anna Comnène sur la table, devant lui.

Elle le regarda par en dessous. «Ça ira, si je n'enfile pas une de tes chemises, ce soir?»

Il éclata de rire et ils allèrent se coucher.

Dès son arrivée à la questure, le lendemain matin, il se rendit au bureau de la signorina Elettra. Il trouva la jeune femme au milieu d'au moins six bouquets de fleurs, tous encore emballés dans leur cône de papier. Comme il savait qu'elle avait un abonnement chez Biancat, qui lui livrait des fleurs tous les lundis, il se demanda si ce n'était pas lui qui déraillait en pensant qu'on était mardi et s'il n'avait pas inventé les événements de la veille.

«Elles viennent de chez Biancat?» demanda-t-il.

Elle déchira deux des premiers emballages et entreprit de disposer des tournesols nains dans un vase vert. «Non, du Rialto.» Elle recula de deux pas, étudia le bouquet, y ajouta trois fleurs.

«Alors, nous sommes vraiment mardi?»

Elle lui adressa un regard surpris. «Bien sûr.

– Mais le jour des fleurs n'est-il pas le lundi?»

Elle sourit, souleva le vase et le plaça de l'autre côté de son ordinateur. «Oui, en temps normal. Mais le vice-questeur s'est mis à me faire un tas d'histoires sur les dépenses de bureau, et comme les fleurs sont beaucoup moins chères au Rialto, j'ai pensé les prendre là pendant un moment, jusqu'à ce qu'il pense à autre chose.

– Et vous avez rapporté tout ça toute seule? s'étonna-t-il, essayant de calculer si tous les bouquets pouvaient tenir ensemble dans ses bras.

– Non, j'ai appelé une vedette quand j'ai vu tout ce que j'avais pris.

– Une vedette de la police?

– Bien sûr. J'aurais eu du mal à justifier un taxi, répondit-elle en recassant la tige d'un œillet.

– Et les mesures d'économie que nous sommes censés prendre?

– Justement.»

Trois des autres bouquets se retrouvèrent dans un énorme récipient en céramique et le dernier, des asters, eut droit à un vase de cristal élancé que Brunetti voyait, lui semblait-il, pour la première fois. Une fois les trois vases disposés à son goût et les papiers soigneusement repliés et glissés dans la corbeille réservée au recyclage, elle leva les yeux vers lui. « Oui, commissaire ?

– Avez-vous réussi à trouver quelque chose sur la fille ? »

La signorina Elettra tira à elle un bloc-notes et l'ouvrit. « Elle a quitté son établissement scolaire il y a deux ans, et on n'a aucune trace d'elle depuis – en tout cas, aucune trace bureaucratique.

– Et qui lui a fait quitter son école ?

– Son père, apparemment.

– Dans quelles circonstances ?

– D'après les archives de l'école, elle est partie le 16 novembre. »

Elle leva les yeux sur Brunetti et aucun des deux n'eut besoin de rappeler à l'autre que la signora Moro avait reçu son coup de fusil une semaine auparavant.

« C'est tout ?

– C'est tout. Les formulaires des dossiers précisent seulement que les parents avaient décidé de l'inscrire dans un établissement privé.

– Lequel ?

– Ils n'étaient pas obligés de le leur dire, m'a-t-on répondu.

– On ne leur a pas demandé ? s'énerva-t-il. Ne doit-on pas savoir où on place un enfant ?

– La femme qui m'a répondu m'a dit que la seule obligation des parents était de remplir les formulaires en deux exemplaires, récita la secrétaire d'une voix mécanique qui, soupçonna Brunetti, devait parodier celle de sa correspondante.

– Et un enfant peut disparaître comme ça, sans que personne ne pose de questions ?

– La responsabilité de l'école n'est plus engagée dès

185

lors que les parents ont rempli les papiers et que l'un d'eux a retiré l'enfant de l'école.

– Juste comme ça ?»

La signorina Elettra écarta les mains en un geste d'impuissance. «La femme m'a dit qu'elle ne travaillait pas dans l'école au moment des faits, si bien que tout ce qu'elle pouvait faire était m'expliquer le règlement.

– Mais dans ce cas, où est-elle ? Une fillette ne disparaît pas comme ça ! s'obstina-t-il.

– Elle pourrait se trouver n'importe où. En tout cas, elle n'est pas à Sienne. »

Brunetti lui adressa un regard interrogateur.

«J'ai appelé la police de Sienne et j'ai consulté les effectifs des écoles. Je n'y ai pas trouvé sa trace, pas plus que celle des enfants des Ferro.

– Et maintenant, la mère a aussi disparu», dit Brunetti, qui entreprit de raconter à la secrétaire comment il avait visité l'appartement de la signora Moro et les déductions qu'il avait tirées de la découverte d'une chemise d'homme.

La jeune femme pâlit, puis rougit tout aussi soudainement. «Sa chemise ?

– Oui », répondit Brunetti. Il était sur le point de lui demander ce qu'elle en pensait mais, prêtant un peu mieux attention à son expression, il comprit qu'il n'y avait qu'un homme à qui cette histoire avait pu la faire penser, et lorsqu'il reprit la parole, ce fut pour rompre le silence douloureux auquel l'avait réduite le souvenir de sa perte. «Pensez-vous qu'il y ait un moyen de retrouver la trace de leur fille ?» demanda-t-il. Comme elle ne paraissait pas l'avoir entendu, il ajouta : «Il doit bien y en avoir un. Un registre central des enfants scolarisés, peut-être ?»

L'air de revenir de très loin, la signorina Elettra répondit, au bout de quelques instants : «Peut-être par son dossier médical, ou si elle est chez les girls-scouts. »

Avant qu'elle ne puisse suggérer autre chose, il intervint en disant : «Il y a toujours ses grands-parents. Ils doivent bien avoir une idée.

– Avez-vous leurs coordonnées ? demanda la signorina Elettra, reprenant pied peu à peu.

– Non, mais les Moro sont tous les deux d'origine vénitienne et si leurs parents sont vivants, il y a de bonnes chances pour qu'ils habitent dans la ville.

– Je vais voir ce que je peux trouver», se contenta-t-elle de dire, avant d'ajouter : «Au fait, signor, j'ai des informations sur la fille qui aurait été violée à l'Académie.

– Oui ? Et comment les avez-vous obtenues ?

– Par de vieux amis», fut la seule explication qu'elle voulut bien donner. Mais elle voyait qu'elle avait toute l'attention de son supérieur. «La jeune fille était la fiancée de l'un des étudiants et il l'a fait entrer en douce dans sa chambre, un soir. Son responsable de classe en a eu vent et est allé voir ce qui se passait. Elle s'est mise à crier quand il est entré, puis quelqu'un a appelé la police. Mais il n'y a eu aucune mise en accusation et, d'après ce qu'on peut déduire du rapport fait à l'époque, ce n'était sans doute pas nécessaire.

– Je vois, dit-il sans prendre la peine de lui demander comment elle avait trouvé si rapidement le rapport en question. *Tanto fumo, poco arrosto.*» À peine le proverbe lui était-il sorti de la bouche qu'il se rendit compte de l'effet qu'il devait faire à la signorina Elettra, et il se hâta d'ajouter : «Mais le Ciel soit loué pour la jeune fille.»

Manifestement peu convaincue par cet accès de piété, la secrétaire se contenta d'un bref «En effet» et retourna à son ordinateur.

19

Brunetti appela la salle commune et demanda où se trouvait Pucetti ; on lui répondit que le jeune policier était en patrouille et ne serait de retour à la questure que le lendemain matin. Après avoir raccroché, il demeura un moment à se demander combien il faudrait de temps pour que tout le cas qu'il faisait de l'intelligence et du dévouement de Pucetti jouât au désavantage du jeune homme. Il y avait peu de chance que les autres, y compris ces deux crétins patentés qu'étaient Alvise et Riverre, s'en prissent à lui : les manifestations de jalousie entre officiers de police en tenue étaient rares, d'après ce qu'il pouvait discerner. Vianello, qui était plus proche d'eux par le rang et l'âge, aurait peut-être une analyse différente des choses.

En revanche, un personnage comme Scarpa ne pouvait qu'éprouver pour Pucetti la même suspicion qui le faisait déjà se méfier de Vianello. Même si Vianello avait gardé ses sentiments pour lui, il était évident pour Brunetti que les deux hommes avaient ressenti l'un pour l'autre, dès le premier jour, une violente antipathie. Les raisons ne manquaient pas : inimitié traditionnelle entre gens du Nord et Méridionaux, entre célibataires et époux comblés, entre un tempérament autoritaire, ne visant qu'à imposer sa volonté autour de lui, et un autre ne cherchant qu'à vivre en paix avec tout le monde. Brunetti était conscient que ces explications étaient loin de rendre pleinement compte de la haine viscérale que les deux hommes ressentaient l'un pour l'autre.

Il éprouva un bref accès d'agacement à l'idée que les complications provoquées par ces bisbilles indivi-duelles venaient compliquer sa vie professionnelle : pourquoi les personnes chargées de faire respecter la loi ne pouvaient-elles être au-dessus de telles choses ? Il secoua la tête devant la naïveté de cette vision utopiste : à ce train-là, il allait bientôt rêver d'un roi-philosophe platonicien. Il lui suffit d'évoquer le chef actuel du gouvernement, cependant, pour étouffer dans l'œuf tout espoir de voir arriver un tel monarque.

Il dut renoncer à poursuivre davantage le cours de cette méditation, car Alvise venait d'arriver avec le dossier des dernières statistiques criminelles de Venise. Il posa le document sur le bureau de Brunetti et expli-qua que le vice-questeur voulait que le rapport fût bouclé d'ici à la fin de la journée, et qu'il tenait à avoir des chiffres qu'il pût présenter à la presse sans être mis dans l'embarras.

« D'après toi, qu'est-ce que ça peut vouloir dire, Alvise ? s'autorisa à demander Brunetti.

– Qu'il les a tous résolus, je dirais, signor », répondit Alvise sans la moindre trace d'humour dans son expres-sion. L'homme salua et partit, laissant le commissaire songeur : le roi Lear n'était peut-être pas le seul homme à avoir eu un fou avisé dans sa suite.

Il travailla toute la matinée et jusqu'au milieu de l'après-midi, jonglant avec les chiffres et inventant de nouvelles catégories, jusqu'à obtenir un tableau qui arrivait à la fois à respecter la vérité et à satisfaire Patta. Lorsqu'il consulta finalement sa montre, il vit qu'il était plus de dix-neuf heures et qu'il était grand temps de laisser tout ça de côté et de rentrer chez lui. Obéissant à une impulsion, il téléphona à Paola et lui demanda si ça lui plairait d'aller au restaurant, ce soir. Elle n'eut pas un instant d'hésitation, répondant seulement qu'elle devait préparer quelque chose pour les enfants et qu'elle le retrouverait là où il voudrait.

« Chez Sommariva ? demanda-t-il.

– Diable ! Qu'est-ce qui se passe ?

– J'ai besoin de me faire plaisir.

– Avec la cuisine de Maria ?

– Plutôt en profitant de ta compagnie. À huit heures, d'accord ? »

Presque trois heures plus tard, un Guido Brunetti gavé de homard et une Paola Brunetti quelque peu pompette entreprenaient l'ascension des quatre étages menant à leur appartement, ralentis, l'un par la satiété d'un estomac bien rempli, l'autre par le verre de grappa qu'elle avait bu à la fin du repas pour faire passer le champagne. Bras dessus bras dessous, ils ne rêvaient plus que de leur lit et d'une bonne nuit de sommeil.

Le téléphone sonnait au moment où ils ouvrirent et Brunetti envisagea un instant de ne pas décrocher, se disant que cela pourrait bien attendre le lendemain matin. S'il avait eu le temps de vérifier que les enfants étaient bien dans leur chambre et que l'appel n'avait rien à voir avec leur sécurité, il l'aurait sans doute fait, mais son sens du devoir paternel reprit le dessus et il répondit à la quatrième sonnerie.

« C'est moi, signor, dit Vianello.

– Qu'est-ce qui se passe ? fut la réponse instinctive de Brunetti devant le ton de son subordonné.

– La mère de Fernando Moro a été blessée.

– Quoi ? »

Il y eut un soudain chuintement d'électricité statique qui noya la réponse de Vianello. Brunetti ne put entendre que la fin de sa phrase : « … aucune idée.

– De quoi ?

– De qui l'a fait.

– Qui a fait quoi ? Je n'ai pas entendu.

– Elle a été renversée par une voiture, signor. Je suis à Mestre, à l'hôpital.

– Comment ça s'est passé ?

– Elle se rendait à la gare de Mogliano, où elle habite. En tout cas, elle marchait dans cette direction. Une voiture l'a heurtée et renversée et s'est enfuie.

– Des témoins ?

– Oui, deux personnes. La police locale les a interrogées, mais elles ne sont sûres de rien, sinon que la voiture était de couleur claire et que le conducteur était peut-être une femme.»

Brunetti consulta sa montre. «Quand est-ce arrivé ?

– Vers dix-neuf heures, signor. Quand la police l'a identifiée et qu'ils ont vu que c'était la mère de Fernando Moro, l'un d'eux s'est souvenu de la mort d'Ernesto et a appelé la questure. Ils ont essayé de vous joindre, puis ils m'ont appelé.»

Brunetti jeta un coup d'œil au répondeur. Un minuscule voyant rouge clignotait, indiquant la présence d'un message. «On l'a averti ?

– C'est lui qu'ils ont appelé en premier, signor. Elle est veuve, et elle avait le nom et l'adresse de son fils dans son sac à main.

– Et ?

– Il est venu.» Les deux policiers eurent en même temps une pensée pour ce qu'avait dû vivre Moro, mais ni l'un ni l'autre ne firent de commentaires.

«Et à présent, où est-il ?

– Ici, à l'hôpital.

– Qu'est-ce que disent les médecins ?

– Quelques coupures, des contusions, mais rien de cassé. La voiture a seulement dû l'effleurer. Sauf qu'elle a soixante-douze ans, et ils ont décidé de la garder en observation pour la nuit.» Vianello se tut quelques instants, comme si son attention était attirée ailleurs. «Il vient de partir.»

Il y eut un nouveau silence prolongé entre les deux hommes. Finalement, en réponse à la question non formulée de Brunetti, Vianello dit : « Oui, c'est peut-être une bonne idée. Il a été très secoué. »

Le commissaire savait parfaitement que son désir instinctif de profiter de la faiblesse de Moro était du même niveau reptilien que l'encouragement que venait de lui donner Vianello, mais ce n'était pas cela qui allait l'arrêter. « Il est reparti comment ? »

– En taxi. »

Des bruits familiers parvenaient à Guido du fond de l'appartement : Paola se déplaçant dans la salle de bains, puis empruntant le couloir pour se rendre dans leur chambre. En imagination, il s'éleva au-dessus de Venise et de la lagune, se représentant un taxi circulant dans les rues vides de Mestre et s'engageant sur la longue digue rectiligne qui reliait la terre ferme à la Piazzale Roma. Un homme en descendait, se penchait vers le conducteur et le payait, puis faisait demi-tour pour se diriger vers l'embarcadère du numéro 1. « Je vais y aller », dit Brunetti, coupant la communication.

Paola dormait déjà, un rayon de lumière en travers des jambes, lorsqu'il entrouvrit la porte de la chambre. Il rédigea un mot mais, cela fait, il ne sut où le mettre en évidence. Il le posa finalement sur le répondeur, où le témoin lumineux clignotait toujours et attirait l'attention.

Pendant que Brunetti parcourait les ruelles de la ville endormie, son imagination prit à nouveau son essor, cette fois-ci pour observer un homme en costume sombre et imperméable gris allant à pied de San Polo au pont de l'Académie. Il se le représenta qui passait devant le musée et s'engageait dans les ruelles étroites de Dorsoduro. À la sortie du passage couvert qui longeait l'église San Gregorio, le marcheur franchissait le pont donnant sur la rive de belle largeur, devant la Salute.

La maison de Moro, un peu plus loin à droite de l'église, n'était pas éclairée, même si tous les volets étaient ouverts. Brunetti longea le canal et vint se poster au pied du pont qui enjambait le canal secondaire et permettait d'accéder à la maison de Moro. De là, il pourrait le voir arriver, qu'il se présentât en bateau-taxi ou descendît du numéro 1. Se tournant, il contempla, par-dessus les eaux immobiles, la bousculade de coupoles de San Marco et les murs bicolores du Palazzo Ducale, s'imprégnant du calme qui en émanait. Quelle impression étrange : voici qu'il se sentait mieux rien qu'en admirant une simple disposition de lignes, de formes et de couleurs.

Il entendit le martèlement du moteur du vaporetto qui approchait, puis il vit se profiler une proue à l'angle d'un bâtiment. Le bruit de moteur se fit plus grave et le bateau glissa jusqu'à l'embarcadère. L'équipier lança son amarre avec une précision professionnelle, sans effort, et la frappa d'une antique double clef au poteau métallique. Trois ou quatre personnes descendirent, mais Moro ne figurait pas parmi elles. Il y eut le grincement métallique du portillon qui se refermait ; l'amarre fut libérée d'une simple secousse négligente, et le bateau repartit.

Un deuxième vaporetto se présenta vingt minutes plus tard, mais Moro demeura invisible. Brunetti commençait à se dire que le médecin avait peut-être décidé d'aller dormir au domicile de sa mère, à Mogliano, lorsqu'il entendit un bruit de pas qui se rapprochait. Moro émergea de l'une des ruelles étroites, entre les maisons massées à l'autre bout de la placette. Brunetti traversa le pont et prit position de l'autre côté, à quelques pas de la maison de Moro.

Le médecin s'avançait, les mains enfoncées dans les poches de son veston, tête baissée comme s'il devait prendre le plus grand soin de l'endroit où il posait le pied. Quand il fut à quelques mètres de Brunetti, il se mit à fouiller la poche gauche de son pantalon, puis la droite. Ce n'est qu'à la deuxième tentative qu'il en sortit un trousseau de clefs, qu'il se mit à regarder comme s'il ignorait à quoi servaient ces objets ou ce qu'il devait en faire.

C'est alors qu'il leva la tête et vit le policier. Son expression ne changea pas, mais Brunetti fut sûr d'avoir été reconnu.

Le policier s'avança et adressa la parole au médecin, sans avoir réfléchi un instant à ce qu'il allait lui dire. « Alors ? Vous allez les laisser tuer aussi votre femme et votre fille ? »

Moro recula d'un pas et les clefs tombèrent de sa main. Il leva un bras pour se protéger le visage, comme si les paroles de Brunetti avaient été un jet d'acide destiné à ses yeux. Puis tout d'un coup, à une vitesse qui prit Brunetti par surprise, il s'avança et voulut saisir le policier au collet à deux mains. Mais il avait mal jugé la distance et ses doigts vinrent s'enfoncer dans la nuque de Brunetti.

Il le tira si brutalement à lui que Brunetti fut obligé d'avancer d'un demi-pas, levant les bras de côté pour ne pas perdre l'équilibre ; en réalité, ce fut la force des mains de Moro qui le maintint debout.

Il le rapprocha encore de lui, le secouant comme un prunier. « Ne vous mêlez pas de ça ! gronda-t-il, projetant des postillons sur la figure de Brunetti. Ils ne l'ont pas fait. Qu'est-ce que vous vous imaginez ? »

Ayant retrouvé son équilibre grâce à la poigne de Moro, Brunetti profita de ce que le médecin le repoussait pour le maintenir à bout de bras ; puis il fit un pas en arrière et lança les poings vers le haut, rompant la prise dans laquelle il était tenu. Il porta instinctivement une main à sa nuque et sentit sa peau déchirée, l'humidité du sang et un début de douleur.

Il se pencha en avant, la tête dangereusement proche de celle de Moro. « Ils les trouveront. Ils ont trouvé votre mère. Vous voulez donc qu'ils les tuent tous ? »

Le médecin leva à nouveau les mains, l'une après l'autre, mais c'était le geste machinal d'un robot, ou de quelqu'un qui vient de perdre la vue, qui est prisonnier et cherche où se réfugier. Il se détourna et partit d'un pas raide et mal assuré vers sa porte. Appuyé au mur, vaincu, il se mit à fouiller ses poches à la recherche du trousseau resté par terre. Il finit par les retourner complètement, éparpillant au sol de la menue monnaie et des bouts de papier. Quand toutes pendirent à l'envers, Moro baissa la tête et, le menton dans la poitrine, se mit à sangloter.

Brunetti se baissa, ramassa les clefs, s'avança jusqu'au médecin et prit sa main droite qui pendait sans force à son côté. Puis il lui ouvrit la paume, posa le trousseau dedans et replia les doigts dessus.

Lentement, comme s'il souffrait d'arthrite à un stade avancé, Moro se détacha du mur et plaça dans la serrure une clef, puis une deuxième – et ainsi de suite jusqu'à ce qu'il eût trouvé la bonne. Il donna quatre tours qui claquèrent bruyamment, poussa le battant et disparut à l'intérieur. Sans se soucier de vérifier si le médecin avait ou non allumé la lumière, Brunetti fit demi-tour et rentra chez lui.

20

L'esprit embrumé, Brunetti se réveilla, le lendemain matin, au tambourinement sourd de la pluie contre les fenêtres de la chambre ; il était seul dans le lit. Paola n'était nulle part dans l'appartement, et les enfants avaient décampé. Il pensa enfin à regarder la pendule et tout s'expliqua : les uns et les autres étaient partis depuis un bon moment remplir leurs devoirs de la journée. Il eut une pensée pleine de gratitude pour sa femme, lorsque, entrant dans la cuisine, il vit que la machine à café était prête et qu'il n'avait plus qu'à appuyer sur le bouton. Il contempla la vue par la fenêtre pendant que le café passait, puis partit avec sa tasse dans le séjour, d'où il reprit l'étude du clocher de San Polo tout en sirotant son café. Il alla se préparer une deuxième tasse et, cette fois, revint s'asseoir sur le canapé, où, ses pieds en chaussons sur la table basse, il resta le regard perdu, sans les voir vraiment, sur les toits qu'on apercevait au-delà de la porte-fenêtre donnant sur la terrasse.

Il essayait de déterminer qui pouvaient bien être ces « ils ». Moro, surpris par l'attaque de Brunetti, n'avait pu préparer de défense et n'avait même pas essayé de nier leur existence, ou de faire semblant de ne pas comprendre l'allusion de Brunetti à ces mystérieux personnages. La première hypothèse qui lui vint à l'esprit, comme elle serait venue à l'esprit de quiconque ayant entendu parler de la carrière de Moro, mettait en cause des responsables des services de santé, cibles des accusations de corruption institutionnelle et d'enrichissement personnel de son rapport. Fermant les yeux, tête appuyée contre le dossier du canapé, Brunetti essaya de se rappeler ce qu'il était advenu des hommes qui se trouvaient à la tête du service de santé provincial au moment du rapport Moro.

L'un d'eux était entré dans un cabinet d'avocats, dans le privé donc, et on n'avait plus entendu parler de lui ; un deuxième avait pris sa retraite ; un troisième avait décroché un portefeuille de secrétaire d'État dans le nouveau gouvernement : responsable de la sécurité des transports ou des interventions d'urgence en cas de catastrophe naturelle – il ne se rappelait pas très bien. Ce dont il se souvenait, en revanche, c'était que devant le scandale et l'indignation soulevés par ce pillage éhonté des ressources publiques que dénonçait le rapport, la réaction du gouvernement s'était déployée avec une lenteur bureaucratique qui aurait fait apparaître endiablée la Marche funèbre de *Saul*. Les années étaient passées : les hôpitaux n'étaient toujours pas construits, les statistiques officielles restaient toujours aussi douteuses et les responsables de ces fraudes, après quelques turbulences, prospéraient en eaux calmes.

Brunetti se dit qu'en Italie les scandales ont en gros la même date de péremption que le poisson frais : le troisième jour, les uns comme les autres ne valent plus rien. Ceux-ci parce qu'ils ont commencé à sentir mauvais, ceux-là parce que leur parfum s'est déjà évaporé. Si bien que si les personnes mises en cause avaient voulu « punir » l'auteur du rapport ou se venger de lui, elles auraient agi des années auparavant, car un châtiment retardé pendant six ans n'aurait pas dissuadé d'autres fonctionnaires honnêtes d'attirer l'attention sur de semblables irrégularités de la part du gouvernement.

Cette première possibilité rejetée, Brunetti évoqua la carrière médicale de Moro : les attaques contre sa famille ne pouvaient-elles pas être l'œuvre d'un patient mécontent cherchant à se venger ? Cette hypothèse lui parut encore plus improbable et il ne s'y attarda pas un instant. D'autant qu'il ne croyait pas que ce qui arrivait à Moro était de l'ordre de la punition – sans quoi on l'aurait attaqué en personne –, mais de la menace. La raison de ces agressions contre les siens devait se trouver dans ce que Moro avait fait ou appris à l'époque où on avait tiré sur sa femme. Et dans ce cas-là, il s'agissait de manœuvres violentes et répétées pour empêcher la publication d'un second « rapport Moro ». Ce qui frappait le plus Brunetti, lorsqu'il repensait à la réaction du médecin, la veille, n'était pas qu'il n'eût pas essayé de nier qu'« ils » existaient, mais bien plutôt la manière dont il avait répété avec insistance qu'« ils » n'étaient pas responsables de ces attaques.

Brunetti prit une gorgée de café et découvrit qu'il était froid ; ce n'est qu'à ce moment-là qu'il entendit le téléphone sonner. Il posa sa tasse et alla répondre dans l'entrée.

« Brunetti.

– C'est moi, dit Paola. Tu es toujours au lit ?

– Non non, je suis debout depuis un bon moment.

– C'est la troisième fois que j'appelle en trente minutes. Tu étais où, sous la douche ?

– Oui.

– Tu mens ?

– Oui.

– Mais qu'est-ce que tu fabriquais ? demanda Paola, une pointe de réelle inquiétude dans la voix.

– Je regardais par la fenêtre depuis le canapé.

– Ravie d'apprendre que ta journée ait commencé de façon aussi productive. Tu regardais par la fenêtre et tu réfléchissais, je suppose ?

« – Oui, je réfléchissais.

– À quoi ?

– À Moro.

– Et alors ?

– Et alors j'ai découvert quelque chose qui m'avait échappé jusqu'ici.

– Tu veux m'en parler ? demanda-t-elle, mais il sentit un peu de hâte dans sa voix.

– Non. Il faut que j'y réfléchisse encore.

– Ce soir, alors ?

– D'accord. »

Elle garda un instant le silence, puis conclut, sur le ton d'une héroïne de feuilleton brésilien : « Il nous reste à terminer ce que nous avons commencé hier au soir, mon mignon. »

Avec un frisson, son corps se souvint de ce qu'elle voulait dire, mais avant qu'il ait pu répondre, elle éclata de rire et raccrocha.

Il quitta l'appartement une demi-heure plus tard, chaussé de souliers montants à semelles de caoutchouc et protégé par un parapluie noir. Celui-ci ralentissait sa progression, obligé qu'il était de le manœuvrer entre ceux des autres passants. La pluie semblait avoir diminué, sans le tarir, le flot des touristes. Comme il aurait aimé disposer d'un autre moyen pour se rendre au travail et éviter ainsi d'être prisonnier des étroits zigzags de la Ruga Rialto ! Il coupa à droite juste après Sant'Aponal et gagna le Canal Grande. Au moment où il émergeait du passage couvert, un *traghetto* abordait. Il attendit que les passagers eussent débarqué et monta, tendant au gondolier, en espérant que cela suffirait, l'une de ces nouvelles pièces de un euro dont il n'avait pas encore l'habitude. Le jeune homme lui rendit de la menue monnaie et il alla se poster à l'arrière de la gondole, pliant légèrement des genoux pour compenser les mouvements de l'embarcation qui bouchonnait sur l'eau.

Lorsqu'il y eut treize personnes à bord (dont l'une était accompagnée d'un berger allemand trempé), le gondolier repoussa la rive de sa rame et les conduisit rapidement de l'autre côté. Les passagers étaient tellement serrés que les parapluies formaient un bouclier presque hermétique au-dessus de leurs têtes. Même sous cette pluie battante, Brunetti vit des touristes sans parapluie qui prenaient la pose au sommet du pont, lui tournant le dos, pour se faire immortaliser par un compagnon.

La gondole se glissa jusqu'aux marches de bois et tout le monde descendit. Brunetti dut attendre que le gondolier fît passer son sac à roulettes à une dame ; l'une des petites roues s'était prise dans une marche et il fallut la dégager. Puis ce fut au tour du berger allemand de revenir d'un bond dans le bateau pour aller récupérer ce qui avait dû être autrefois une balle de tennis. La tenant solidement dans ses mâchoires, il sauta de nouveau sur la berge et courut jusqu'à son maître.

Brunetti comprit qu'il venait d'assister à toute une série de délits. Le nombre des passagers excédait le chiffre autorisé. Il devait probablement être interdit de traverser le canal avec les parapluies déployés, mais il n'en était pas sûr et il laissa tomber. Le chien ne portait pas de muselière et n'était pas retenu par une laisse. Deux personnes parlant allemand avaient dû réclamer leur monnaie au gondolier.

Avant de monter à son bureau, Brunetti s'arrêta dans la salle commune et demanda à Pucetti de l'accompagner. Lorsqu'ils furent assis, Brunetti lui demanda ce qu'il avait appris de nouveau.

La question surprit manifestement le jeune homme. « Vous voulez dire… à propos de l'Académie, signor ?

– Oui, bien sûr.

– Vous vous y intéressez toujours ?

– Oui. Pourquoi, je ne devrais pas ?

– Je croyais que l'enquête était terminée.

– Qui t'a dit ça ? demanda Brunetti, qui avait déjà sa petite idée.

– Le lieutenant Scarpa, signor.

– Quand ça ?

– Hier, répondit Pucetti après avoir réfléchi, tête inclinée de côté. Oui, hier. Il est passé dans la salle commune et m'a dit que l'affaire Moro était close et que j'étais affecté à Tronchetto.

– À Tronchetto ? répéta Brunetti, sans cacher son étonnement à l'idée qu'on envoie un officier de police patrouiller dans un parking. Et pourquoi ?

– On nous a signalé que ces types qui traînent à l'entrée proposent des balades en bateau aux touristes à des prix…

– Qui nous l'a signalé ?

– Il y a eu une plainte de quelqu'un de l'ambassade américaine à Rome. Il a déclaré avoir payé deux cents euros pour aller jusqu'à San Marco.

– Qu'est-ce qu'il faisait à Tronchetto ?

– Il essayait tout simplement de se garer, signor. C'est à ce moment-là qu'un des types avec ces chapeaux blancs et ces uniformes bidons lui a dit où il pouvait le faire et lui a proposé de lui trouver un taxi qui le conduirait directement à son hôtel.

– Et il a payé ? »

Pucetti haussa les épaules. « Vous savez comment sont les Américains, signor. Il ne comprenait pas ce qui se passait. Et bien entendu, il a payé ; mais lorsqu'il en parlé aux gens de l'hôtel, ils lui ont dit qu'il s'était fait avoir. Et comme il n'est pas n'importe qui à l'ambassade, il a téléphoné à Rome, et Rome nous a téléphoné pour se plaindre. Et c'est pourquoi on nous y a envoyés, pour éviter que ça se reproduise.

– Et tu as commencé hier ?

– Oui, hier soir, et j'y retourne dans une heure,

signor. C'était un ordre », ajouta-t-il en voyant l'expression prise par Brunetti.

Le commissaire se garda de toute observation sur la docilité du jeune policier. « L'enquête sur la mort d'Ernesto Moro n'est toujours pas terminée, alors tu peux oublier Tronchetto. Tu vas retourner à l'Académie et interroger l'un des élèves, un certain Ruffo. Je crois que tu lui as déjà parlé. » C'était dans le rapport de Pucetti que Brunetti avait vu le nom du cadet ; il y était décrit comme ayant paru anormalement nerveux pendant son interrogatoire. Pucetti hocha la tête pour signifier qu'il se souvenait du nom. « En fait, ce serait mieux d'éviter l'école, si c'était possible. Et de te présenter en civil.

– Bien, signor… et pour le lieutenant ? ajouta Pucetti d'un ton précipité.

– Je m'en occupe. »

Pucetti se leva aussitôt. « Je me change et j'y vais tout de suite, signor. »

Restait à Brunetti à s'occuper du lieutenant Scarpa. Il joua avec l'idée de le convoquer dans son bureau mais, estimant plus judicieux d'arriver sans se faire annoncer, il descendit les deux volées de marches conduisant au bureau que le lieutenant avait magouillé pour se faire attribuer. La pièce avait auparavant fait office de vestiaire ; c'était là que les policiers déposaient les parapluies, bottes et imperméables que pouvaient nécessiter un changement de temps ou l'arrivée soudaine de l'*acqua alta*. Puis, un jour, un canapé avait fait son apparition comme par magie, après quoi les policiers de service de nuit étaient venus y dormir une heure ou deux en douce. Selon la légende, la femme d'un commissaire y aurait même été initiée aux plaisirs de l'adultère. Trois ans auparavant, toutefois, le vice-questeur Patta avait ordonné que l'on débarrassât le local des bottes, parapluies et imperméables ; le lendemain, le canapé avait disparu, remplacé par un bureau fait d'un plateau de verre posé sur un lourd piètement métallique. Normalement, seuls le vice-questeur et les commissaires disposaient d'un bureau privé à la questure, mais cela n'avait pas empêché Patta d'installer son assistant derrière cette plaque de verre. Il n'y avait eu aucune discussion officielle pour cette dérogation, mais les commentaires officieux, en revanche, étaient allés bon train.

Brunetti frappa à la porte et entra dès qu'il entendit Scarpa lancer un «*Avanti!*» retentissant. S'ensuivit un moment d'indécision pendant lequel Brunetti observa un Scarpa ne sachant trop comment accueillir un de ses supérieurs. L'instinct joua en premier, et l'homme posa les mains sur les accoudoirs de son siège pour se lever; puis, voyant que ce n'était pas n'importe lequel de ses supérieurs et que, de plus, il était ici sur son territoire, il interrompit son mouvement à mi-course pour le réduire à une esquisse de geste de courtoisie. «Bonjour, commissaire. En quoi puis-je vous être utile?»

Ignorant ce qui se voulait, de la part de Scarpa, une invitation gracieuse de la main à s'asseoir sur le siège placé devant le bureau, Brunetti resta debout près de la porte. «J'ai mis Pucetti sur une mission spéciale», dit-il.

Le visage du lieutenant s'anima; peut-être essayait-il de faire croire qu'il souriait. «Mais Pucetti est déjà affecté à une mission spéciale, commissaire.

– Vous voulez parler de Tronchetto?

– Oui. Ce qui se passe là-bas est tout à fait nuisible à l'image de la ville.»

Se forçant à ignorer la dissonance entre les sentiments manifestés et l'accent palermitain prononcé avec lequel ils étaient exprimés, Brunetti répondit: «Je ne suis pas sûr de partager vos inquiétudes pour l'image de la ville, lieutenant, j'ai donc changé son affectation.»

Nouveau tressaillement des lèvres. « Et, bien entendu, vous avez l'approbation du vice-questeur ?

– J'ai du mal à penser qu'un détail aussi insignifiant que l'affectation de tel ou tel de nos hommes soit d'un grand intérêt pour le vice-questeur, répondit Brunetti.

– Bien au contraire, commissaire. Je crois que le vice-questeur s'intéresse profondément à tout ce qui touche la police dans cette ville. »

Brunetti commençait à en avoir assez. « Qu'est-ce que cela signifie ?

– Juste ce que j'ai dit, commissaire. Que le vice-questeur sera intéressé d'apprendre cela. » Tel un ténor ayant des problèmes de tessiture, Scarpa avait du mal à contrôler sa voix, dont le ton oscillait entre menace et courtoisie.

« Ce qui veut dire que vous avez l'intention de lui en parler ?

– Si jamais l'occasion se présentait, oui, répondit Scarpa froidement.

– Bien entendu, commenta Brunetti tout aussi froidement.

– Est-ce tout ce que je peux faire pour vous, commissaire ?

– Oui. » Brunetti quitta le bureau sur cette réponse avant de céder à la tentation d'ajouter autre chose. Il ne savait à peu près rien de Scarpa ou de ce qui le motivait : l'argent était la raison la plus probable. Cette idée lui rappela une remarque d'Anna Comnène sur Robert Guiscard : « Une fois qu'un homme a pris le pouvoir, son amour de l'argent présente exactement les mêmes caractéristiques que la gangrène, car la gangrène, une fois établie dans un corps, n'a de cesse qu'elle ne l'ait entièrement envahi et corrompu. »

Il fulminait intérieurement contre Scarpa en grimpant l'escalier, mais, une fois dans son bureau, il dut reconnaître que c'était surtout parce qu'il n'avait pu anticiper l'agression dont avait été victime la mère de Moro qu'il s'en voulait. Peu lui importait que ce reproche fût totalement irréaliste ; il aurait dû (mais comment ?) prévoir le danger et faire quelque chose pour le prévenir.

Il appela l'hôpital et, adoptant le ton sévère et autoritaire qu'il avait appris à utiliser dans ses contacts avec des bureaucraties apathiques, annonça son titre et exigea d'être mis en relation avec l'étage où était traité la signora Moro. Il dut attendre un certain temps, mais lorsque l'infirmière de service vint lui répondre, elle se montra aimable et coopérative et lui apprit que le médecin préférait garder la signora Moro une nuit de plus ; on devait la laisser partir le lendemain matin. Non, elle n'était pas sérieusement blessée, et c'était surtout du fait de son âge plus que de son état qu'on la maintenait vingt-quatre heures de plus en observation.

Réconforté par cette manifestation d'humanité, Brunetti la remercia et raccrocha pour rappeler immédiatement la police de Mogliano. L'officier responsable de l'enquête lui apprit alors qu'une femme s'était présentée spontanément à la questure, le matin même, et avait reconnu avoir été au volant de la voiture qui avait renversé la signora Moro. Elle avait paniqué et s'était enfuie mais, après une nuit d'insomnie où la peur l'avait disputé aux remords, elle était venue se confesser à la police.

Lorsque Brunetti demanda à son collègue s'il avait cru le témoignage de la femme, il eut droit à un « Bien entendu ! » étonné, sur quoi le policier de Mogliano dit qu'il avait du travail et raccrocha.

Moro avait donc eu raison d'affirmer qu'« ils » n'avaient rien à voir avec l'agression dont sa mère avait été victime. Et même le terme « agression » était pure invention de sa part, se rendit compte Brunetti. Mais alors, comment expliquer la rage de Moro à cette simple suggestion ? Et, plus important encore, pourquoi était-il dans un tel état d'angoisse et de désespoir, la nuit dernière ? C'était disproportionné, pour quelqu'un à qui on vient d'annoncer que, finalement, sa mère n'a pas été gravement blessée.

21

Brunetti aurait dû se sentir troublé à l'idée qu'il venait d'aggraver l'inimitié que lui portait le lieutenant Scarpa, mais il n'arrivait pas à en être affecté : une antipathie aussi implacable ne connaissait pas de degrés. Il regrettait seulement que Pucetti risquât d'être la première victime de la colère de Scarpa, l'homme n'étant pas du genre à diriger ses coups – de manière ouverte, en tout cas – vers un supérieur hiérarchique. Il se demanda si d'autres personnes se comportaient de cette manière et, se montrant sourdes et aveugles aux exigences réelles de leur profession, les sacrifiaient sur l'autel du succès et du pouvoir personnels. Paola l'assurait depuis longtemps, quant à elle, que les affrontements qui agitaient le département de littérature anglaise à l'université, tout feutrés qu'ils paraissaient, étaient en réalité encore plus féroces que tout ce que qu'on lisait dans *Beowulf* ou dans les tragédies de Shakespeare les plus sanglantes.

Il savait que l'ambition était considérée comme une caractéristique normale de la nature humaine ; depuis des décennies, il observait des gens qui se consacraient entièrement à obtenir ce qui, à leurs yeux, était le succès. Il avait beau savoir qu'on jugeait ces désirs comme des plus naturels, il restait néanmoins perplexe devant la passion et l'énergie que certains mettaient dans leurs entreprises. Paola lui avait dit une fois qu'il était né avec une case en moins, car il semblait incapable de désirer autre chose que d'être heureux. Remarque qui l'avait troublé, jusqu'à ce qu'elle lui eût expliqué que c'était l'une des raisons qui l'avait fait l'épouser.

C'est en songeant à tout cela qu'il entra dans le bureau de la signorina Elettra. Elle leva les yeux et, sans autre préambule, il lui déclara qu'il voulait en apprendre un peu plus sur tous ceux qui fréquentaient l'Académie.

« Certes, répondit-elle, mais apprendre quoi, plus précisément ? »

Il réfléchit un moment avant de répondre. « Je crois que ce que j'aimerais savoir, c'est si l'un d'entre eux aurait été capable de tuer Ernesto Moro et, si oui, pour quelle raison.

– Des raisons, il pourrait y en avoir des tas, observat-elle. Si, du moins, vous tenez absolument à croire qu'il a été assassiné.

– Non, pas particulièrement. Mais s'il l'a été, je veux savoir pourquoi.

– C'est aux cadets ou aux professeurs, que vous vous intéressez ?

– Aux uns et aux autres… Aux deux.

– Je doute que les deux puissent être simultanément impliqués.

– Pourquoi donc ?

– Ils n'auraient pas eu les mêmes raisons d'agir.

– Comme par exemple ?

– Je ne me suis pas bien expliquée, dit-elle en secouant la tête. Je pense que les profs agiraient pour des raisons sérieuses, des raisons d'adulte.

– Par exemple ?

– Protéger leur carrière. Ou l'Académie.

– Et les garçons ?

– Parce qu'il était un emmerdeur.

– C'est un peu léger, comme raison pour tuer quelqu'un.

– Vu sous un certain angle, la plupart des raisons que l'on a de tuer quelqu'un paraissent bien légères. »

Il dut reconnaître qu'elle n'avait pas tort. Après avoir réfléchi, il posa une nouvelle question : « Et en quoi pouvait-il être un emmerdeur ?

– Allez savoir… Je n'ai aucune idée de ce qui travaille des garçons de cet âge. Quelqu'un qui aurait été trop agressif, ou qui au contraire ne l'est pas assez. Quelqu'un qui est trop brillant et fait de l'ombre aux autres. Ou qui n'arrête pas de la ramener, ou… »

Brunetti l'interrompit. « Je persiste : ce sont des raisons trop légères, même pour des adolescents. »

Nullement offensée, elle répondit que c'était ce qu'elle avait trouvé de mieux. Elle eut un mouvement de tête vers son ordinateur. « Laissez-moi le temps de voir si je ne trouve pas quelque chose là-dedans.

– Qu'allez-vous consulter ?

– Les listes d'inscription, les membres de leur famille. De même pour les profs. Puis je croiserai tout ça avec… d'autres informations.

– Et où avez-vous obtenu ces listes ? » s'étonna Brunetti.

Elle prit une longue inspiration très distinguée. « On ne peut pas dire que je les ai, signor. Mais je sais comment y avoir accès. » Elle le regarda, attendant un commentaire. Mais, débordé, Brunetti la remercia et lui demanda de lui faire parvenir sans attendre tout ce qu'elle aurait ramené dans ses filets.

Une fois dans son bureau, il tenta de se remémorer tout ce qu'il avait entendu dire ou lu sur l'Académie au cours des années. Comme rien ne lui venait à l'esprit, il reporta ses réflexions sur les militaires en général, se rappelant que la plupart des enseignants étaient d'anciens officiers d'une armée ou d'une autre.

Un souvenir se profila, venu il ne savait d'où, l'agaçant car il n'arrivait pas à le préciser. Tel un tireur prenant une visée de nuit, il tourna son attention non pas vers la cible qui refusait de se matérialiser, mais vers ce qui se trouvait à côté. Il s'agissait de quelque chose concernant les militaires, les jeunes gens dans l'armée.

Et le souvenir surgit : un incident vieux de quelques années, lorsqu'on avait fait sauter deux parachutistes (lui semblait-il) d'un hélicoptère quelque part en ex-Yougoslavie. Ignorant que l'appareil évoluait en fait à une centaine de mètres au-dessus du sol, ils s'étaient jetés dans le vide et s'étaient tués. Les autres soldats qui se trouvaient dans l'hélicoptère le savaient mais n'avaient rien dit, mais ils appartenaient à une unité différente. Et ce souvenir fut accompagné d'un deuxième similaire : on avait trouvé le corps sans vie d'un jeune homme dans une soute de largage, peut-être victime d'une brimade ayant mal tourné au cours d'une mission nocturne. Pour autant qu'il le savait, aucune des deux affaires n'avait été élucidée, aucune explication donnée pour ces morts totalement inutiles de trois jeunes gens.

Il se souvint enfin d'un matin, quelques années auparavant, où Paola avait le nez dans son journal, pendant le petit déjeuner. Il était question d'envoyer des troupes italiennes pour aider un allié dans l'une de ses entreprises belliqueuses. « À ton avis, lui avait-elle demandé, c'est une offre ou une menace ? »

Seul l'un des amis d'enfance de Brunetti avait choisi la carrière militaire ; mais ils avaient perdu contact depuis des lustres et il n'eut aucune envie de l'appeler. De toute façon, il n'avait aucune idée de ce qu'il aurait pu lui demander : est-ce que l'armée était vraiment aussi corrompue et incompétente que tout le monde paraissait le penser ? Ce n'était tout de même pas une question à poser – en tout cas, pas à un général en activité.

Restaient ses amis journalistes. Il appela l'un d'eux, à Milan. Mais, tombant sur un répondeur, il ne laissa aucun message, même pas son nom. Il lui arriva exactement la même chose avec un ami romain. Il eut en revanche davantage de chance avec Beppe Avisani, à Palerme, qui décrocha à la deuxième sonnerie.

« Avisani.

– *Ciao*, Beppe, c'est Guido.

– Ah, ça me fait plaisir d'entendre ta voix. »

Pendant quelques minutes, ils échangèrent les informations que l'on se donne habituellement quand on n'a pas été en contact pendant un certain temps, avec peut-être quelque chose de plus formel dans la voix, l'un et l'autre ayant conscience qu'ils ne se parlaient plus guère que lorsque l'un d'eux avait besoin d'un renseignement.

Une fois clos le chapitre de la famille, Avisani lui demanda en quoi il pouvait lui être utile.

« Je m'intéresse à la disparition du fils Moro, répondit Brunetti, qui fit exprès d'attendre la réaction du journaliste.

– Ce ne serait pas un suicide, alors ? demanda Avisani, sans s'encombrer de pieuses circonlocutions.

– C'est ce que j'aimerais bien savoir. »

Avisani n'hésita pas. « S'il ne s'est pas suicidé, il est évident que cela a quelque chose à voir avec le père.

– J'ai poussé le raisonnement jusque-là, Beppe, dit Brunetti, mais sans le moindre sarcasme dans la voix.

– Oui, évidemment. Désolé.

– Le rapport date de trop longtemps, reprit le commissaire, certain qu'un homme qui était journaliste politique depuis vingt ans suivrait son raisonnement et éliminerait aussi le rapport sur les hôpitaux des causes possibles. Sais-tu sur quoi il travaillait quand il était au Parlement ? »

Il y eut un long silence, le temps qu'Avisani remonte la piste. « Tu as probablement raison, dit-il enfin. Peux-tu attendre une minute ?

– Bien sûr. Pourquoi ?

– Je dois avoir ça dans un dossier quelque part.

– Dans l'ordinateur ?

– Et où voudrais-tu que cela soit ? dit Avisani en riant. Dans un tiroir ? »

Brunetti se mit aussi à rire, comme s'il avait simplement eu l'intention de faire une plaisanterie.

« Juste une minute. » Brunetti entendit le cliquetis caractéristique d'un téléphone qu'on pose sur une surface dure.

Il regarda par la fenêtre en attendant, sans chercher à mettre de l'ordre dans les informations qui tournaient dans sa tête. Il perdit toute notion du temps, et la minute était plus que largement dépassée quand Avisani reprit le combiné.

« Guido ? toujours en ligne ?

– Oui.

– Je n'ai pas grand-chose sur lui. Il n'a siégé que trois ans, un peu moins, en réalité, avant de démissionner, mais on l'a pas mal tenu à l'écart pendant tout ce temps.

– Comment ça, tenu à l'écart ?

– Il avait été choisi comme candidat par le parti parce qu'il était connu et populaire, à l'époque, et qu'il pouvait les faire gagner ; mais une fois élu et le parti au courant de ce qu'étaient vraiment ses idées, ils l'ont maintenu le plus loin possible des affaires sérieuses. »

Brunetti avait déjà assisté à ce genre de spectacle : un homme honnête élu avec l'espoir de réformer le système et qui se trouve peu à peu absorbé par lui, comme un insecte est digéré par une dionée. Avisani ayant vu cela bien plus souvent que lui, Brunetti ne commenta pas et, tirant un bloc-notes à lui, demanda simplement au journaliste sur quels comités avait travaillé Moro.

« Cherches-tu ce que je pense que tu cherches – quelqu'un à qui il aurait mis des bâtons dans les roues ?

– Exactement. »

Avisani émit un long bruit que Brunetti interpréta comme spéculatif. « Laisse-moi te donner ce que j'ai. Un comité pour la retraite des agriculteurs, commença-t-il, pour le rejeter aussitôt d'un « rien là-dedans » négligent. Ces gens n'existent pas. Ah, il y a celui qui contrôlait l'envoi de tous ces trucs en Albanie.

– L'armée avait-elle quelque chose à voir là-dedans ?

– Non. C'était le boulot des ONG. Caritas, des organisations de ce genre.

– Quoi d'autre ?

– La Poste. »

Brunetti renifla.

« Et les fournitures militaires, dit Avisani avec un intérêt non dissimulé. Service des approvisionnements de l'armée.

– Et le boulot du comité consistait en quoi ? »

Avisani réfléchit quelques instants avant de répondre. « Il était probablement chargé d'examiner les contrats passés avec les entreprises.

– De les examiner, ou d'en décider ?

– Je dirais plutôt "examiner". Ce n'était en réalité qu'un sous-comité, ce qui signifie qu'il n'avait pas d'autre pouvoir que de faire des recommandations au vrai comité. Tu crois qu'il pourrait s'agir de ça ?

– Je ne suis même pas sûr qu'il y ait un "ça" », répondit Brunetti évasivement, se forçant à se souvenir que son ami était aussi journaliste.

Faisant preuve d'une patience particulière, Avisani lui fit observer qu'il avait posé la question en ami curieux, pas en reporter.

Brunetti, soulagé, éclata de rire. « De toute façon, c'est une hypothèse un peu plus solide que la Poste. Les facteurs ne sont pas particulièrement violents.

– Non, sauf en Amérique. »

Il y eut un moment de gêne : les deux hommes étaient conscients de leur conflit d'intérêt entre profession et amitié. C'est finalement Avisani qui rompit le silence. «Est-ce que tu veux que je m'y intéresse de plus près?»

Ne sachant trop comment formuler sa réponse, Brunetti dit: «Si tu penses pouvoir t'y prendre discrètement.

– Je suis toujours en vie parce que je fais les choses discrètement, Guido.» À cette explication donnée sans la moindre tentative d'humour, le journaliste ajouta un «au revoir» pas particulièrement chaleureux et raccrocha.

Brunetti appela aussitôt la signorina Elettra. «J'aimerais que vous ajoutiez à la liste…, commença-t-il, hésitant sur le terme à employer pour la tâche qu'il lui avait confiée; à la liste de vos recherches…

– Oui, signor?

– Les approvisionnements de l'armée.

– Pourriez-vous être un tant soit peu plus précis?

– Les obtentions de contrats, les dépenses… (une citation que faisait souvent Paola lui sauta à l'esprit, mais il l'ignora) des militaires. C'était l'un des comités dans lesquels siégeait Moro.

– Diable! s'exclama-t-elle. Comment a-t-il pu se retrouver là?»

Sa stupéfaction n'était pas feinte, et Brunetti se demanda combien de temps il lui faudrait pour expliquer cette réaction à un étranger. Car la question de la secrétaire, tenant pour acquise l'honnêteté de Moro, signifiait qu'elle ne comprenait pas qu'on ait nommé un homme intègre à un comité qui pouvait, d'une manière ou d'une autre, influer sur la destination de fonds importants du gouvernement.

«Aucune idée, répondit-il. Il faudrait peut-être voir qui était avec lui sur ce comité.

– Certainement, signor. Les archives du gouvernement sont d'un accès facile», ajouta-t-elle, le laissant libre de spéculer sur ce que recouvrait éventuellement cet adjectif, en termes délictuels.

Il consulta sa montre. «Vaut-il mieux que j'aille déjeuner, ou dois-je attendre ? demanda-t-il.

– Allez plutôt déjeuner, signor», dit-elle en raccrochant.

Il se rendit jusque chez *Testiere*, sûr que le propriétaire lui trouverait une place ; il prit un hors-d'œuvre de fruits de mer et une tranche de thon grillé – du thon frais, lui jura Bruno. Le poisson aurait pu avoir passé six mois dans un congélateur, vu l'attention que lui consacra Brunetti. En d'autres circonstances, il aurait eu honte de ne pas apprécier un mets aussi délicat ; mais aujourd'hui, il n'arrivait pas à s'arracher à ses méditations sur les éventuels rapports entre la vie professionnelle de Moro et les souffrances infligées à sa famille, si bien que le thon fut mangé, mais pas goûté.

À son retour, il s'arrêta chez la signorina Elettra et la trouva debout à sa fenêtre, le regard perdu en direction du *Bacino*. Elle était tellement absorbée dans sa contemplation qu'elle ne l'entendit pas entrer et il s'arrêta, ne voulant pas la faire sursauter. Elle se tenait les bras croisés, adossée de l'épaule au montant de la fenêtre, un pied posé devant l'autre. Il la voyait de profil. Elle baissa alors la tête et ferma les yeux pendant quelques secondes de trop. Puis elle les rouvrit, poussa un soupir si profond qu'il vit sa poitrine se soulever, et se détourna de la fenêtre. C'est alors qu'elle l'aperçut.

Trois secondes passèrent. Il avait appris par Paola que les Irlandais disent souvent, dans les moments où il est nécessaire de prononcer quelques mots de consolation : «Je suis désolé pour vos ennuis», et la formule était déjà sur ses lèvres lorsqu'elle se dirigea vers son bureau, essayant de sourire, et dit : «J'ai tout» – mais de la voix de quelqu'un qui n'aurait rien.

Il y eut encore quelques secondes de silence et il la

rejoignit de l'autre côté du bureau, dans un accord tacite pour oublier ce qui venait de se passer.

Il y avait deux piles de papier. Sans s'asseoir, elle lui montra la première. « Ça, c'est la liste des étudiants dont les pères sont militaires ou au gouvernement – c'est la seule chose que j'ai vérifiée pour eux. Dessous, vous trouverez la liste des professeurs, le corps dans lequel ils ont servi, leur grade en fin de carrière. Et enfin une liste des hommes qui ont siégé dans le comité des fournitures militaires avec le dottor Moro. »

La curiosité fut la plus forte. « Très bien. S'il vous plaît, pouvez-vous me dire comment vous vous y êtes prise ? » Comme elle ne répondait pas, il leva la main droite. « Je promets, sur la tête d'une personne de ma famille, que je vous laisse choisir, que je ne répéterai jamais ce que vous me direz, que je l'oublierai aussitôt et que je ne laisserai pas le lieutenant Scarpa, quels que soient les moyens qu'il emploie, m'arracher ce secret. »

Elle esquissa un sourire. « Et si jamais il brandit de terribles menaces ?

– Comme quoi, par exemple ? M'inviter à prendre un verre ?

– Non, pire. À dîner.

– Je serai intraitable. »

Elle capitula. « Il existe un moyen d'accéder aux dossiers militaires. Tout ce qu'il vous faut est le code et le matricule des intéressés. » Déjà satisfait qu'elle lui ait dit ça, il n'insista pas et ne lui demanda pas comment elle s'était procuré codes et matricules. « Quant au Parlement, reprit-elle avec mépris, c'est trop facile. Un enfant pourrait rentrer là-dedans. » Il supposa qu'elle parlait des archives informatisées, pas du bâtiment.

« Et les listes de l'Académie ? »

Elle lui adressa un long regard spéculatif, et il hocha la tête, renouvelant son vœu de silence. « Pucetti les a piquées quand il était sur place, et me les a données, au cas où…

– Au cas où… Avez-vous eu le temps de les étudier ?

– En partie. Certains noms apparaissent sur plusieurs listes.

– Par exemple ? »

Elle prit l'une des feuilles de la pile et indiqua deux noms qu'elle avait déjà soulignés en jaune au Stabilo. « Le major Marcello Filippi et le colonel Giovanni Toscano.

– Expliquez-moi. Ça ira plus vite.

– Le major est resté vingt-sept ans dans l'armée et a pris sa retraite il y a trois ans. Pendant ses six dernières années d'active, il a été responsable du bureau des fournitures des parachutistes. Son fils est en troisième année à l'Académie. » Elle indiqua l'autre nom. « Quant au colonel, il était conseiller militaire au comité parlementaire où siégeait Moro. Il enseigne actuellement à l'Académie. Il était à Paris, pour un séminaire, au moment de la mort du garçon.

– Est-ce que ce n'est pas se retrouver plus ou moins au placard, que de passer de conseiller militaire au Parlement à prof dans une académie militaire de province ?

– Le colonel a pris sa retraite après vingt-deux ans de service actif dans des conditions quelque peu troubles, répondit la signorina Elettra. Ou du moins, se corrigea-t-elle immédiatement, c'est l'impression que j'ai eue en lisant son dossier confidentiel. »

Son dossier confidentiel…, se dit Brunetti. Où allait-elle s'arrêter ? « Et qu'est-ce qu'il racontait ?

– Que certains membres du comité faisaient état de leur peu de satisfaction quant aux services rendus par le colonel. L'un d'eux allait même jusqu'à sous-entendre que le colonel n'était pas du tout impartial dans les conseils qu'il donnait au comité.

– Moro ?

217

– Oui.

– Ah…

– Comme vous dites.

– Pas du tout impartial en quel sens ? demanda Brunetti.

– Ça ne figurait pas dans le dossier, mais il n'y a pas besoin de regarder bien loin, n'est-ce pas ?

– Je suppose que non.» Ce manque d'impartialité que le comité reprochait au colonel ne pouvait vouloir dire qu'une chose : qu'il favorisait l'un des fournisseurs de l'armée au détriment des autres, c'est-à-dire une entreprise et ses dirigeants. Le cynisme congénital de Brunetti lui souffla que cela voulait peut-être simplement dire que Toscano était stipendié par d'autres industriels que ceux qui soudoyaient les parlementaires du comité. Le plus étonnant, dans cette affaire, n'était pas qu'il eût été partial – sinon, pourquoi vouloir d'un tel poste ? – mais qu'il eût été… Brunetti n'osa pas ajouter, même en pensée, l'expression : pris la main dans le sac. Il était remarquable qu'il eût été obligé de prendre sa retraite, le commissaire ne pouvant imaginer qu'un homme titulaire d'un tel poste s'en allât sans faire de bruit. À quelles extrémités de partialité s'était-il livré pour avoir été obligé de passer la main ?

«Il est vénitien, ce colonel ?

– Non, mais sa femme, si.

– Quand sont-ils arrivés ici ?

– Il y a deux ans. Quand il a pris sa retraite.

– Avez-vous une idée de ce qu'il gagne comme professeur à l'Académie ?»

Une fois de plus, la secrétaire lui montra la liste. «Les salaires figurent à droite de leur nom.

– Je suppose qu'il touche en plus une retraite de l'armée.

– Elle y est aussi.»

Brunetti consulta le document et constata que le total

de la retraite du colonel et de son salaire à l'Académie dépassait largement ce que lui-même touchait comme commissaire. «Pas mal, commenta-t-il.

– Ils peuvent s'en sortir, je suppose.

– Et la femme?

– Elle est riche.

– Qu'est-ce qu'il enseigne?

– Histoire et théorie militaire.

– Et est-ce qu'il… donne une coloration politique particulière à son enseignement de l'histoire?»

Elle sourit devant la délicatesse de la formule. «Je ne peux pas encore vous le dire, signor. Mais j'ai un ami dont l'oncle est prof de maths à l'Académie, et il a promis de se renseigner. On aurait probablement peu de chances de se tromper si on lui attribuait certaines idées, continua-t-elle, mais il vaut toujours mieux vérifier.»

Il acquiesça d'un signe de tête. Ni l'un ni l'autre ne se faisaient d'illusion sur ce que devaient être, selon toute vraisemblance, les vues politiques et dans le cas précis l'interprétation de l'histoire d'un homme qui avait passé vingt-deux ans en service actif. Comme la signorina Elettra, cependant, Brunetti estimait qu'il valait mieux être certain.

«Et les deux hommes? Ont-ils servi ensemble?» demanda-t-il.

Elle sourit de nouveau, comme si elle était satisfaite de sa perspicacité, et tira à elle la seconde pile de papiers. «Il semblerait qu'à l'époque où le colonel distribuait ses conseils aux parlementaires, le major retraité siégeait au conseil d'administration d'Edilan-Forma.

– Qui est?

– Une entreprise dont le siège social est à Ravenne et qui fournit des uniformes, des bottes, des sacs à dos et un certain nombre d'autres équipements à l'armée.

– Quels autres équipements ?

– Je n'ai pas encore pu entrer dans leur mémoire, dit-elle, l'air de ne pas douter un instant que toute cette conversation était placée sous la protection du vœu de silence prononcé auparavant par son supérieur. On dirait bien qu'ils fournissent tout ce que les soldats portent, vêtements ou autres. Il semblerait aussi qu'ils servent de sous-traitants à des sociétés qui approvisionnent l'armée en nourriture et en boisson.

– Et tout cela signifie, signorina ?

– Des millions, signor, des millions et des millions. C'est une machine à fric – ou ça pourrait l'être. Après tout, l'armée dépense environ dix-sept milliards d'euros par an.

– Mais c'est insensé ! s'exclama-t-il.

– Pas pour quelqu'un qui a une chance d'en détourner quelques fractions de pourcentage.

– Edilan-Forma ?

– Par exemple. » Elle revint aux informations qu'elle avait rassemblées. « À un moment donné, le comité a examiné les contrats passés avec Edilan-Forma, l'un des membres du comité ayant émis des doutes sur l'entreprise. »

Bien qu'il ne fût guère nécessaire de le préciser, Brunetti demanda : « Moro ? »

Elle acquiesça.

« Quels genres de doutes ?

– Les minutes parlementaires mentionnent les prix d'un certain nombre d'articles, ainsi que les quantités commandées.

– Et qu'est-ce qui est arrivé ?

– Lorsque le membre du comité a démissionné, la question a disparu de l'ordre du jour.

– Et les contrats ?

– Ont été renouvelés. »

Était-il fou, pour trouver tout cela aussi normal et

simple à comprendre ? Ou étaient-ils fous, tous les Italiens, fous d'une manière exigeant d'interpréter d'une façon et d'une seule les papiers empilés sur le bureau de la signorina Elettra ? Le Trésor public était une vache à lait, et la prévarication, la récompense suprême de tout poste administratif. Moro, le stupide et ingénu Moro, avait osé remettre ce système en question. Brunetti ne doutait plus que la réponse aux soupçons émis par Moro avait été donnée non à lui, mais à sa famille.

« Si vous n'avez pas encore commencé, pourriez-vous regarder de plus près les dossiers de Toscano et de Filippi ?

– Je venais de m'y mettre quand vous êtes arrivé, signor. Mais mon ami de Rome, celui qui travaille sur les dossiers de l'armée, a été envoyé pour quelques jours à Livourne, et je n'y aurai donc pas accès avant la fin de la semaine. »

Se gardant bien de lui dire qu'il l'avait trouvée toute mélancolique à la fenêtre, alors qu'elle songeait tristement à son passé ou à son avenir, Brunetti la remercia et retourna dans son bureau.

22

Brunetti dut faire un effort pour rester à la questure jusqu'à l'heure où il quittait normalement le travail. Pour s'occuper, il parcourut des rapports qui s'étaient accumulés et les parapha de ses initiales ; il lut les premiers, puis en sauta un sur deux, puis deux sur trois – tout en inscrivant scrupuleusement *GB* au bas de chacun, sans en omettre un seul. Tandis que ses yeux passaient sur les mots et les colonnes de chiffres, ce flot continu de faits et d'informations ayant à son esprit autant de rapport avec la réalité qu'Anna Anderson en avait avec le tsar Nicolas II, les pensées de Brunetti le ramenaient constamment à Moro.

Juste avant de partir, il appela son ami de Palerme, Beppe Avisani.

Le journaliste répondit de la même façon que le matin, en donnant son nom.

« C'est moi, Beppe.

– Tu ne m'as appelé qu'il y a quelques heures ! Donne-moi au moins une journée ! protesta aigrement le journaliste.

– Je ne t'appelle pas pour t'asticoter, Beppe, je t'assure. Mais simplement pour que tu ajoutes deux noms à ta liste. Ceux du colonel Giovanni Toscano, enchaîna-t-il avant que l'autre eût le temps de se récrier, et du major Marcello Filippi. »

Il y eut un long silence à l'autre bout de la ligne. « Tiens, tiens, tiens… Avec le sel, va le poivre ; avec l'huile, va le vinaigre ; avec la fumée, le feu…

– Et avec Toscano, Filippi, je suppose ?

– Exactement. Comment se fait-il que tu sois tombé sur ces deux cocos-là ?

– *Via* Moro, dit simplement Brunetti. Ils ont tous les deux des rapports avec le comité sur les fournitures militaires où siégeait notre homme avant de quitter le Parlement.

– Ah, oui, les approvisionnements…, dit Avisani en soulignant le terme avec gourmandise.

– Es-tu au courant de quelque chose ? demanda Brunetti, certain que son ami avait des informations sur le sujet.

– Je sais que le colonel Toscano a été fermement invité à quitter son poste de consultant auprès du comité parlementaire et que peu après il a décidé de prendre sa retraite de l'armée.

– Et Filippi ?

– Mon impression est que le major a trouvé que sa situation était devenue un peu trop voyante.

– C'est-à-dire ?

– Mari de la cousine du président de la société auprès de laquelle les parachutistes achetaient pratiquement toutes leurs fournitures.

– Edilan-Forma ?

– Eh, mais on n'a pas perdu son temps, ma parole ! » commenta Avisani – dans sa bouche, la formule était un compliment.

L'honnêteté eût exigé que Brunetti rendît justice à la signorina Elettra, mais il estima qu'il valait mieux ne pas révéler ce genre de détail à un représentant de la presse. « As-tu déjà pondu des papiers là-dessus ?

– Je ne sais combien de fois, Guido, marmonna Beppe d'un ton lourdement résigné.

– Et alors ?

– Alors, qu'est-ce que les gens sont supposés faire ? Jouer l'étonnement et la surprise, s'exclamer que ce n'est pas leur façon de faire des affaires ? Tu te rappelles ce qu'a dit ce comique à la télé, au début de l'enquête Mains propres ?

– Oui, très bien. Que nous étions tous coupables de corruption et que nous devrions tous aller passer quelques jours en prison.» Il n'avait pas oublié les frénétiques avertissements lancés par Beppe Grillo à ses concitoyens. C'était un amuseur, Grillo, et les gens étaient libres de rire ; pourtant, ce qu'il avait dit ce soir-là ne prêtait pas à rire.

«En effet, reprit Avisani, tirant Brunetti de ses pensées. J'ai écrit des articles là-dessus pendant des années ; là-dessus et sur d'autres organismes du gouvernement qui semblent n'exister que pour siphonner l'argent des caisses de l'État vers les poches des copains et des parents. Et tout le monde s'en fout.» Il attendit la réaction de Brunetti, puis reprit : «Tout le monde s'en fout parce que tout le monde se dit que tôt ou tard l'occasion risque de se présenter de s'en mettre plein les fouilles, et que c'est donc de leur intérêt de ne pas toucher au système. Et on n'y touche pas.»

Brunetti, sachant que tout cela était vrai, ne vit aucune raison de présenter des objections à Beppe. Revenant à la première réaction de son ami, il demanda : «Et c'était leur seul lien ?

– Non. Ils étaient dans la même classe à l'Académie de Modène.

– Et ensuite ?

– Je ne sais pas. Je doute que ce soit important. Ce qui l'est, c'est le fait qu'ils se connaissaient bien et que tous les deux se soient trouvés parties prenantes dans les approvisionnements.

– Le fait aussi qu'ils aient pris leur retraite ?

– Oui, et pratiquement en même temps.

– Sais-tu où est passé Filippi ? demanda Brunetti.

– Je crois qu'il habite à Vérone. Veux-tu que je me renseigne sur lui ?

– Oui.

– En détail ?

– Tout ce que tu pourras.

– Et je suppose que tu vas me payer au tarif habituel ? le taquina Avisani en éclatant de rire.

– Quoi ? Tu n'aimes pas la cuisine de ma femme ? » rétorqua Brunetti en feignant l'indignation, mais ajoutant, avant que son ami n'eût le temps de lui donner la réplique : « Je ne veux surtout pas que tu te crées des ennuis avec ça, Beppe. »

Cette fois-ci, ce fut le journaliste qui se mit à rire. « Ah, si je craignais de m'attirer des ennuis, Guido, je crois que je ne pourrais pas faire ce boulot.

– Merci, Beppe. » Le dernier éclat de rire sur lequel se termina la conversation rassura Brunetti : leur amitié n'était pas entamée.

Il descendit de son étage et, en dépit de ses efforts pour résister aux sirènes qui l'attiraient vers le bureau de la signorina Elettra et son ordinateur magique, il fit un détour. Il n'y avait pas de lumière dans la petite pièce et l'écran éteint laissait à penser qu'elle n'avait pas encore trouvé ce qu'il lui avait demandé de chercher. Il ne pouvait rien faire de plus – ou alors il aurait dû fouiller ses tiroirs – et il alla donc chez lui, retrouver sa famille et son dîner.

Arrivé avant huit heures le lendemain matin à la questure, et son détour par le bureau de la signorina Elettra lui ayant appris qu'elle n'était pas encore arrivée, il se rendit jusqu'à la salle commune, où il trouva Pucetti plongé dans une revue. Le jeune homme se leva lorsqu'il vit Brunetti. « Bonjour, commissaire. J'espérais justement que vous arriveriez de bonne heure.

– Qu'est-ce que tu m'as dégoté ? » demanda Brunetti. Il eut vaguement conscience d'un mouvement, derrière lui, et en vit en quelque sorte le reflet sur le visage de Pucetti, car son sourire s'effaça.

« Seulement ces formulaires, signor, dit-il en tendant la main vers une pile de documents posés sur le bureau voisin. Je crois qu'ils ont besoin de votre signature. » Il avait parlé d'un ton neutre.

Imitant son ton compassé, Brunetti lui dit qu'il devait tout d'abord descendre voir Bocchese. Le jeune homme pouvait-il les lui poser sur son bureau ?

« Certainement, signor. » Pucetti posa une première pile, puis une seconde, sur la revue fermée, tapota le tout pour bien aligner les feuilles. Quand il souleva les dossiers, la revue avait disparu.

Brunetti se tourna vers la porte et la trouva bloquée par le lieutenant Scarpa. « Bonjour, lieutenant, lui dit Brunetti. Puis-je faire quelque chose pour vous ?

– Non, signor. Je voulais parler à Pucetti. »

Un sourire de surprise et de gratitude vint illuminer le visage du commissaire. « Ah, merci, lieutenant. Vous me faites penser que moi aussi j'ai quelque chose à lui demander. » Il se tourna vers le jeune policier. « Tu n'auras qu'à m'attendre dans mon bureau, Pucetti. Je n'en ai que pour une minute avec Bocchese. » Puis, adressant un sourire amical à Scarpa, il ajouta : « Vous savez combien Bocchese aime commencer de bonne heure. » Ce que tout le monde savait dans la boutique, en réalité, c'était que Bocchese consacrait sa première heure de la journée à lire *La Gazetta dello Sport* et à se servir de son adresse e-mail à la questure pour placer des paris dans trois pays différents.

En silence, le lieutenant s'écarta pour laisser passer son supérieur. Brunetti attendit juste derrière la porte jusqu'à ce que Pucetti sortît, puis referma derrière eux.

« Oh, je suppose que Bocchese pourra attendre quelques minutes », dit Brunetti d'un ton faussement résigné. Une fois qu'ils furent arrivés dans son bureau, il alla accrocher son manteau dans le placard tout en demandant à Pucetti, sans attendre, ce qu'il avait appris.

Gardant les papiers sous le bras, Pucetti commença son compte rendu. « J'ai l'impression qu'il y a quelque chose qui cloche chez le jeune Ruffo, signor. Hier, j'ai été traîner dans le bar qui se trouve au bout de la rue de l'Académie. Je l'ai salué quand il est arrivé et je lui ai offert un café, mais il paraissait nerveux à l'idée de me parler.

– Ou d'être vu en train de te parler », proposa Brunetti. Pucetti acquiesça, et le commissaire reprit : « Qu'est-ce qui te fait penser ça ?

– Je crois qu'il y a eu une bagarre. Il avait les deux mains écorchées et les articulations enflées à la main droite. Quand il a vu que je les remarquais, il les a cachées dans son dos.

– Quoi d'autre ?

– Il se déplaçait différemment, comme s'il était raide.

– Qu'est-ce qu'il t'a dit ? demanda Brunetti en allant s'installer derrière son bureau.

– Qu'il avait eu le temps de réfléchir et qu'il pensait, maintenant, que c'était peut-être un suicide, en fin de compte. »

Le commissaire mit les coudes sur le bureau et, le menton au creux des mains, attendit que Pucetti lui rapportât non seulement les faits, mais lui livrât ses commentaires.

Devant le silence de son supérieur, le jeune policier préféra se risquer. « Il n'y croyait pas lui-même, signor. En tout cas, c'est mon impression.

– Qu'est-ce qui t'a donné cette impression ?

– Il paraissait avoir peur. On aurait dit qu'il me répétait quelque chose qu'il avait appris par cœur. Je lui ai demandé ce qui l'avait fait changer d'avis, et il m'a répondu que Moro s'était comporté de manière bizarre au cours des dernières semaines… Exactement le contraire de ce qu'il m'avait dit la première fois, signor, enchaîna Pucetti. C'était comme s'il attendait de moi que je lui dise que je le croyais.

– Et tu le lui as dit ?

– Bien entendu, commissaire. Puisque c'était ce qu'il fallait pour le rassurer, et je suis à peu près certain que c'était le cas, il valait mieux le lui dire.

– Et pourquoi donc, Pucetti ?

– Pour qu'il se sente plus détendu. Et s'il est détendu, il aura encore plus peur quand nous lui parlerons.

– Tu veux dire ici ?

– Oui, en bas, signor. Et avec un grand costaud dans la pièce. »

Brunetti regarda le jeune homme et lui sourit.

Vianello, qui avait l'art de dissimuler sa nature bienveillante derrière des expressions qui pouvaient aller du mécontentement à la férocité, était tout désigné pour jouer le rôle du méchant. Il n'eut cependant pas le loisir de faire son numéro pour le bénéfice du cadet Ruffo car, lorsqu'il arriva en compagnie de Pucetti à l'Académie San Martino, une heure plus tard, le cadet en question n'était pas dans sa chambre et personne, à son étage, ne savait où il était. Ce fut le commandant en personne qui les éclaira – leur enquête les ayant finalement conduits jusqu'à sa porte – en leur disant qu'il avait octroyé une permission au cadet Ruffo pour qu'il pût rendre visite à sa famille, et qu'on ne s'attendait pas à le revoir à l'Académie avant au moins quinze jours.

Interrogé, le commandant resta vague sur les raisons précises qui avaient nécessité le départ du cadet Ruffo, parlant d'« affaires de famille » comme si cela devait satisfaire la curiosité des deux policiers.

Vianello savait que la liste des étudiants était entre les mains de la signorina Elettra et qu'elle comportait l'adresse des parents de l'adolescent, et ce fut simplement pour voir la réaction du commandant que l'inspecteur la lui demanda. L'homme refusa, au prétexte qu'il s'agissait d'une information confidentielle. Sur quoi il annonça qu'on l'attendait pour une réunion et il leur demanda de bien vouloir prendre congé.

Une fois de retour à la préfecture et leur compte rendu présenté à Brunetti, celui-ci demanda à Pucetti l'impression générale que lui avaient faite les cadets.

« J'aimerais pouvoir vous répondre qu'ils avaient peur, comme Ruffo la dernière fois que je lui ai parlé, mais ce n'était pas le cas. En fait, ils paraissaient furieux que j'ose leur poser des questions, comme si je n'avais pas eu le droit de leur parler. » Il haussa les épaules, l'air d'avoir du mal à s'expliquer plus clairement. « Parce que, tout de même, ils ont sept ou huit ans de moins que moi et ils me parlaient comme à un gosse ou à quelqu'un qui aurait dû leur obéir. » Il paraissait perplexe.

« Un appelé, par exemple ? » suggéra Brunetti.

Pucetti n'avait pas bien suivi. « Je vous demande pardon, signor ?

– Comme s'ils s'adressaient à un appelé, à un bleu ? C'est ainsi qu'ils te parlaient ? »

Pucetti acquiesça. « Oui, c'est ça, comme si j'avais dû obéir sans poser de questions.

– Ce qui ne nous dit pas pourquoi ils ne voulaient pas parler, intervint Vianello.

– Il y a en général une bonne raison à cela », observa Brunetti.

Avant que Vianello eût le temps de demander ce que le commissaire voulait dire, Pucetti lâcha : « Parce qu'ils savent tous ce qu'a fait Ruffo et qu'ils ne veulent pas qu'il nous parle. »

Une fois de plus, Brunetti adressa un sourire de satisfaction au jeune homme.

Il était quinze heures, le même jour, lorsqu'ils se retrouvèrent tous les trois dans une voiture de police banalisée garée à une centaine de mètres de ce qui était théoriquement l'adresse du cadet Ruffo : une ferme de vaches laitières dans les environs de Dolo, un bourg situé entre Venise et Vérone. La maison de pierre, longue, basse et accolée à une extrémité à une vaste grange, était située en retrait d'une route bordée de peupliers, et reliée à celle-ci par une étroite allée de gravier que les pluies récentes avaient transformée en un bourbier parsemé de flaques et de maigres touffes d'herbe. En dehors des peupliers, il n'y avait aucun arbre dans le secteur ; on devinait seulement des souches, ici et là dans les champs, indiquant qu'ils avaient été abattus. Bien qu'il eût du mal à imaginer une autre saison que celle-ci, Brunetti, qui se gelait et se sentait gagné par l'ankylose, se demanda comment le bétail faisait pour s'abriter du soleil, l'été. Puis ils se souvint que le bétail, dans la nouvelle Vénétie, pacageait rarement dans les prés : les vaches ne sortaient presque jamais de leur étable, réduites à de simples rouages dans la machine à produire le lait.

Il faisait froid ; un vent glacial soufflait du nord. De temps en temps, Vianello faisait tourner le moteur, le chauffage réglé au maximum, jusqu'au moment où il faisait si chaud dans le véhicule que l'un d'eux était forcé d'abaisser une vitre.

Au bout d'une demi-heure, Vianello rompit le silence. « J'ai bien peur que ça ne serve pas à grand-chose de rester assis là en attendant qu'il se montre. Pourquoi ne pas aller tout simplement demander s'il est là ou non ? »

Pucetti, comme il convenait à son rang inférieur, à son jeune âge et à sa position géographique à l'arrière de la voiture, se garda bien de répondre, et laissa à Brunetti le soin de réagir.

Cela faisait un certain temps que celui-ci se posait la même question, et l'intervention de Vianello suffit à le décider. « Tu as raison, dit-il. Allons voir s'il est sur place. »

L'inspecteur démarra et passa la première. Lentement, les roues patinant de temps en temps dans la gadoue, ils remontèrent le chemin crevé de fondrières en direction de la bâtisse. Les signes d'un mode d'existence rustique devenaient de plus en plus évidents au fur et à mesure qu'ils approchaient. Un gigantesque pneu, ne pouvant provenir que d'un tracteur, gisait abandonné contre un mur de la grange. On voyait, à gauche de la porte de la maison, une rangée de paires de bottes en caoutchouc, noires ou marron, grandes ou petites. Deux gros chiens apparurent au coin de la grange et coururent vers eux, oreilles aplaties et silencieux et, de ce fait, inquiétants. Ils s'arrêtèrent à deux mètres de la voiture, côté passager, fixant les nouveaux arrivants babines retroussées, l'air méfiants, mais toujours sans aboyer.

Brunetti n'y connaissait pas grand-chose en races de chien, mais croyait reconnaître des bergers allemands, sans pouvoir en être sûr. « Eh bien ? » demanda-t-il à Vianello.

Comme personne ne répondait, il ouvrit la porte et posa un pied sur le sol, prenant soin de choisir une touffe d'herbe. Les chiens ne bougèrent pas. Il posa l'autre pied au sol et sortit de la voiture. Toujours pas le moindre mouvement de la part des chiens. L'arôme âcre de l'urine de vache lui agressa les narines et il remarqua que les flaques qui s'étalaient devant ce qui était apparemment les portes de la grange étaient d'un brun sombre ourlé d'écume.

Il entendit s'ouvrir une deuxième portière, puis une troisième, et Pucetti se retrouva à côté de lui. À la vue des deux hommes côte à côte, les chiens reculèrent un peu. Vianello fit le tour par le devant de la voiture et les chiens s'éloignèrent encore, pour s'arrêter à l'angle du bâtiment. Soudain, Vianello frappa le sol du pied et fit mine de foncer sur eux, et les deux bêtes disparurent par où elles étaient arrivées. Elles n'avaient pas émis le moindre son.

Les trois policiers s'approchèrent de la porte, où un énorme anneau de fer faisait office de marteau. Brunetti le souleva et le laissa retomber contre la plaque de fer, ayant du plaisir à en sentir le poids dans la main et à entendre le claquement sonore qu'il produisit. Comme il n'y avait aucune réaction, il recommença. Au bout d'un moment, ils entendirent une voix lancer quelque chose à l'intérieur, sans pouvoir comprendre ce qui avait été dit.

Une femme toute petite, brune, ouvrit la porte. Elle portait une robe de laine grise informe sous un épais cardigan qui avait de toute évidence été tricoté à la main – une main maladroite. La différence de taille était telle entre elle et ses visiteurs qu'elle dut reculer d'un pas et redresser la tête, plissant les yeux, pour les examiner. Brunetti remarqua qu'elle avait le visage étrangement de travers : son œil gauche remontait vers sa tempe, tandis que la commissure de ses lèvres, du même côté, s'incurvait vers le bas. Elle avait une peau de bébé lisse, sans la moindre ride, alors qu'elle avait largement dépassé la quarantaine.

« *Si ?* dit-elle finalement.

– Nous sommes bien au domicile de Giuliano Ruffo, n'est-ce pas ? » demanda Brunetti.

On aurait pu croire que la langue maternelle de la femme n'était pas l'italien, tant elle mit de temps à traduire ces quelques mots en sens. Elle articula silencieusement « Giuliano », comme si cela pouvait l'aider à répondre à la question.

«*Momento*», dit-elle, achoppant laborieusement sur les consonnes. Elle se tourna, leur laissant le soin de refermer la porte. Ou, tout aussi aisément, songea Brunetti, leur permettant d'emporter tout ce qu'ils voulaient dans la maison, voire d'assassiner toutes les personnes présentes et de repartir tranquillement, même pas dérangés par les chiens.

Les trois hommes restèrent regroupés dans l'entrée, attendant que la femme revînt, ou de préférence quelqu'un d'autre plus doué pour répondre à leurs questions. Au bout de quelques minutes, il y eut un bruit de pas en provenance de l'arrière de la maison. La femme au cardigan verdâtre réapparut, suivie d'une autre plus jeune et portant un chandail tricoté dans la même laine mais avec plus d'habileté. Les traits et l'attitude générale de la nouvelle arrivante trahissaient davantage de raffinement; des yeux qui regardaient droit dans ceux des visiteurs, une bouche s'entrouvrant comme pour parler et une expression concentrée donnèrent à Brunetti l'impression d'avoir affaire à quelqu'un d'intelligent et de vif.

«*Sì ?*» Elle avait employé le même mot que la première, mais son ton et son expression étaient tels qu'ils exigeaient non seulement une réponse, mais une explication.

«Je suis le commissaire Guido Brunetti, signora. J'aimerais parler à Giuliano Ruffo. D'après ce que nous savons, il se trouve ici.

– Et pourquoi vous voulez lui parler? demanda la femme la plus jeune.

– À propos de la mort d'un autre cadet de son école.»

Pendant cet échange, la femme au cardigan, qui s'était placée à côté de Brunetti, bouche ouverte, tournait la tête comme un jacquemart à chaque fois que l'un ou l'autre prenait la parole; on aurait dit qu'elle n'enregistrait que le son. Brunetti, qui la voyait de profil, observa que, vue du côté que n'affectait pas la paralysie, elle ressemblait à la plus jeune. Des sœurs, peut-être, ou des cousines.

« Il n'est pas ici », dit la nouvelle venue.

Brunetti se sentit perdre patience. « Dans ce cas, il est en infraction avec le règlement de l'Académie, lança-t-il au jugé – ce qui était peut-être vrai.

– Au diable l'Académie, répliqua-t-elle d'un ton féroce.

– Raison de plus pour que nous lui parlions !

– Je vous l'ai dit, il n'est pas ici ! »

Soudain en colère, Brunetti lui répondit qu'il ne la croyait pas. L'idée de ce que devait être la vie de cette femme lui vint alors à l'esprit, l'ennui de la campagne et du travail répétitif uniquement allégé par l'espoir qu'un nouveau malheur allait tomber chez les voisins. « Si vous préférez, nous pouvons partir et revenir avec trois voitures, les sirènes et les gyrophares, et nous garer dans votre cour, puis aller demander à tous vos voisins s'ils n'ont pas vu Giuliano.

– Vous n'oseriez pas, dit-elle, beaucoup plus près de la vérité qu'elle ne le croyait elle-même.

– Alors, laissez-moi lui parler.

– Giuliano, dit la femme la plus âgée, prenant tout le monde par surprise.

– Tout va bien, Luigina, dit la plus jeune en prenant sa compagne par le bras. Ces messieurs sont venus voir Giuliano.

– Giuliano, répéta l'autre du même timbre triste, dépourvu d'inflexion.

– Tout va bien, *cara*. Ce sont des amis à lui. Ils sont venus lui rendre visite.

– Ah, des amis », répéta la femme avec un sourire de guingois. Elle se dirigea vers Vianello, qui se tenait derrière ses collègues, et sa masse monumentale. Elle leva la main droite et la posa, paume à plat, au centre de la poitrine de l'inspecteur. Renversant la tête pour le regarder, elle dit : « Ami. »

Vianello posa sa main sur celle de la femme. « C'est bien ça, signora. Amis. »

23

S'ensuivirent quelques instants de gêne intense, au moins pour Brunetti, Pucetti et la deuxième femme. Vianello et Luigina étaient restés dans la même position, l'inspecteur retenant toujours la main de la femme contre sa poitrine. Finalement, Brunetti se tourna vers celle que, dans son esprit, il appelait la fermière. « Signora, je dois absolument parler à Giuliano. Vous avez la parole de mon inspecteur : nous sommes venus en amis.

– Et pourquoi devrais-je vous faire confiance ? » demanda-t-elle.

Brunetti se tourna un peu vers Vianello, qui tapotait doucement la main de la femme. « Parce que *elle* nous fait confiance. »

La fermière fut sur le point de protester mais y renonça avant même d'avoir proféré une parole. Brunetti la vit changer d'expression, admettre la vérité de ce qu'il venait de lui dire. Son corps se détendit et elle demanda ce qu'il lui voulait.

« Je vous l'ai dit, signora. Il y a quelques points qu'il pourrait m'aider à éclaircir concernant la mort d'un de ses condisciples.

– Seulement là-dessus ? » Elle le regardait avec autant de franchise qu'elle avait formulé sa question.

« Oui. » Il aurait pu se contenter de cette réponse, mais il se sentait engagé par la promesse de Vianello.

«Cela devrait être tout. Mais je ne le saurai que lorsque je lui aurai parlé.»

Luigina retira soudain sa main de la poitrine de Vianello et se tourna vers sa compagne. «Giuliano», dit-elle, avant de lui adresser un sourire nerveux qui tira sur sa bouche et souleva la pitié de Brunetti.

La fermière s'approcha et prit les deux mains de Luigina dans les siennes. «Tout va bien, Luigina, dit-elle. Il n'arrivera rien à Giuliano.»

Sans doute la malheureuse avait-elle compris, car son sourire s'élargit et elle se frappa dans les mains pour manifester son contentement, puis se tourna comme pour partir vers le fond de la maison. Sa compagne la retint par le bras. «Mais le monsieur a besoin de parler à Giuliano tout seul, reprit-elle en consultant ostensiblement sa montre. Et pendant ce temps, tu pourras donner le grain aux poules. C'est l'heure.» Brunetti ne connaissait pas grand-chose à la vie rurale, mais il lui semblait bien que ce n'était pas vers le milieu de la journée qu'on nourrissait les animaux.

«Les poules? demanda Luigina, interloquée par le brusque changement de sujet.

– Ah, vous avez des poules, signora?» intervint Vianello avec un débordement d'enthousiasme. Il s'avança d'un pas vers elle. «Vous voulez bien me les montrer?»

Luigina eut de nouveau son sourire de travers, à l'idée de montrer les poules à son nouvel ami.

Se tournant vers Pucetti, l'inspecteur reprit: «La signora va nous montrer ses poules, Pucetti.» Sans attendre la réponse du jeune policier, il posa une main sur le bras de la femme et commença à se diriger avec elle vers la porte d'entrée. «Combien…» Vianello n'acheva pas sa question; sans doute venait-il de se rendre compte que même ce genre de calcul simple était au-delà des possibilités de la femme, et il enchaîna presque sans solution de continuité: «… de fois j'ai voulu voir des poules dans une ferme ! » Il se tourna vers Pucetti. « Allez, viens, on va voir les poules. »

Une fois que Brunetti se retrouva seul avec la fermière, il demanda : « Puis-je savoir qui vous êtes, signora ?

– La tante de Giuliano.

– Et l'autre dame ?

– C'est sa mère. » Comme Brunetti ne posait pas d'autre question, elle ajouta d'elle-même : « Elle a été blessée, il y a quelques années, alors que Giuliano était encore petit.

– Et avant ?

– Que voulez-vous savoir ? Si elle était normale ? » Elle essayait de paraître en colère sans vraiment y parvenir.

Brunetti hocha la tête.

« Oui, tout à fait. Autant que moi. Je suis sa sœur, Tiziana.

– C'est ce que j'avais soupçonné. Vous vous ressemblez beaucoup, toutes les deux.

– Elle était la plus belle, dit Tiziana tristement. Avant. » Si l'on pouvait se fier à la beauté négligée de cette femme, alors Luigina devait avoir été une splendeur.

« Puis-je vous demander ce qui s'est passé ?

– Vous êtes policier, n'est-ce pas ?

– En effet.

– Est-ce que ça veut dire que vous n'avez pas le droit de répéter ce qu'on vous dit ?

– Sauf si c'est en rapport avec l'affaire sur laquelle j'enquête. » Brunetti n'alla pas jusqu'à lui dire que cela relevait davantage de sa décision personnelle que d'une interdiction formelle, mais la réponse parut la satisfaire.

« Son mari lui a tiré dessus. Et ensuite, il s'est tiré une balle dans la tête… Il voulait la tuer et se supprimer. Mais avec Luigina, il n'a pas réussi.

– Pourquoi ce geste ?

– Il pensait qu'elle avait un amant.

– C'était vrai ?

– Non. » La sincérité de cette réponse ne faisait aucun doute dans l'esprit de Brunetti. « Mais c'était un jaloux, il l'avait toujours été. Et un violent. Tout le monde lui avait dit de ne pas l'épouser, mais elle n'avait rien voulu entendre. » Après un long silence, elle ajouta : « L'amour… » comme si on lui avait demandé de nommer la maladie qui avait détruit sa sœur.

« Quand est-ce que tout cela est arrivé ?

– Il y a huit ans. Giuliano avait dix ans. » Soudain, Tiziana croisa étroitement les bras sur son estomac, dans une sorte de geste protecteur.

L'idée qui lui vint à l'esprit fut un tel choc qu'il parla avant de se rendre compte à quel point la question risquait d'être douloureuse pour elle. « Où se trouvait son fils ?

– Non, il n'était pas présent. Au moins, il ne lui a pas fait ça. »

Brunetti aurait voulu en savoir un peu plus sur les dommages qu'avait subis Luigina mais, conscient qu'il s'agissait d'une curiosité malsaine, il s'interdit de poser la question. Le comportement de cette femme et la terrible asymétrie de son visage suffisaient à montrer l'étendue de ces dommages, tandis que sa vitalité actuelle laissait deviner ce qu'elle avait pu être par le passé.

Pendant qu'ils se dirigeaient vers le fond de la maison, Brunetti demanda à la fermière pourquoi Giuliano avait quitté l'Académie.

« Il m'a dit… » Elle s'interrompit, et Brunetti sentit qu'elle était désolée de ne pouvoir le lui expliquer. « Je crois qu'il vaudrait mieux lui demander.

– Est-ce qu'il se plaisait, là-bas ?

– Non. Jamais.» Elle avait répondu sur-le-champ, avec force.

«Dans ce cas, pourquoi y aller, ou pourquoi y rester?»

Elle s'immobilisa et se tourna vers lui et il remarqua que ses yeux, qu'il avait cru sombres, au premier abord, étaient mouchetés d'ambre et paraissaient luire, même dans la pénombre du couloir.

«Avez-vous des renseignements sur notre famille?

– Non, aucun.» Il se prit à regretter de ne pas avoir demandé à la signorina Elettra de pénétrer un peu plus dans la vie privée de ces gens et d'en extraire les secrets. Tout ceci aurait été beaucoup moins surprenant et il aurait mieux su quelles informations lui soutirer.

Elle croisa à nouveau les bras devant elle, continuant à le regarder. «Vous n'avez rien lu dans les journaux, alors?

– Non, pas que je me souvienne.» Il se demanda comment il avait pu manquer une affaire aussi juteuse pour la presse, qui avait dû faire les manchettes pendant au moins trois jours.

«Il faut avouer qu'ils n'ont pas dit grand-chose. Tout s'est passé en Sardaigne, sur la base navale, dit-elle, comme si cela expliquait tout. Et le beau-père de ma sœur s'est arrangé pour que ça ne fasse pas de bruit.

– Et qui était ce beau-père?

– L'amiral Giambattista Ruffo.»

Brunetti connaissait parfaitement ce nom: celui de l'homme qu'on avait surnommé «l'amiral du roi», du fait de ses opinions monarchistes avouées. Il semblait à Brunetti que Ruffo était originaire de Gênes, et il se rappelait qu'on avait parlé de lui pendant des dizaines d'années. Ruffo avait acquis ses galons dans la marine au mérite, gardant ses idées pour lui, mais une fois son grade d'amiral obtenu (ce qui devait dater d'une quinzaine d'années), il avait cessé de dissimuler ses senti-

240

ments et clamé partout qu'il fallait restaurer la monarchie. La tentative du ministère de la Défense pour le faire taire n'avait réussi qu'à le rendre célèbre du jour au lendemain, car il avait refusé de se rétracter et de renier une seule de ses déclarations. Les journaux sérieux, en admettant qu'il en existât en Italie, laissèrent rapidement tomber ce fait divers, qui se trouva relégué dans les hebdomadaires dont les couvertures étaient consacrées chaque semaine aux détails de l'anatomie féminine.

Avec une telle célébrité, il était tout à fait exceptionnel que le suicide de son fils n'ait pas donné lieu à une curée médiatique des plus frénétiques, mais Brunetti n'avait aucun souvenir de l'affaire. «Comment a-t-il fait pour étouffer le scandale? demanda-t-il.

– En Sardaigne, c'était lui le commandant de la base navale.

– Vous voulez dire l'amiral?

– Oui. Et comme tout s'est passé là-bas, il n'a pas eu de mal à en écarter la presse.

– Mais comment celle-ci en a-t-elle rendu compte? s'étonna Brunetti, sachant que, dans de telles circonstances, tout ou presque était possible.

– On a dit qu'il était mort dans un accident au cours duquel ma sœur avait été gravement blessée.

– C'est tout? demanda-t-il, surpris de se montrer aussi naïf face à un procédé somme toute assez habituel.

– C'est tout. C'est la police militaire qui a mené l'enquête, un médecin militaire qui a fait l'autopsie. Luigina n'a même pas été gravement blessée par la balle, qui l'a atteinte au bras. Mais elle est tombée, et c'est là qu'elle s'est fait très mal...

– Et pourquoi me racontez-vous tout cela, signora?

– Parce que Giuliano ne connaît pas la vérité sur ce qui s'est passé.

– Où se trouvait-il ? Quand c'est arrivé, je veux dire.

– Là-bas, mais dans une autre partie de la maison, avec ses grands-parents.

– Et personne ne lui a jamais rien dit ? »

Elle secoua la tête. « Non, je ne crois pas. Au moins, pas jusqu'à aujourd'hui.

– Qu'est-ce qui vous fait penser ça ? » demanda-t-il, sensible au changement de ton de Tiziana, soudain moins assuré.

Elle porta une main à sa tempe et se la frotta juste en dessous des cheveux. « Je ne sais pas. Il m'a posé certaines questions lorsqu'il est revenu à la maison, hier. J'ai peur de ne pas m'en être très bien sortie. Au lieu de lui répéter comme d'habitude que c'était un accident, j'ai voulu savoir pourquoi il m'interrogeait. » Elle s'arrêta, regarda le sol, continuant à se frotter machinalement la tempe.

« Et alors ?

– Alors, comme il ne disait rien, je lui ai répété que tout ce que je savais, c'était qu'il y avait eu un terrible accident et que son père était mort. » De nouveau, elle se tut.

« Vous a-t-il crue ? »

Elle haussa les épaules avec l'expression d'un enfant entêté qui refuse d'aborder un sujet désagréable.

Brunetti attendit, se gardant de répéter la question. Finalement, Tiziana leva les yeux vers lui. « À vrai dire, je ne sais pas… Quand il était plus jeune, reprit-elle après avoir réfléchi à la manière de présenter les choses, il posait souvent la question. C'était presque comme un accès de fièvre : ça montait, montait, jusqu'au moment où il ne pouvait plus se retenir de me demander une fois de plus comment c'était arrivé, même si c'était pour entendre ce que je lui avais déjà dit cent fois. Ensuite, les choses allaient mieux pendant un certain temps, puis ça recommençait ; il faisait allusion à son père, posait des questions sur lui, ou sur son grand-père, jusqu'au moment où il n'y tenait plus et demandait qu'on lui parle de la mort de son père.» Elle ferma les yeux, et laissa retomber ses bras le long de son corps. «Et moi, je lui répétais toujours le même mensonge. Jusqu'à en être malade.»

Elle se tourna et repartit vers le bout du corridor. Brunetti lui emboîta le pas et risqua une question : «Vous a-t-il paru différent, cette fois?»

Elle continua de marcher, mais haussa les épaules, ignorant la question. Au bout de quelques pas, elle s'arrêta devant une porte et s'adressa à Brunetti, mais sans le regarder. «À chaque fois que ça se reproduisait, il était plus calme pendant un moment, après. Pas cette fois-ci. Il ne m'a pas crue. Il ne me croit plus.» Elle n'expliqua pas pourquoi elle le pensait et Brunetti n'estima pas nécessaire de le lui demander : la réaction de l'adolescent serait beaucoup plus instructive.

Elle poussa le battant, qui donnait sur un deuxième long corridor, puis s'arrêta devant la deuxième porte à droite et frappa. La porte s'ouvrit presque immédiatement et Giuliano Ruffo sortit dans le corridor. Il sourit en voyant sa tante puis se tourna vers Brunetti et le reconnut. Le sourire disparut, vacilla de nouveau un instant sur ses lèvres avec espoir, puis s'éteignit définitivement.

«Qu'est-ce qui se passe, *zia*?» Comme elle ne répondait pas, il s'adressa à Brunetti : «C'est vous qui êtes venu dans ma chambre…» Brunetti hocha affirmativement la tête. «Qu'est-ce que vous voulez, maintenant? demanda-t-il.

– La même chose que la dernière fois. Te parler d'Ernesto Moro.

– Qu'est-ce que vous voulez que je vous dise?» demanda Giuliano sans avoir l'air particulièrement ému. Brunetti pensa qu'il aurait dû l'être davantage à l'idée que la police était venue jusque chez lui pour l'interroger sur ce sujet. Il prit soudain conscience de l'incommodité de leur situation, debout dans ce corridor non chauffé – la femme silencieuse, le jeune homme et le policier tournant autour du pot. Comme si elle avait perçu ce qu'il ressentait, Tiziana eut un geste vers la chambre de son neveu. « Si on se mettait dans un endroit plus chaud pour parler ? »

L'adolescent n'aurait pas réagi plus rapidement s'il s'était agi d'un ordre. Il retourna dans sa chambre, laissant la porte ouverte derrière lui. En entrant, Brunetti se souvint de l'ordre impeccable qui régnait dans celle du jeune homme à l'Académie, mais il dut se contenter de ce souvenir car ce qu'il voyait en était l'exact opposé : des vêtements étaient éparpillés sur le lit et jetés sur un radiateur ; des disques compacts, vulnérables et nus hors de leur boîte, s'empilaient sur le bureau ; bottes et chaussures traînaient par terre. La seule chose surprenante était l'absence d'odeur de tabac froid, car il y avait un paquet entamé sur le bureau et un autre sur la table de nuit.

Giuliano alla récupérer les vêtements jetés sur le fauteuil placé près de la fenêtre, disant à sa tante qu'elle n'avait qu'à s'asseoir là. Il jeta les habits sur le pied du lit, où ils rejoignirent des jeans qui s'y trouvaient déjà, puis il eut un mouvement de tête en direction du siège placé devant son bureau, invitant Brunetti à le prendre tandis que lui-même s'installait sur le lit après y avoir libéré un peu d'espace.

« Giuliano, dit Brunetti, je ne sais pas ce qu'on t'a dit ni ce que tu as pu lire, et peu m'importe ce que tu as pu dire toi-même à untel ou untel. Je ne crois pas qu'Ernesto se soit suicidé ; je ne pense pas qu'il était du genre à le faire, et je n'ai pas l'impression qu'il ait eu des raisons de le faire. » Sur quoi le policier se tut, attendant une réaction du garçon ou de sa tante.

Comme ni l'un ni l'autre ne pipaient mot, il poursuivit. «Ce qui signifie qu'il est mort au cours d'un accident plus ou moins bizarre, ou que quelqu'un l'a tué.

– Que voulez-vous dire, un accident plus ou moins bizarre? demanda Giuliano.

– Une mauvaise blague qui tourne mal, par exemple – une mauvaise blague que lui-même faisait ou qu'on lui faisait. Si c'est le cas, sans doute les personnes impliquées ont-elles paniqué et fait la première chose qui leur est venue à l'esprit: maquiller l'accident en suicide.» Il s'arrêta encore, espérant que l'adolescent aurait là une occasion de manifester son accord, mais celui-ci garda le silence.

«Ou encore, reprit Brunetti, pour des raisons que j'ignore, on l'a tué, soit volontairement, soit, encore une fois, parce que quelque chose a mal tourné. Avec la même conséquence: celui qui en est responsable a essayé de faire croire à un suicide.

– Les journaux ont pourtant parlé de suicide, intervint la tante.

– Ça ne veut rien dire, *zia*», lui lança le garçon, à la surprise de Brunetti.

Devant le silence qui suivit cet échange, le policier ne put que confirmer: «Votre neveu a raison, j'en ai peur, signora.»

Les mains posées de part et d'autre de son corps sur le lit, Giuliano baissa la tête, comme s'il examinait le désordre des chaussures, devant lui. Brunetti observa ses mains, qu'il serrait et desserrait; puis, soudain, l'adolescent se pencha et prit le paquet de cigarettes posé sur la table de nuit. Il le tint serré entre ses doigts, tel un talisman ou la main d'un ami, mais n'esquissa même pas le geste de prendre une cigarette. Au bout d'un moment, il fit passer le paquet dans sa main gauche; finalement il en prit une, se leva, abandonna le paquet sur le lit et se dirigea vers Brunetti, qui ne bougea pas.

Il prit un briquet jetable sur le bureau, gagna la porte de la chambre et quitta la pièce sans rien dire, en refermant la porte derrière lui.

«Je lui ai demandé de ne pas fumer dans la maison, expliqua sa tante.

– L'odeur de la fumée vous dérange?»

Elle tira un paquet de cigarettes tout aplati de la poche de son chandail et le tendit au policier. «Tout au contraire. Mais son père était un gros fumeur, et ma sœur associe cette odeur avec lui, si bien que nous fumons tous les deux à l'extérieur pour ne pas la bouleverser.

– Va-t-il revenir?» Brunetti n'avait fait aucun effort pour retenir Giuliano; il était convaincu qu'on ne pourrait l'obliger à révéler quoi que ce fût s'il décidait de s'entêter dans son silence.

«Il n'a nulle part où aller, en dehors d'ici», dit Tiziana, mais sans méchanceté.

Ils gardèrent le silence pendant un moment, jusqu'à ce que Brunetti lui demandât: «Qui dirige cette ferme?

– Moi. Avec l'aide d'un homme du village.

– Combien avez-vous de vaches?

– Dix-sept.

– Et ça suffit pour en vivre?» s'étonna Brunetti, curieux de savoir comment cette famille arrivait à s'en sortir – même s'il devait reconnaître que son ignorance en matière d'élevage était telle qu'il était incapable de dire si ce nombre de vaches était ou non une source de revenus suffisante.

«Il y a des fonds en dépôt – une initiative de son grand-père paternel.

– L'amiral?

– Oui.

– Il est mort?

– Non.

– Comment se fait-il qu'il puisse déjà en bénéficier?

– L'amiral l'a créé pour lui à la mort de son fils.

– Qu'est-ce qui est stipulé ? » Comme elle ne répondait pas, il ajouta : « Si vous me permettez de vous poser la question.

– Je ne peux pas vous empêcher de demander ce que vous voulez », dit-elle d'un ton fatigué.

Puis, au bout de quelques instants : « Giuliano reçoit une certaine somme, tous les quatre mois. »

Du fait de la manière légèrement hésitante dont elle avait terminé sa phrase, Brunetti lui demanda si ces versements étaient liés à des conditions.

« Oui, une. Il continuera à les recevoir tant qu'il poursuivra une carrière militaire.

– Et s'il arrête ?

– Plus d'argent.

– Si bien que son inscription à l'Académie… ?

– Fait partie du programme.

– Et à présent ? » demanda Brunetti avec un geste vers le chaos très peu militaire de la pièce.

Elle haussa une fois de plus les épaules – un geste qu'il commençait à lui associer – avant de répondre : « Tant qu'il est simplement en congé, sur le plan administratif…

– Rien ne change ? » proposa Brunetti, qui eut le plaisir de la voir sourire.

La porte s'ouvrit à ce moment-là et Giuliano entra dans la pièce, portant sur lui l'odeur de la cigarette. Il alla jusqu'au lit, laissant des traces de boue sur le carrelage, s'assit et regarda Brunetti. « Je ne sais pas ce qui s'est passé.

– Est-ce la vérité, ou la version que tu as décidé de me donner pendant que tu réfléchissais dehors ?

– La vérité.

– Tu n'as pas ta petite idée, cependant ? » Le garçon donna l'impression qu'il n'avait même pas entendu la question, si bien que Brunetti la posa sous une forme encore plus hypothétique. «Ou une idée de ce qui aurait pu se passer ?»

Au bout d'un long moment (il avait de nouveau baissé la tête et contemplait ses souliers), il murmura : «Je ne peux pas retourner là-bas.»

À la manière dont il l'avait dit, Brunetti n'en douta pas un instant. Mais il était curieux de connaître les raisons du garçon. «Pourquoi ?

– Je suis incapable d'être soldat.

– Et pour quelle raison, Giuliano ?

– C'est pas en moi. Pas du tout. Tout me paraît totalement stupide : les ordres, tout le monde aligné au garde-à-vous et faisant la même chose au même moment... C'est stupide.»

Brunetti jeta un coup d'œil à la tante de l'adolescent, mais celle-ci ne quittait pas son neveu des yeux, ignorant Brunetti. Quand le jeune homme reprit la parole, Brunetti se tourna de nouveau vers lui. «Je ne voulais pas, mais mon grand-père m'a dit que c'était ce que mon père aurait voulu que je fasse.» Il eut un bref coup d'œil pour Brunetti, qui croisa son regard mais garda le silence.

«Ce n'est pas vrai, Giuliano, dit Tiziana. Ton père a toujours détesté l'armée.

– Alors pourquoi il s'était engagé ?» rétorqua Giuliano, sans chercher à cacher sa colère.

Au bout d'un long moment, comme si elle avait calculé les conséquences que sa réponse risquait d'avoir, elle dit : «Pour la même raison que toi : faire plaisir à ton grand-père.

– Rien ne lui fait jamais plaisir», marmonna Giuliano.

Le silence s'établit dans la chambre. Brunetti se tourna vers la fenêtre, d'où on ne voyait qu'un paysage de champs boueux ponctués de quelques souches.

C'est finalement Tiziana qui reprit la parole la première. «Ton père rêvait depuis toujours d'être architecte… du moins, c'est ce que me disait ta mère. Mais son père, ton grand-père, tenait absolument à ce qu'il devienne militaire.

– Comme toute la bande des Ruffo, cracha Giuliano avec un mépris non dissimulé.

– Oui, je crois que c'était une des raisons qui le rendaient malheureux.

– Il s'est suicidé, n'est-ce pas ? » demanda Giuliano, surprenant les deux adultes.

Brunetti se tourna vers la femme, qui lui rendit son regard avant de se tourner vers son neveu. « Oui, dit-elle finalement.

– Et avant, il a essayé de tuer maman ? »

Elle répondit d'un hochement de tête.

« Pourquoi tu ne me l'as jamais dit ? » demanda l'adolescent d'une voix tendue, proche du sanglot.

Mais ce fut sa tante qui pleura, de grosses larmes roulant le long de ses joues tandis que sa bouche se serrait. Incapable de parler, elle secouait la tête. Elle finit par lever une main, la paume tendue vers son neveu, comme si elle lui demandait un peu de patience, le temps que la parole lui revînt. « J'avais peur, dit-elle au bout d'une minute.

– Mais peur de quoi ?

– De te faire du mal.

– Et un mensonge, tu crois que ça ne fait pas mal ? » C'était plus de la confusion que de la colère qu'exprimait sa question.

Elle eut un geste de sa main tendue, doigts écartés, comme pour dire son incertitude, mais aussi, étrangement, son espoir.

« Qu'est-ce qui s'est passé ? » demanda le garçon. Comme elle ne répondait pas, il insista : « Je t'en prie, *zia*, dis-moi. »

Brunetti la vit lutter avec elle-même pour retrouver la parole. « Il était jaloux de ta mère et il l'a accusée d'avoir une liaison.» Comme Giuliano ne manifestait aucune curiosité, elle enchaîna : «Il lui a tiré dessus et ensuite il a retourné l'arme contre lui.

– Et c'est pour cela que maman est comme ça ?»

Elle acquiesça de la tête.

«Mais pourquoi ne pas me l'avoir dit ? J'ai toujours pensé que c'était une maladie et que tu avais peur de m'en parler.» Il s'interrompit, puis, comme entraîné par sa propre confession, ajouta : «J'imaginais que c'était quelque chose dans la famille. Et que ça m'arriverait à moi aussi.»

Ce fut trop et elle se mit à pleurer ouvertement, en silence, sauf quand elle reprenait sa respiration.

Brunetti se tourna vers l'adolescent. «Vas-tu me dire ce qui s'est passé, Giuliano ?»

Le garçon regarda Brunetti, sa tante en pleurs, puis revint sur le policier. «Je crois qu'ils l'ont tué, dit-il finalement.

– Qui ça ?

– Les autres.

– Pourquoi ? demanda Brunetti, laissant pour plus tard la question de savoir qui étaient ces autres.

– À cause de son père et parce qu'il avait essayé de m'aider.

– Qu'est-ce qu'ils disaient à propos de son père ?

– Que c'était un traître.

– En quoi, un traître ?

– À la patrie», répondit Giuliano. Jamais Brunetti n'avait entendu prononcer ce mot avec autant de mépris.

«À cause de son rapport ?»

Le garçon secoua la tête. «Je ne sais pas. Ils ne l'ont jamais dit. Simplement, ils n'arrêtaient pas de lui dire que son père était un traître.»

Lorsque Giuliano parut caler, Brunetti le relança. «De quelle manière a-t-il essayé de t'aider ?

– L'un d'eux a commencé à dire du mal de mon père. Il racontait qu'il savait ce qui s'était passé et que ma mère était une pute. Que ce n'était pas un accident et qu'elle était devenue folle quand mon père s'était suicidé, parce que c'était de sa faute à elle s'il s'était tué.

– Et qu'est-ce que Moro a fait ?

– Il l'a frappé, le type qui a dit ça. Paolo Filippi. Il l'a flanqué par terre et lui a cassé une dent.»

Brunetti attendit, ne voulant pas le bousculer, redoutant que se rompît le fil ténu des révélations du garçon.

Mais celui-ci continua de vider son sac. «Ça l'a arrêté pendant un temps, puis Filippi s'est mis à menacer Ernesto, et bientôt sa bande de copains en a fait autant.» Le nom de Filippi – le fils de l'homme qui fournissait du matériel aux militaires – avait quasiment hypnotisé Brunetti.

«Qu'est-ce qui s'est passé ?

– Je n'en sais rien. Je n'ai rien entendu cette nuit-là – la nuit où il est mort. Mais le lendemain, ils avaient tous l'air bizarres, à la fois inquiets et contents, comme des gamins qui ont un secret ou un club secret.

– As-tu fait des remarques ? Posé des questions ?

– Non.

– Pourquoi ?»

C'est en regardant Brunetti droit dans les yeux que Giuliano répondit : «J'avais peur.» Le policier trouva qu'il avait beaucoup de courage de le dire.

«Et depuis ?»

Giuliano secoua de nouveau la tête. «Je ne sais pas. J'ai arrêté d'aller en classe, je ne sortais pratiquement plus de ma chambre. Les seules personnes à qui j'ai parlé, ç'a été vous et ce policier qui est venu dans le bar, celui qui est si sympathique.

– Qu'est-ce qui t'a décidé à partir ?

– L'un d'eux, pas Filippi mais un autre, m'a vu parler au policier et il s'est rappelé qu'il l'avait déjà vu poser des questions à l'Académie. Alors Filippi m'a dit que si jamais je parlais à la police, j'avais intérêt à faire gaffe…» Sa voix mourut comme si la phrase n'était pas achevée. Il prit une profonde inspiration et ajouta : «… que parler à la police poussait parfois les gens au suicide. Et il a éclaté de rire.» Il attendit de voir quel effet cette révélation avait sur Brunetti et poursuivit : «Alors je suis parti. Comme ça. Et je suis rentré à la maison.

– Et tu n'y retourneras pas», intervint sa tante, les faisant sursauter tous les deux. Elle se leva, fit deux pas en direction de son neveu et s'arrêta pour se tourner vers le commissaire. «On arrête. Je vous en prie, on arrête ça.

– Très bien», dit Brunetti, qui se leva à son tour. Un instant, il hésita à dire au jeune homme qu'il aurait à faire une déposition en bonne et due forme, mais ce n'était pas le moment de tenter de lui forcer la main, en particulier en présence de sa tante. L'un et l'autre risquaient plus tard de nier que cette conversation eût jamais eu lieu, tout comme ils pouvaient l'admettre. Ce qu'ils décideraient de faire était sans objet pour Brunetti : ce qui l'intéressait était l'information qu'il avait obtenue.

Tandis qu'ils revenaient vers l'entrée, il entendit la voix grave et rassurante de Vianello, entrecoupée de gazouillis féminins. Lorsqu'ils arrivèrent dans la pièce, la mère de Giuliano se tourna vers leur petit groupe, le visage rayonnant. Vianello se tenait à côté d'elle, un panier d'osier plein d'œufs bruns à son bras. La mère de Giuliano montra l'inspecteur et dit : «Ami.»

24

Sur le chemin du retour, Brunetti expliqua que bien qu'ils eussent assez d'éléments pour pouvoir légalement interroger le fils Filippi, il préférait que son équipe continuât à chercher ce qu'elle pourrait trouver sur le père.

Vianello le prit par surprise en lui proposant de consacrer quelques heures, le lendemain, à jeter un coup d'œil sur Internet pour voir s'il n'y aurait pas quelques informations à glaner. Brunetti s'interdit de commenter le «jeter un coup d'œil» de Vianello, qui lui paraissait être du signorina Elettra dans le texte, considérant le soulagement que cela serait pour lui d'avoir quelqu'un d'autre que la jeune secrétaire, quelqu'un à qui il serait moins redevable pour des faveurs passées, pour rechercher ce genre de renseignement sensible.

«Comment vas-tu t'y prendre?»

Sans quitter des yeux la circulation, qui était intense sur la route conduisant à Venise, Vianello répondit qu'il s'y prendrait de la même façon que la signorina Elettra, en voyant ce qu'il arriverait à trouver lui-même et ce que ses amis pourraient trouver.

«Tes amis sont les mêmes que les siens?»

À cette question, Vianello se détourna un instant de la route pour jeter un bref coup d'œil à Brunetti. «Je suppose.

– Dans ce cas, il vaudrait peut-être mieux le demander à la signorina Elettra elle-même», conclut un Brunetti vaincu.

Ce qu'il fit dès le lendemain matin, allant la voir dans son bureau pour lui demander si son ami militaire était revenu de Livourne et si, dans ce cas, il lui permettrait de faire un petit tour dans ses mémoires numériques. La signorina Elettra portait un chandail bleu marine avec de petites pattes boutonnées aux épaules qui n'étaient pas sans faire penser à des épaulettes – à croire qu'elle avait su, en se levant, qu'elle allait s'occuper d'affaires militaires.

« Vous n'avez tout de même pas une épée au côté, hein ? lui demanda Brunetti.

– Non, signor, c'est trop encombrant, dans la journée. » Avec le sourire, elle pianota sur deux ou trois touches de son clavier, attendit quelques instants et dit : « Il va commencer à travailler là-dessus tout de suite. »

Brunetti retourna dans son bureau.

Il lut deux journaux en long et en large pour ne pas rester sans rien faire pendant qu'il l'attendait, puis passa quelques coups de téléphone qu'il n'essaya pas de justifier autrement que par son désir de maintenir de bonnes relations avec des personnes à qui il pourrait un jour avoir des informations à demander.

N'ayant pas de nouvelles de la signorina Elettra à l'heure du déjeuner, il quitta la questure sans l'appeler, mais après avoir averti Paola qu'il ne rentrait pas manger à la maison. Il alla chez *Remigio*, où il prit une *insalata di mare* et de la *coda di rospo* à la sauce tomate en se racontant, vu qu'il ne but qu'un quart de litre de leur blanc maison et se limita à un seul verre de grappa, que c'était un repas léger et qu'il prendrait quelque chose de plus substantiel le soir.

Il passa le nez par la porte du bureau de la signorina Elettra en remontant dans le sien, mais elle n'était pas là. Son cœur se serra : si jamais elle était partie pour la journée, il allait être obligé d'attendre le lendemain matin pour avoir des nouvelles de Filippi. Elle ne le déçut pas, cependant : à trois heures et demie, alors qu'il envisageait d'aller demander à Vianello de s'y coller, elle entra dans son bureau, tenant quelques papiers à la main.

« Filippi ? demanda-t-il.

– Ce n'est pas aussi le nom d'une bataille ?

– Oui. C'est à Philippes que Brutus et Cassius ont été vaincus.

– Par Marc-Antoine ?

– Et Octave, ajouta-t-il par respect pour l'histoire. Lequel, si j'ai bonne mémoire, écrasa ensuite Marc-Antoine.

– C'est bien utile, une bonne mémoire, observa-t-elle en déposant les papiers sur le bureau. Belle bande de fourbes, ces militaires. »

Il eut un mouvement de tête en direction des papiers. « Ce sont eux qui vous ont inspiré cette conclusion, ou c'est la bataille de Philippes ?

– Les deux. » Elle expliqua ensuite qu'elle allait quitter la questure dans une heure, ayant un rendez-vous à l'extérieur, et laissa Brunetti.

Le dossier ne comportait pas plus d'une douzaine de feuilles, mais constituait néanmoins un compte rendu tout à fait précis des carrières de Filippi et de Toscano et de leurs montées en grade dans l'armée. Muni de son diplôme de l'Académie San Martino, Filippi était passé par l'école militaire de Mantoue, où il avait laissé le souvenir d'un cadet médiocre : il avait fini dans le milieu de sa classe, pour entamer une carrière n'ayant que peu de rapports avec les champs de bataille et leurs multiples dangers. Les premières années, il avait été « spécialiste des ressources » dans un régiment blindé. Puis, après avoir pris du galon, il avait servi pendant trois ans dans l'équipe de l'attaché militaire de l'ambassade italienne en Espagne. Ayant de nouveau obtenu de l'avancement, il s'était ensuite retrouvé responsable des approvisionnements d'une brigade parachutiste, poste qu'il avait occupé jusqu'à sa retraite. Revenant à la première affectation de Filippi, Brunetti repensa immédiatement à son père, que la seule évocation d'un blindé ou d'un tank suffisait à mettre en rage. Pendant deux des années de guerre, alors que les troupes vacillaient sous l'autorité du général Cavallero, ancien directeur des armements Ansaldo, le père de Brunetti avait piloté l'un de leurs chars d'assaut. Plus d'une fois, il avait vu des hommes de son bataillon déchiquetés par leur propre blindage, qui pouvait être pulvérisé comme du verre sous le feu ennemi.

Toscano avait eu une carrière tout aussi peu belliqueuse ; à l'instar de Filippi, il était monté en grade sans effort, comme s'il avait été poussé en douceur, tout le long du chemin, par les suaves bouffées d'air qu'auraient soufflées des chérubins joufflus et protecteurs. Après des années passées dans la quiétude de divers bureaux et sans avoir jamais entendu tirer le moindre coup de feu, le colonel Toscano avait été nommé conseiller militaire au Parlement, poste dont on l'avait encouragé à démissionner deux ans auparavant. Il était actuellement professeur d'histoire et de théorie militaires à l'Académie San Martino.

Après les deux pages à en-tête de l'armée, il y en avait plusieurs autres qui détaillaient la liste des biens de Filippi et de Toscano et des membres de leurs familles, ainsi que des copies de leurs derniers relevés bancaires. Peut-être avaient-ils tous les deux épousé de riches héritières ; peut-être venaient-ils eux-mêmes de familles aisées ; ou peut-être avaient-ils économisé sur leur salaire pendant toutes ces années.

Peut-être.

Des lustres auparavant, à l'époque où il venait de rencontrer Paola, Brunetti s'était volontairement imposé de ne lui téléphoner que tous les deux ou trois jours, dans l'espoir de dissimuler l'intérêt qu'il lui portait et dans celui, tout aussi futile, de lui faire sentir ce qu'il définissait alors comme la supériorité masculine. Le souvenir de cette attitude maladroite lui revint à l'esprit lorsqu'il composa le numéro d'Avisani à Palerme.

Quand il entendit la voix de Guido, Avisani, cependant, se montra aussi accueillant que l'avait été Paola jadis. « Je voulais t'appeler, Guido, mais c'est la panique, ici. On dirait que personne ne sait qui est responsable au gouvernement. »

Brunetti s'émerveilla qu'un journaliste aussi chevronné que lui trouvât ce fait digne d'être commenté. « J'ai pensé que je devais t'appeler. Histoire de te houspiller un peu.

– Ce n'était pas nécessaire, Guido ! répondit Avisani en éclatant de rire. J'ai fait passer le chalut dans les dossiers, mais la seule chose que j'ai pu trouver – en dehors de la confirmation de ce que je t'ai dit la dernière fois – c'est qu'ils possèdent l'un et l'autre un gros paquet d'actions d'Edilan-Forma.

– Un gros paquet ? C'est-à-dire ?

– Si tu arrives à penser en euros, ça doit s'élever à environ dix millions chacun. »

Brunetti émit un petit sifflement appréciateur. « Une idée de la manière dont ils ont acquis ça ?

– Les parts de Toscano, en réalité, appartiennent à sa femme. En tout cas, elles sont à son nom.

– Tu m'as dit que Filippi était marié à la cousine du président de la boîte.

– En effet. Mais les parts sont à son nom, pas à celui de sa femme. Il semble qu'il ait été payé en actions pendant qu'il siégeait au conseil d'administration. »

Le silence se prolongea un certain temps sur la ligne, jusqu'à ce que Brunetti décidât de le rompre. « Il est de leur intérêt à tous les deux que la valeur de leurs actions ne chute pas.

– Exactement.

– Or une enquête parlementaire pourrait avoir précisément cet effet.»

Cette fois-ci, ce fut le journaliste qui réagit par un bruit – davantage un grognement qu'un sifflement.

«As-tu vérifié la qualité actuelle de ces actions? demanda Brunetti.

– En béton, Guido. Et elles continuent de monter et de donner des dividendes réguliers.»

Il y eut un nouveau silence sur la ligne, chacun des deux sachant très bien à quel genre de calcul et de conclusion se livrait l'autre. C'est Avisani qui reprit la parole, cette fois, la voix un peu tendue. «Faut que j'y aille, Guido. On risque de se réveiller demain sans gouvernement.

– Quel dommage que le bon vieux Thomas d'Aquin ne soit plus de ce monde, observa Brunetti d'un ton calme.

– Quoi? demanda Avisani, se corrigeant aussitôt: Pourquoi?

– Il aurait pu ajouter cela à ses preuves de l'existence de Dieu.»

Il y eut un autre petit bruit étouffé, et la ligne fut coupée.

Pour Brunetti, la question était maintenant de savoir comment pénétrer le monde des cadets. Depuis longtemps, il avait la conviction que ce n'était pas par hasard que la Mafia avait prospéré dans le pays où se trouvait le Vatican: l'un et l'autre exigeaient la même fidélité de la part de leurs adeptes, l'un et l'autre punissaient toute trahison par la mort, ici-bas ou éternelle. Le troisième larron, dans cette malfaisante trinité, était incontestablement l'armée : d'avoir à imposer la sentence de mort à l'ennemi rendait peut-être plus facile de la retourner contre les siens.

Il resta longtemps derrière son bureau, son regard allant sans les voir du mur qui lui faisait face à la façade de San Lorenzo ; aucune des deux parois, cependant, ne détenait la clef avec laquelle percer le code qui régnait à San Martino. Il finit par décrocher son téléphone et appeler Pucetti. « Quel âge a Filippi ? lui demanda-t-il

– Dix-huit ans, signor.

– Bien.

– Pourquoi ?

– On peut lui parler sans témoins.

– Est-ce qu'il ne va pas vouloir un avocat ?

– Non, pas s'il pense qu'il est plus malin que nous.

– Et comment allez-vous vous arranger pour qu'il le pense ?

– Je vais envoyer Riverre et Alvise le chercher. »

Brunetti fut très satisfait que Pucetti se fût retenu de rire ou de faire un commentaire, et vit dans cette discrétion un signe de l'intelligence et de la charité du jeune homme.

Lorsqu'il descendit, une heure plus tard, il trouva Paolo Filippi dans la salle d'interrogatoire, assis à l'extrémité d'une table rectangulaire qui faisait face à la porte. Il se tenait bien droit, le dos à au moins dix centimètres du dossier, les mains croisées à l'équerre devant lui sur la table, tel un général qui vient de convoquer son état-major et attend l'arrivée de ses aides avec impatience. Il était en uniforme et avait posé sa casquette à sa droite, ses gants soigneusement alignés dessus. Il regarda Brunetti et Vianello faire leur entrée, mais sans rien dire ni manifester. Le commissaire reconnut immédiatement le jeune homme auquel il avait avec délectation donné un coup de pied dans la cheville et vit que lui-même avait été reconnu.

Imitant le silence de Filippi, le commissaire, qui tenait à la main un épais dossier bleu, alla s'installer à un côté de la table et Vianello à l'autre. Posant le dossier, il continua d'ignorer le garçon, brancha le micro et donna le nom des personnes présentes dans la pièce ; puis, d'une voix qu'il rendit aussi impersonnelle que possible, il demanda à Filippi s'il souhaitait la présence d'un avocat, avec l'espoir qu'aux oreilles du cadet, cela sonnerait comme une offre que rejetterait tout homme courageux.

« Bien sûr que non », répondit le jeune homme en s'efforçant d'adopter le ton de supériorité ennuyée qu'utilisent les acteurs médiocres dans les films de guerre de série B. Brunetti se réjouit intérieurement de cette preuve d'arrogance.

Rapidement, toujours sur le même ton impersonnel, il fit défiler les questions de pure formalité, âge, noms, lieu de résidence, puis demanda au garçon quelle était son occupation.

« Étudiant, évidemment, répondit Filippi, comme s'il était impensable que quelqu'un de son âge et de son origine sociale pût être autre chose.

– À l'Académie San Martino ?

– Vous le savez déjà.

– Je suis désolé, mais ce n'est pas une réponse, observa calmement Brunetti.

– Oui, dit alors Filippi d'un ton boudeur.

– En quelle année êtes-vous ? » demanda Brunetti. Il ne l'ignorait pas et l'information était à ses yeux sans intérêt, mais il tenait à vérifier que le cadet avait compris qu'il devait répondre aux questions sans rechigner.

– Troisième.

– Avez-vous passé les deux années précédentes à l'Académie ?

– Bien sûr.

– Cela fait-il partie de votre tradition familiale ?

« – Quoi, l'Académie ?

– Oui.

– Bien sûr. L'Académie, et ensuite l'armée.

– Votre père est dans l'armée, dans ce cas ?

– Il y était. Il a pris sa retraite.

– Quand ça ?

– Il y a trois ans.

– Avez-vous une idée des raisons pour lesquelles votre père a pris sa retraite ?

– Est-ce que c'est moi ou mon père qui vous intéresse ? demanda le cadet d'un ton irrité. Si c'est mon père, pourquoi vous ne l'avez pas fait venir pour l'interroger, lui ?

– Le moment venu, répondit Brunetti d'un ton toujours aussi calme, répétant sa question mot pour mot : Avez-vous une idée des raisons pour lesquelles votre père a pris sa retraite ?

– D'après vous, pourquoi prend-on sa retraite ? » Son ton était à la colère, cette fois. « Il avait suffisamment d'années de service et il voulait changer d'activité.

– Entrer au conseil d'administration d'Edilan-Forma ? »

Le garçon eut un revers de main pour rejeter la question. « Ce qu'il voulait faire, je n'en sais rien. Vous n'aurez qu'à lui demander. »

Comme si c'était la suite logique de ce qui précédait, Brunetti reprit : « Connaissiez-vous Ernesto Moro ?

– Celui qui s'est suicidé ? demanda Filippi – inutilement, de l'avis de Brunetti.

– Oui.

– Oui, je le connaissais, mais il n'était qu'en seconde année.

– Aviez-vous des cours en commun ?

– Non.

– Faisiez-vous du sport ensemble ?

– Non.

– Aviez-vous des amis communs ?

– Non.

– Savez-vous combien d'étudiants compte l'Académie ? »

La question intrigua le cadet, qui adressa un coup d'œil rapide à Vianello, comme si celui-ci pouvait lui expliquer pourquoi on la lui posait.

Comme l'inspecteur ne bronchait pas, le garçon répondit. « Non. Pourquoi ?

– L'établissement n'est pas très grand. Moins de cent élèves.

– Si vous le saviez, pourquoi me le demander ? » Brunetti était ravi de le voir agacé par l'apparente stupidité de cet interrogatoire.

Il ignora la question du cadet. « J'ai cru comprendre que c'était une bonne école.

– Oui. Et c'est très difficile d'y entrer.

– Et très cher, ajouta Brunetti d'un ton neutre.

– Bien entendu, dit Filippi sans chercher à cacher son orgueil.

– Donne-t-on la préférence aux fils des anciens élèves ?

– C'est ce qu'on peut espérer.

– Et pourquoi donc ?

– Parce que comme ça, il n'y entre que les gens comme il faut.

– Et qui sont-ils ? demanda Brunetti avec un début de curiosité, conscient que si son propre fils se permettait d'utiliser une telle formule et sur le même ton, il estimerait avoir échoué en tant que parent.

– Qui ça ?

– Ces gens comme il faut.

– Les fils d'officiers, bien entendu.

– Bien entendu », répéta Brunetti. Il ouvrit le dossier et consulta la première feuille, sur laquelle ce qui était écrit n'avait rien à voir avec Filippi ou Moro. Il regarda le garçon, puis à nouveau la feuille. « Vous souvenez-vous où vous étiez, la nuit au cours de laquelle le cadet Moro a été… » Il fit exprès d'hésiter sur la formulation qu'il allait choisir, puis se corrigea : « … est mort ?

– Dans ma chambre, je suppose.

– Vous supposez ?

– Où aurais-je pu être, sinon là ? »

Brunetti se permit de couler un regard en direction de Vianello, qui acquiesça d'un signe de tête presque imperceptible. Puis il tourna lentement la feuille et étudia la suivante.

« Quelqu'un était-il dans la pièce avec vous ?

– Non. » La réponse avait fusé tout de suite.

« Où était votre camarade de chambrée ? »

Filippi se mit à tripoter ses gants, les réalignant exactement dans l'axe de la casquette. « Il devait sans doute être là, dit-il finalement.

– Je vois. » Comme s'il ne pouvait résister à une impulsion, il eut de nouveau un coup d'œil pour Vianello et celui-ci, comme la première fois, répondit d'un hochement de tête minimaliste. Brunetti consulta de nouveau son document et, de mémoire, demanda : « Il s'agit bien de Davide Cappellini, n'est-ce pas ? »

Contenant toute manifestation de surprise, Filippi répondit que oui.

« C'est un ami intime ?

– Je suppose, répliqua le cadet avec ce ton irrité que les adolescents savent si bien prendre.

– Seulement ça ?

– Seulement quoi ?

– Vous supposez seulement. Vous n'en êtes pas certain.

– Bien sûr que si, j'en suis certain. Le contraire serait impossible, au bout de deux ans passés ensemble.

– Exactement », se permit d'observer Brunetti avant de se pencher à nouveau sur ses papiers. Au bout de ce qui devait paraître un temps interminable, il releva la

tête et demanda : «Faisiez-vous des choses ensemble ?
Je veux dire, vous et votre camarade de chambre, le
cadet Cappellini ?

– De quoi voulez-vous parler ?

– D'avoir des activités en commun. Certains cours,
du sport, ou autre chose…

– Quelles autres choses ?

– La chasse», intervint Vianello à la surprise de
Filippi et Brunetti.

À la manière dont il tourna brusquement la tête vers
lui, on aurait pu croire que le cadet avait oublié la présence de l'inspecteur. «Quoi ? coassa-t-il, la voix soudain perchée une octave plus haut.

– La chasse ? La pêche ? répondit l'inspecteur sur un
ton de curiosité innocente, le football ?»

Filippi eut un geste en direction de ses gants mais
l'interrompit pour croiser les mains sur la table. «Je ne
parlerai plus qu'en présence d'un avocat», dit-il, prouvant qu'il avait au moins une certaine culture cinémato-
graphique.

25

Le cadet ayant déclaré ne connaître aucun avocat, on le laissa seul dans une pièce d'où il put téléphoner à son père. Il en ressortit quelques minutes plus tard pour dire que ce dernier pensait être à la questure dans environ une heure, en compagnie d'un avocat. Brunetti appela un policier pour escorter le jeune homme jusqu'à la salle d'interrogatoire ; il y resterait sans être dérangé, lui dit-il, jusqu'à l'arrivée de son père. Poliment, Brunetti lui demanda s'il désirait boire ou manger quelque chose, mais le garçon refusa tout, dans un style qui rappela à Brunetti des générations d'acteurs de série B repoussant le foulard avec lequel le commandant du peloton d'exécution veut leur bander les yeux.

Cette question réglée, Brunetti donna pour instructions à Vianello d'attendre le major Filippi et l'avocat, et de les faire poireauter autant que possible avant de les laisser voir le cadet.

Puis il appela Pucetti et lui demanda d'aller l'attendre sur la vedette de la questure, qu'il arrivait d'une minute à l'autre.

« Une petite visite à faire ? lui demanda Vianello, intrigué.

– Oui. À l'Académie. Je tiens à parler au jeune Cappellini avant qu'ils ne le coincent. Au besoin, laisse-les s'entretenir tant qu'ils veulent avec fiston ; tu peux même éventuellement les laisser repartir avec lui.

Arrange-toi simplement pour que tout ça prenne le plus de temps possible. Invente n'importe quoi pour les retarder.» Il ne laissa même pas à l'inspecteur le temps de lui répondre et tourna les talons.

La vedette était devant la questure, son pilote faisant ronfler le moteur en réaction à l'excitation de Pucetti. Celui-ci avait déjà détaché l'amarre et maintenait le bateau contre le quai. Brunetti sauta à bord, aussitôt suivi de Pucetti – qui perdit l'équilibre tant le pilote était pressé de démarrer, et ne put le retrouver qu'en attrapant Brunetti par l'épaule. Les gaz à fond, la vedette s'élança dans le *Bacino*, puis tourna dans la large ouverture du canal de la Giudecca. Sur instruction de Pucetti, le pilote avait branché le gyrophare bleu mais pas la sirène.

À une première vague d'excitation succéda tout de suite chez Brunetti un sentiment de honte à l'idée qu'au milieu d'une telle histoire de mort et de fourberies, il pût prendre encore plaisir à la joie simple de la vitesse. Ce n'étaient pas les grandes vacances, pourtant, et ils ne jouaient pas aux gendarmes et aux voleurs – n'empêche, il sentait son cœur se gonfler délicieusement avec le vent qui le fouettait et les heurts rythmiques de la proue sur les vagues.

Il jeta un coup d'œil à Pucetti et constata, à son expression, que le jeune policier éprouvait la même chose. Ils doublaient les autres bateaux à la vitesse de l'éclair ; des visages se tournaient et les gens suivaient des yeux leur passage dans le canal. Trop vite à son gré, la vedette s'engagea dans le Rio di Sant'Eufemia ; le pilote passa un instant en marche arrière, puis laissa l'embarcation glisser en silence jusqu'à la rive gauche du canal. Tandis qu'ils sautaient à terre, Brunetti se demanda s'il n'avait pas eu tort de prendre avec lui ce jeune homme au caractère paisible au lieu de quelqu'un comme Alvise, qui, s'il n'était en réalité pas plus méchant, avait au moins l'avantage professionnel d'avoir l'allure d'un voyou.

« Je voudrais faire peur à ce gosse, dit Brunetti tandis qu'ils remontaient en direction de l'Académie.

– Rien de plus facile, signor », répondit Pucetti.

Tandis qu'ils traversaient la cour, Brunetti eut la sensation qu'il se passait quelque chose à sa gauche. Sans ralentir, il jeta un coup d'œil à Pucetti et fut tellement surpris qu'il faillit s'arrêter. On aurait dit que le jeune policier avait soudain les épaules plus larges, et qu'il venait d'adopter la démarche d'un boxeur ou d'un docker. Sa mâchoire avançait sur un cou qui paraissait soudain plus épais. Il se tenait les doigts repliés comme prêts à se transformer en poings s'il recevait un ordre, et il avançait d'un pas qui intimait à la terre de ne surtout pas lui résister.

Pour couronner le tout, il parcourait la cour des yeux, son regard allant d'un cadet à l'autre avec une hâte de prédateur ; sa bouche avait une expression vorace et il n'y avait plus aucune trace, sur son visage, de la chaleur et de l'humour qu'on y voyait d'ordinaire.

Machinalement, Brunetti ralentit pour laisser Pucetti passer devant lui, tel un bateau de croisière, dans l'Antarctique, s'écartant pour permettre à un brise-glace de le précéder. Les quelques cadets qui se trouvaient dans la cour se turent à leur passage.

Pucetti monta quatre à quatre les marches conduisant jusqu'aux chambres, distançant son supérieur. Une fois à la porte de Filippi, il donna deux coups de poing dessus, puis deux autres tout de suite après. De l'autre bout du couloir, Brunetti entendit le jappement qui venait de la chambre et vit Pucetti repousser le battant, lequel alla heurter sèchement le mur.

Lorsque le commissaire arriva à hauteur de la porte, Pucetti se tenait dans l'encadrement, les mains à la hauteur de la taille, et ses épaules avaient l'air de s'être encore élargies.

Un blondinet fluet aux joues grêlées d'acné se tenait sur la couchette du haut, à moitié allongé, à moitié assis – mais le dos appuyé au mur, pieds repliés sous lui comme s'il avait eu peur de les laisser pendre en l'air à une si courte distance des dents de Pucetti. Lorsque Brunetti entra, le cadet leva la main – non pour lui dire de s'arrêter, mais au contraire de s'avancer.

«Qu'est-ce que vous voulez?» demanda le garçon d'une voix étranglée par la terreur.

À la question, Pucetti tourna lentement la tête vers Brunetti et leva le menton, comme s'il lui demandait s'il devait grimper sur la couchette pour en faire dégringoler le garçon.

«Non, Pucetti», dit Brunetti avec l'intonation qu'on réserve en général à un molosse.

Le jeune policier baissa les mains, mais pas de beaucoup, et revint sur le cadet tétanisé. D'un coup de talon, il referma la porte.

Dans le silence où raisonnait encore le bruit qu'elle avait fait, Brunetti lança: «Cappellini?

– Oui, signor.

– Où étais-tu le soir où le cadet Moro a été tué?»

Avant même de réfléchir à quoi que ce soit, le garçon lâcha: «Ce n'est pas moi qui l'ai fait!» d'une voix haut perchée, sans même se rendre compte de ce qu'il venait de reconnaître, tant il avait peur. «Je ne l'ai pas touché!

– Oui, sauf que tu sais ce qui s'est passé, observa Brunetti du ton ferme de celui qui ne fait que répéter ce qu'on lui a dit.

– Oui... Mais je n'ai rien à voir avec tout ça.» Il aurait bien voulu reculer un peu plus, mais il était déjà collé au mur et il n'avait nulle part où se réfugier, aucun moyen de s'échapper.

«C'était qui?» reprit Brunetti, se retenant de citer le nom de son camarade de chambrée. Le garçon hésita. «Parle!»

Cappellini n'arrivait toujours pas à se décider, essayant sans doute d'estimer si le danger qu'il courait en ce moment était pire ou non que celui qu'il vivait déjà. La balance pencha finalement en faveur de Brunetti, puisqu'il dit : « C'est Filippi. C'était son idée. Tout était son idée. »

Devant cet aveu, Pucetti finit de baisser les mains et Brunetti le sentit qui se détendait de la tête aux pieds, laissant s'évanouir ce que sa présence avait eu de menaçant. S'il avait quitté Cappellini des yeux pour regarder Pucetti, il aurait sans aucun doute constaté que le policier avait repris sa taille normale.

Le cadet se calma, au moins un peu. Il se laissa aller sur le lit, déplia les jambes et laissa un de ses pieds pendre de la couchette. « Il le haïssait, Filippi. Je ne sais pas pourquoi, mais il l'a toujours haï et il nous disait qu'il fallait le haïr, qu'il était un traître. Qu'il venait d'une famille de traîtres. » Comme Brunetti restait sans réaction, il ajouta : « C'est ce qu'il nous a dit. Le père aussi. Moro.

– Et tu ne sais pas pourquoi il vous racontait ça ? demanda Brunetti d'une voix un peu plus douce.

– Non, signor. C'est juste ce qu'il nous a dit. »

Brunetti aurait bien aimé savoir qui étaient les autres, mais il se rendait compte qu'il risquait de rompre le rythme et il préféra demander : « Est-ce que Moro protestait et se défendait ?... Lorsque Filippi l'accusait d'être un traître ? » ajouta-t-il devant l'hésitation du cadet.

La question parut surprendre Cappellini. « Bien sûr. Ils se sont disputés, deux ou trois fois, et une fois Moro l'a frappé, mais quelqu'un est intervenu et les a séparés. » Le cadet se passa les doigts dans les cheveux, puis se redressa sur les deux mains, la tête retombant entre la saillie de ses maigres épaules. Le silence se prolongea. Brunetti et Pucetti étaient aussi immobiles que deux menhirs.

« Qu'est-ce qui s'est passé cette nuit-là ? finit par demander Brunetti pour le relancer.

– Filippi est rentré tard. Il avait eu une permission, ou il s'est servi de sa clef, je ne sais pas, expliqua le jeune homme comme s'il était de notoriété publique qu'il en possédait une. Je ne sais pas non plus avec qui il était. Peut-être avec son père. Il paraissait toujours plus en colère lorsqu'il revenait de voir son père. Bref, quand il est arrivé ici… » Il se tut et agita une main devant lui, dans cet espace exigu que remplissaient à présent les deux policiers. « Il s'est mis à parler de Moro et à répéter qu'il était un traître. Moi, je dormais et je ne voulais pas entendre parler de ça, et je lui ai dit de la fermer. »

Il s'arrêta une nouvelle fois de s'expliquer et son silence dura tellement longtemps que Brunetti dut à nouveau le stimuler. « Et qu'est-ce qui s'est passé, alors ?

– Il m'a frappé. Il s'est approché du lit et il m'a donné un coup de poing. Pas vraiment fort, vous comprenez. Juste un coup sur l'épaule pour me montrer à quel point il était en colère. Et il n'arrêtait pas de dire que Moro était de la merde et un traître. »

Brunetti espérait bien que le garçon allait continuer : il ne fut pas déçu. « Alors il est ressorti, brusquement, et je l'ai entendu dans le couloir, peut-être pour aller chercher Maselli et Zanchi, je ne sais pas. » Cappellini se tut et contempla le sol.

« Et ensuite ? Qu'est-ce qui s'est passé ? »

Le cadet regarda Brunetti. « Je ne sais pas. Je me suis rendormi.

– Qu'est-ce qui s'est passé, Davide ? » insista Pucetti.

Sans que rien l'eût laissé présager, le garçon fondit en larmes, de grosses larmes qui coulaient le long de ses joues et qu'il n'essaya même pas d'essuyer quand il reprit la parole. « Il est revenu plus tard. Je ne sais pas combien de temps plus tard, mais en tout cas, je me suis réveillé à ce moment-là. J'ai compris qu'un truc n'allait pas. Rien qu'à la manière dont il marchait. Il n'a pas essayé de me réveiller, pourtant, non. Ce serait même plutôt le contraire. Mais quelque chose m'a réveillé, comme si de l'énergie faisait vibrer toute la chambre. Je me suis assis et j'ai allumé. Et il était là, comme s'il venait de faire quelque chose de terrible. Je lui ai demandé ce qui n'allait pas, et il m'a dit rien, de me rendormir. Mais je savais qu'il s'était passé quelque chose. »

Les larmes continuaient de ruisseler sur son visage comme si elles étaient indépendantes de ses yeux. Il ne renifla pas, ne fit aucun effort pour les essuyer. Au bout d'un moment, elles tombèrent de son menton et formèrent des taches plus sombres sur sa chemise.

« Je crois que je me suis rendormi, et tout d'un coup, j'ai entendu courir, des gens qui criaient, et plein de bruit. C'est ça qui m'a réveillé. Puis Zanchi est arrivé. Il a réveillé Filippi et lui a dit quelque chose. Ils ne m'ont pas parlé, mais Zanchi m'a regardé et j'ai compris que je ne devais rien dire. »

Nouvelle interruption. Les deux policiers regardaient les larmes qui dégoulinaient de son menton. Le cadet s'adressa à Pucetti. « Alors, vous êtes arrivés et vous avez commencé à poser des questions à tout le monde et j'ai fait comme les autres, j'ai dit que je ne savais rien. » Pucetti eut un petit mouvement de la main, comme s'il lui tapotait le dos, pour exprimer sa sympathie. Le garçon chassa enfin ses larmes du revers de la main, mais seulement sur le côté droit, ignorant l'autre. « J'étais obligé de faire comme ça. » Il se servit alors de son coude pour essuyer ses larmes. Quand son visage reparut, il enchaîna : « Après, il était trop tard pour parler. À n'importe qui. »

Il regarda Pucetti, puis Brunetti, puis ses mains, qu'il tenait à présent serrées entre ses genoux. Le commissaire jeta un coup d'œil au jeune policier, mais ni l'un ni l'autre n'osèrent dire quelque chose.

Derrière la porte, il y eut un bruit de pas. Quelqu'un passa, puis revint quelques instants plus tard, mais ne s'arrêta pas. « Qu'est-ce que disent les autres élèves ? » demanda finalement Brunetti.

Cappellini répondit d'un haussement d'épaules.

« Est-ce qu'ils savent, Davide ? » insista Pucetti.

Le garçon haussa de nouveau les épaules, puis répéta ce qui semblait être sa phrase préférée : « Je ne sais pas. Personne n'en parle. On croirait presque qu'il ne s'est rien passé. Les professeurs n'en parlent pas, eux non plus.

– Et depuis, comment se comporte Filippi ? »

Sans doute le cadet n'y avait-il jamais pensé. Il leva la tête, et les deux hommes se rendirent compte qu'il fut lui-même surpris par la réponse qu'il donna. « Comme d'habitude. Exactement comme d'habitude. Comme si rien n'était arrivé.

– Est-ce qu'il t'en a parlé ? voulut savoir Pucetti.

– Non, pas vraiment. Ou plutôt, si. Le lendemain – c'est-à-dire le jour où on l'a trouvé, quand vous êtes venus à l'école et que vous avez commencé à poser des questions – il m'a dit qu'il espérait que j'avais bien compris ce qui arrivait aux traîtres.

– Et d'après toi, qu'est-ce qu'il a voulu dire par là ? » demanda Brunetti.

Faisant preuve d'un peu de présence d'esprit pour la première fois depuis que les deux policiers avaient fait irruption dans sa chambre, Cappellini rétorqua : « C'est une question stupide.

– Oui, j'en ai peur, admit Brunetti. Et les deux autres, Zanchi et Maselli, où sont-ils ?

– Leur chambre est un peu plus loin à droite. Troisième porte.

– Ça va aller, Davide ? » demanda Pucetti.

Le garçon hocha la tête une première, puis une deuxième fois, et reprit la contemplation du plancher.

Brunetti fit signe à Pucetti qu'il était temps de partir. Le garçon ne releva pas la tête quand ils firent demi-tour, ni même quand ils quittèrent la chambre. Une fois dans le corridor, Pucetti demanda : « Et maintenant ?

– Tu te souviens de l'âge qu'ils ont, Zanchi et Maselli ? »

Pucetti secoua négativement la tête, geste que Brunetti interpréta comme signifiant qu'ils étaient tous les deux mineurs et ne pouvaient donc être interrogés qu'en présence d'un avocat ou de leurs parents, si on voulait que leurs déclarations eussent la moindre valeur légale.

Brunetti comprit à quel point il avait été futile de se précipiter pour interroger ce garçon ; il regrettait d'avoir si follement cédé à l'impulsion qui l'avait lancé sur la piste laissée par Filippi. Il n'y avait pratiquement aucune chance de forcer Cappellini à répéter ce qu'il venait juste de leur dire. Une fois qu'il aurait parlé à des esprits plus froids, une fois que sa famille aurait repris barre sur lui, une fois qu'un avocat lui aurait expliqué les conséquences inévitables de tout contact avec le système judiciaire, il allait tout nier. Brunetti mourait d'envie de se servir de l'information qu'il venait de lui arracher, mais aucune personne dans son bon sens n'admettrait, alors qu'elle était au courant d'un crime, ne pas avoir été en parler à la police ; et des parents laisseraient encore moins leur enfant le faire.

L'idée le frappa que, dans des circonstances similaires, il lui répugnerait aussi beaucoup que ses enfants fussent impliqués. Certes, en tant qu'officier de police, il leur offrirait la protection de l'État, mais en tant que père, il saurait que la seule chance qu'ils auraient de sortir indemne d'une confrontation avec le système judiciaire tiendrait à deux choses : sa propre position et, plus important encore, les moyens et l'entregent de son beau-père.

Il tourna le dos à la chambre du garçon. «Partons», dit-il à un Pucetti surpris.

26

Sur le chemin de la questure, Brunetti expliqua à Pucetti les lois qui régissent les déclarations faites par des témoins mineurs. Si ce que Cappellini leur avait dit était vrai (et Brunetti en était intimement convaincu), le cadet était alors pénalement responsable de ne pas en avoir parlé à la police. Il ne s'agissait cependant que de simple négligence ; les actes de Zanchi et Maselli – s'ils étaient impliqués – et de Filippi, en revanche, étaient des crimes passibles des assises. Mais tant que Cappellini n'aurait pas confirmé sa déclaration devant un juge d'instruction, sa version des faits n'aurait aucune valeur légale.

Ils n'avaient qu'une méthode à leur disposition, estimait-il, employer avec Filippi la même stratégie qu'avec son camarade de chambrée : lui faire croire qu'ils savaient tout des événements ayant conduit à la mort de Moro, en espérant qu'à partir de détails restés inexpliqués, ils puissent conduire le garçon à expliquer tout ce qui était arrivé.

Prenant l'amarre, Pucetti sauta sur le quai de la questure et tira le bateau tandis que Brunetti descendait à son tour, après avoir remercié le pilote. Les deux hommes entrèrent dans le bâtiment et, en silence, se dirigèrent vers la salle des interrogatoires. Vianello les attendait dans le couloir.

« Ils sont encore là ? demanda Brunetti.

– Oui. » Vianello consulta sa montre. « Depuis plus d'une heure.

– Appris quelque chose ? » voulut savoir Pucetti.

Vianello secoua la tête. « Rien. J'y suis entré il y a une demi-heure pour leur demander s'ils voulaient un thé ou un café, mais l'avocat m'a demandé de les laisser tranquilles.

« Quelle tête fait le gamin ?

– Il a l'air inquiet.

– Et le père ?

– Pareil.

– Au fait, qui est l'avocat ?

– Donatini, répondit Vianello d'un ton neutre étudié.

– Bon Dieu », ne put s'empêcher de marmonner Brunetti. Il trouvait intéressant que le major Filippi eût fait appel au plus célèbre criminaliste de la ville pour représenter son fils.

« Il n'a rien dit de spécial ? »

Vianello secoua la tête.

Les trois hommes restèrent quelques minutes dans le couloir, jusqu'à ce que Brunetti en eût assez ; il dit à Vianello de regagner son bureau et alla lui-même se réfugier dans le sien. C'est presque une heure plus tard que Pucetti lui téléphona pour lui faire savoir que maître Donatini était prêt à lui parler.

Brunetti donna rendez-vous à Vianello dans la salle des interrogatoires, mais prit tout son temps pour y descendre lui-même. L'inspecteur était déjà devant la porte quand il arriva. Brunetti lui adressa un signe de tête ; Vianello ouvrit la porte et recula d'un pas pour permettre à son supérieur de passer devant lui.

Donatini se leva et tendit la main au commissaire, qui la lui serra brièvement. Il affichait son sourire décontracté habituel et Brunetti constata qu'il s'était fait refaire un clavier de dents tout neuf depuis la dernière fois qu'ils s'étaient vus. Ses incisives supérieures pavarottesques avaient été remplacées par deux dents plus petites et plus conformes aux proportions de son visage. Mais le reste était comme toujours : peau tendue, costume, cravate et chaussures haut de gamme – tout clamait un grand alléluia à la richesse, à la réussite et au pouvoir.

L'avocat adressa un bref signe de tête à Vianello, mais sans lui tendre la main. Les Filippi père et fils regardèrent les policiers sans esquisser le moindre salut. Le père était en civil mais, comme Donatini, son costume était une telle proclamation de richesse et de pouvoir qu'il aurait pu tout aussi bien être un uniforme. Il était peut-être de l'âge de Brunetti mais faisait dix ans de moins – le résultat de quelque accident génétique ou de longues heures passées dans un gymnase. Il avait le long nez droit et les yeux foncés que l'on retrouvait chez son fils.

Donatini, pour affirmer d'emblée son autorité, fit signe à Brunetti de s'asseoir à l'autre bout de la table rectangulaire et à Vianello de prendre la chaise qui se trouvait face aux Filippi, si bien que lui-même se retrouva en face de Brunetti.

«Je ne vais pas vous faire perdre votre temps, commissaire. Mon client est prêt à vous parler du malheureux événement qui s'est produit à l'Académie.» L'avocat se tourna vers le cadet, lequel approuva d'un signe de tête solennel.

Brunetti répondit également par un signe de tête, qu'il essaya de rendre aussi gracieux que possible.

«Il semblerait que mon client sache quelque chose sur la mort du cadet Moro.

– Je suis très impatient d'apprendre ce que c'est, répondit Brunetti, tempérant sa curiosité par de la courtoisie dans le ton.

– Mon client était… », commença Donatini, tout de suite interrompu par Brunetti, qui leva la main, mais avec douceur et pas bien haut, pour réclamer un instant de pause. « Si vous n'y voyez pas d'inconvénient, maître, j'aimerais enregistrer les déclarations de votre client. »

Ce fut cette fois l'avocat qui fit une concession à la politesse – par une inclinaison de tête des plus réduites.

Brunetti tendit une main, conscient d'avoir déjà fait si souvent ce geste, et brancha le micro. Il donna la date, son nom et son titre, et identifia toutes les personnes présentes dans la pièce.

« Mon client…, reprit Donatini, pour être une fois de plus interrompu de la même manière par Brunetti.

– J'estime qu'il serait souhaitable, maître, dit Brunetti après s'être penché pour couper le micro, que votre client s'exprime en personne. » Et sans laisser à l'avocat le temps de soulever une objection, il ajouta, avec un sourire aimable : « Il paraîtrait ainsi faire preuve de franchise et il lui serait certainement plus facile de clarifier tout ce qui pourrait éventuellement paraître confus. » Le commissaire sourit de nouveau, conscient de l'élégance avec laquelle il avait sous-entendu qu'il se réservait le droit d'interroger le jeune homme, au besoin.

Donatini se tourna vers le major Filippi, qui, jusqu'ici, était resté aussi silencieux qu'immobile. « Eh bien, major ? » demanda-t-il poliment.

L'ex-militaire acquiesça d'un mouvement de tête, imité par son fils – lequel fit ce qui était une sorte de salut.

Brunetti sourit au cadet et brancha à nouveau le micro.

« Nom, prénom, s'il vous plaît ?

– Paolo Filippi. » Il s'exprimait clairement et plus fort qu'il ne l'avait fait la première fois, sans doute pour le bénéfice de l'enregistrement.

« Et vous êtes en troisième année d'études à l'Académie militaire San Martino, à Venise ?

– Oui.

– Pouvez-vous me dire ce qui s'est passé à l'Académie dans la nuit du 3 novembre de cette année?

– Vous voulez dire à propos d'Ernesto?

– Oui. Je vous interroge spécifiquement sur tout ce qui concerne la mort d'Ernesto Moro, également cadet à l'Académie. »

Le garçon garda le silence tellement longtemps que Brunetti dut se résoudre à lui poser une nouvelle question. « Connaissiez-vous Ernesto Moro?

– Oui.

– Étiez-vous amis? »

Le garçon commença par rejeter cette possibilité d'un haussement d'épaules dédaigneux, mais avant que Brunetti eût le temps de lui rappeler qu'il devait parler à cause de l'enregistrement, Paolo dit: « Non, nous n'étions pas amis.

– Pour quelle raison? »

Le cadet parut manifestement surpris. « Il était plus jeune que moi d'un an. Nous n'étions pas dans la même classe.

– Existait-il une autre raison qui aurait empêché Ernesto Moro d'être de vos amis? »

Paolo réfléchit un moment avant de répondre que non.

« Pouvez-vous me dire ce qui s'est passé cette nuit? »

Comme le garçon ne répondait pas et que le silence se prolongeait, le major se tourna vers lui – à peine – et hocha la tête d'une manière tout aussi minimaliste.

Paolo se pencha vers son père et murmura à son oreille quelque chose se terminant par « … il faut absolument? » que Brunetti ne put faire autrement qu'entendre.

« Oui », répondit le major d'une voix ferme.

Le cadet se tourna à nouveau vers Brunetti. « C'est très difficile, dit-il d'une voix mal assurée.

– Racontez-moi simplement ce qui s'est passé, Paolo, dit Brunetti, pensant à son fils et aux divers aveux qu'il lui avait faits au cours des années, sans qu'aucun ne pût se comparer par son ampleur, il en était sûr, à ce que le cadet avait à lui dire.

«J'étais…, commença le garçon, interrompu un instant par une toux nerveuse, j'étais avec lui cette nuit-là.»

Brunetti jugea plus prudent de ne rien dire ni faire, sinon prendre une expression encourageante.

Paolo Filippi jeta un coup d'œil à l'avocat, à l'autre bout de la table, et celui-ci répondit d'un signe de tête bienveillant.

«J'étais avec lui, répéta-t-il.

– Où ça?

– Dans les douches.»

En général, le passage aux aveux prend beaucoup de temps. La plupart des gens commencent par rentrer dans toutes sortes de détails, expliquer les circonstances – afin que ce qui est arrivé prenne un caractère inévitable, au moins à leurs yeux. «On était là, et…»

Brunetti regarda Donatini, qui fit la moue et secoua la tête.

Le silence se prolongea si longtemps que l'avocat fut finalement contraint de dire: «Allez, parle, Paolo.»

Le garçon s'éclaircit la gorge, regarda Brunetti, jeta un coup d'œil à son père mais se reprit tout de suite pour revenir sur Brunetti. «Nous avons fait des choses.» Sur quoi il s'arrêta de nouveau.

On put croire un instant qu'il allait en rester là, mais il se reprit. «Nous nous sommes fait des choses.

– Je vois, dit Brunetti. Continuez, Paolo.

– On est nombreux à le faire, reprit-il à voix tellement basse que Brunetti se dit qu'on n'entendrait rien sur l'enregistrement. Je sais que ce n'est pas bien, c'est vrai, mais ça ne fait de mal à personne, et tout le monde le fait. Vraiment.»

Brunetti ne disant rien, le cadet reprit : « Nous avons des filles. Mais chez nous. Et alors… c'est dur… et… »

Évitant le regard du père, Brunetti se tourna vers Donatini. « Dois-je comprendre que ces garçons entretenaient des relations sexuelles ? » Il pensait avoir été aussi clair que possible et espérait ne pas s'être trompé.

« Oui. Masturbation », répondit Donatini.

Cela faisait des dizaines d'années, maintenant, que Brunetti avait eu l'âge du jeune Filippi, mais il n'arrivait toujours pas à comprendre le degré de gêne dans lequel était Paolo. Tous ces garçons vivaient la fin de leur adolescence ensemble. Leur comportement ne le surprenait pas : mais la réaction du jeune homme, si.

« Il faut m'en dire davantage. » Il espérait que ce qu'il allait entendre rendrait les choses un peu plus compréhensibles.

« Ernesto était bizarre, reprit Paolo. Ça ne lui suffisait pas de faire, euh… juste ce qu'on faisait ensemble. Il voulait toujours faire d'autres choses. »

Brunetti ne quittait pas le garçon des yeux, avec l'espoir que son attention le pousserait à s'expliquer.

« Cette nuit-là, il m'a dit que… il m'a dit qu'il avait lu un truc spécial dans une revue. Ou dans un journal. » Paolo s'arrêta, se demandant manifestement comment présenter la suite. « Je ne sais pas où il a lu ça, reprit-il finalement, mais il a dit qu'il voulait le faire de cette façon. » Et il s'arrêta.

« Faire quoi ? demanda Brunetti au bout d'un moment. Et comment ? » Un instant, il se détourna du garçon et vit le major, tête basse, regarder la table comme si, par un effort de volonté, il pouvait se trouver ailleurs que dans la pièce où son fils devait admettre de tels actes devant un policier.

« Il m'a dit… que d'après ce qu'il avait lu… c'était mieux de cette manière, mieux que tout. Mais il fallait se passer une corde autour du cou et commencer à s'étrangler un peu quand… quand il le faisait. Et c'était pour cela qu'il voulait que je sois avec lui, pour être sûr que les choses ne tourneraient pas mal, quand ça arriverait. »

Paolo poussa un énorme soupir puis inspira profondément, se préparant pour le bond final. « Je lui ai dit qu'il était cinglé, mais il n'a pas voulu m'écouter. » Il croisa les mains sur la table, bien droit devant lui.

« Il avait tout ce qu'il fallait dans les lavabos et il m'a montré la corde. Elle était attachée là… là où elle était encore quand… quand on l'a trouvé. Elle était longue et il pouvait donc s'accroupir au sol et faire semblant de tomber. C'était ça qui devait l'étrangler. Et c'est pourquoi c'était si bon… L'étouffement, quoi. C'est ce qu'il disait. »

Silence. On entendait seulement un bourdonnement bas, venant d'une pièce voisine, ordinateur ou matériel d'enregistrement, peu importait.

Brunetti se garda de le rompre.

« Alors il l'a fait, reprit le garçon au bout d'un moment. C'est-à-dire, il avait un sac qu'il s'est mis sur la tête et par-dessus la corde… À ce moment-là il s'est mis à rire et a dit quelque chose que je n'ai pas compris. Je me souviens qu'il a tendu la main vers moi, il a ri encore, et il a commencé à… et au bout d'un moment, il s'est accroupi et il est plus ou moins tombé de côté. »

Une rougeur soudaine monta aux joues du cadet et Brunetti vit ses mains se crisper. Il continua néanmoins, apparemment incapable de s'arrêter maintenant qu'il avait commencé. « Il a donné quelques coups de pied et il s'est mis à agiter les mains. J'ai essayé de l'attraper, mais il m'a donné un tel coup de pied que je suis tombé hors de la douche. Je suis revenu pour essayer de détacher la corde, mais il avait attaché le sac de plastique par-dessus et le temps que je l'enlève… Ensuite, je n'arrivais pas à défaire le nœud tellement il se débattait et tirait dessus. Et alors… alors… il a arrêté de donner des coups de pied et quand j'ai desserré le nœud, il était trop tard. Il était mort, je crois.»

Le jeune homme prit un mouchoir pour essuyer son visage emperlé de sueur et le garda en boule dans les mains.

«Et qu'est-ce que vous avez fait à ce moment-là, Paolo? demanda Brunetti.

– Je ne sais pas. Je suis resté un moment là, à côté de lui. Je n'avais jamais vu de mort… mais je ne me rappelle plus ce que j'ai fait.» Il releva la tête pour la rabaisser aussitôt. Le major vint poser une main sur celles de son fils qui s'étreignaient l'une l'autre. Il les serra un peu et laissa la sienne où elle était.

Encouragé par cette pression, Paolo reprit: «Je crois que j'ai paniqué. Je me disais que c'était de ma faute, que j'avais été incapable de le sauver ou de l'arrêter. Que j'aurais peut-être pu y arriver, mais que je n'en avais pas été capable.

– Et qu'est-ce que vous avez fait à ce moment-là, Paolo? répéta Brunetti.

– Je n'arrivais pas à penser, mais je ne voulais pas qu'on le trouve comme ça. On aurait compris ce qui s'était passé.

– Et donc?

– Je ne sais pas comment l'idée m'est venue, mais je me suis dit que si ça avait l'air d'un suicide, eh bien, ce serait affreux, d'accord, mais moins affreux que… que l'autre chose.» Cette fois-ci, Brunetti ne jugea pas utile de l'encourager; quelque chose lui disait que le cadet allait continuer de lui-même.

«Alors, j'ai essayé de maquiller sa mort en suicide. Pour ça, il fallait que je le soulève et que je le laisse là.»

Les yeux de Brunetti se portèrent sur la main du père posée sur celles du fils; les articulations étaient blanches. «C'est ce que j'ai fait. Et je l'ai laissé comme ça.»

Paolo ouvrit largement la bouche et se mit à respirer comme s'il venait de courir un marathon.

« Et le sac en plastique ? demanda Brunetti quand le garçon se fut calmé.

– Je l'ai emporté avec moi et je l'ai jeté. Sans doute dans une poubelle, je ne sais plus.

– Et ensuite, qu'avez-vous fait ?

– Je ne m'en souviens pas très bien. Je crois que je suis retourné dans ma chambre.

– Quelqu'un vous a-t-il vu ?

– Je ne sais pas.

– Votre camarade de chambrée ?

– Je ne me rappelle pas. Peut-être. J'ai oublié comment je suis retourné dans ma chambre.

– Et quelle est la chose suivante dont vous vous souvenez, Paolo ?

– Le lendemain matin, Zanchi est venu me réveiller et m'a raconté... Il était trop tard pour faire quelque chose.

– Et pourquoi vous m'expliquez tout ça maintenant ? » demanda Brunetti.

Le garçon secoua la tête. Ses doigts se dénouèrent et il prit la main de son père dans la sienne. « Parce que j'avais peur, dit-il finalement à voix très basse.

– De quoi ?

– De ce qui allait arriver. Ou de ce qui risquait d'arriver.

– C'est-à-dire ?

– On allait m'accuser de ne pas avoir voulu l'aider, de l'avoir laissé faire parce que je ne l'aimais pas.

– Avait-on des raisons de penser que vous ne l'aimiez pas ?

– C'est lui qui m'avait demandé de le faire croire, dit Paolo en se détournant légèrement de son père, comme s'il craignait de voir l'expression de son visage, mais sans lui lâcher la main. C'est ce qu'Ernesto m'a demandé de faire. Pour qu'on ne se doute pas, pour le reste…

– Que vous étiez, euh…

– Oui. On le faisait tous, mais pas toujours avec les mêmes. Ernesto ne voulait le faire qu'avec moi. Et j'en avais honte.»

Le garçon se tourna vers son père. «Est-ce que je dois encore dire quelque chose, papa?»

Le major, au lieu de répondre à son fils, se tourna vers Brunetti. Celui-ci se pencha, donna l'heure, déclara que l'interrogatoire était terminé et coupa l'enregistrement.

En silence, les cinq personnes présentes se levèrent. Donatini, qui était le plus près de la porte, alla l'ouvrir. Le major passa un bras autour des épaules de son fils. Brunetti repoussa sa chaise sous la table et fit signe à Vianello de l'accompagner avant de commencer à se diriger vers la sortie. Il n'était qu'à un pas de la porte, quand il entendit un bruit derrière lui; mais ce n'était que Vianello qui venait de trébucher contre un pied de chaise.

Voyant que ce n'était rien, Brunetti jeta un dernier coup d'œil au père et au fils, qui se regardaient intensément. Et c'est ainsi qu'il vit Paolo lui adresser un clin d'œil triomphal, lourd d'une satisfaction madrée, tandis que Filippi portait un léger coup de poing approbateur au biceps de son fils.

27

Vianello n'avait pas surpris la scène, ayant détourné les yeux pendant le dixième de seconde qu'avait duré l'échange complice entre le père et le fils. Brunetti continua d'avancer vers la porte et passa devant Donatini. Une fois dans le couloir, il attendit Vianello, que suivaient l'avocat et les deux Filippi.

Le commissaire referma la porte de la salle d'interrogatoire, fonctionnant au ralenti pour se donner le temps de réfléchir.

C'est l'avocat qui reprit la parole le premier. « C'est à vous de décider, commissaire, de ce que vous devez faire de cette information. » Brunetti resta sans réaction, ne prenant même pas la peine de manifester qu'il avait entendu Donatini.

Devant ce silence, le major intervint à son tour. « Il vaudrait peut-être mieux que la famille de ce garçon garde de lui le souvenir qu'elle en a actuellement », dit-il d'un ton solennel. Brunetti se sentit honteux de penser que, s'il n'avait pas surpris ce bref éclair de triomphe dans les yeux du père et du fils, quelques instants auparavant, il aurait été ému par le souci que Filippi manifestait pour la famille d'Ernesto. Pour lutter contre son envie de lui envoyer son poing dans la figure il fit demi-tour et s'engagea dans le couloir. Dans son dos, Paolo Filippi lui lança : « Voulez-vous que je signe une déclaration ? » Puis, au bout d'une ou deux secondes, le retard étant intentionnel : «Commissaire ?»

Brunetti poursuivit son chemin, les ignorant tous; il n'avait qu'une envie, retourner dans son bureau, tel un animal qui se sent obligé de se réfugier dans sa tanière pour échapper à ses poursuivants. Il referma la porte dans son dos, sachant que Vianello, aussi intrigué qu'il fût par le comportement de son patron, le laisserait tranquille et attendrait d'être appelé.

«Échec et mat, partie terminée», dit-il à voix haute, tellement tétanisé par l'énergie qui grouillait en lui qu'il ne pouvait faire un pas de plus. Serrer les poings et fermer les yeux n'y changeaient rien : il était poursuivi par l'image de ce clin d'œil complice, de ce coup de poing amical. Même si Vianello les avait surpris, songea-t-il, cela n'aurait rien changé pour eux ni pour Moro. L'histoire de Filippi était crédible, mise en scène à la perfection. Il eut un haut-le-cœur en pensant qu'il s'était senti ému par la gêne manifestée par le garçon; en pensant à la manière dont il avait superposé, sur le récit entrecoupé de silences de Paolo Filippi, ce qui aurait été la réaction de son propre fils dans de telles circonstances; en pensant qu'il avait cru voir peur et remords là où il n'y avait eu qu'une habile et ignoble manœuvre.

Il aurait aimé entendre la voix grave de Vianello venu aux nouvelles, pouvoir lui expliquer comment ils avaient été dupés. Mais ça n'aurait servi à rien, se rendit-il compte, et c'était au fond très bien que l'inspecteur ne fût pas au courant. Sa propre impétuosité, qui l'avait poussé à foncer pour parler à Cappellini, avait donné aux Filippi le temps de concocter leur histoire; et pas seulement de la concocter, mais de la mettre au point, d'y injecter tous les ingrédients qui ne manqueraient pas de toucher la fibre sentimentale de quiconque l'entendrait. Quels clichés avaient-ils oubliés ? Que voulez-vous, les garçons seront toujours les garçons… J'ai encore plus honte que je me sens coupable… Oh, épargnez des souffrances supplémentaires à la mère…

Brunetti se tourna et donna un coup de pied dans la porte, sans que le boucan ni l'élancement douloureux qui lui remonta la jambe n'y changent quelque chose. Il fut obligé de constater que, quoi qu'il fît, le résultat serait identique : la situation resterait la même, avec des souffrances en plus.

Il consulta sa montre et constata qu'il avait perdu toute notion du temps pendant l'interrogatoire, même si l'obscurité, de l'autre côté des fenêtres, aurait dû l'avertir qu'il était tard. Il n'avait donné aucun ordre, mais il n'y avait aucune raison, aucune, de détenir Paolo Filippi et Vianello avait certainement dû le relâcher. Il ne voulait surtout voir personne en partant et se força donc à rester sur place cinq minutes de plus, les yeux fermés, la tête renversée contre le battant de la porte, avant de descendre.

La couardise lui fit éviter la salle commune des officiers de police, sous la porte de laquelle filtrait pourtant de la lumière, et il gagna le rez-de-chaussée en silence. Une fois dehors, il tourna à droite le long de la berge pour aller prendre un vaporetto, soudain pressé de se retrouver au milieu de la foule d'inconnus qu'il y aurait à bord à cette heure.

Un bateau venait juste de quitter l'embarcadère quand il arriva et il eut tout son temps, pendant les dix minutes qui suivirent, d'étudier les gens qui arrivaient, pour la plupart des Vénitiens, à en juger par leur aspect. Quand la navette se présenta, il alla se placer de l'autre côté du bastingage, tournant le dos à la ville et à ses gloires.

Une fois à la porte de son appartement, il n'entra pas tout de suite – à croire qu'il avait des doutes sur le degré d'humanité qui l'attendait derrière. Quel effet cela lui ferait-il de rentrer chez lui pour y retrouver un fils comme Paolo ? Comment chanter les louanges d'un tel rejeton quand on l'a créé soi-même ? Il poussa le battant et entra chez lui.

« Pas question que je t'achète un portable, ce truc vous transforme en larves avachies ! Ça te rendrait encore plus dépendant que tu ne l'es déjà ! » entendit-il Paola clamer – et en son cœur, il se réjouit de l'impitoyable rigueur dont elle faisait preuve devant les désirs sans fin de leurs enfants.

Sa voix lui parvenait de la cuisine, mais Guido se rendit dans le bureau de sa femme. Il savait qu'après des années à avoir guetté sans dormir le bruit des pas des enfants qui rentraient, elle l'avait entendu arriver et ne tarderait pas à le rejoindre.

Ce qu'elle fit, et ils parlèrent. Ou plutôt, il parla et elle écouta. Au bout d'un long moment, lorsqu'il eut tout expliqué et énuméré les choix qui lui restaient, il dit juste : « Eh bien ?

– Les morts ne souffrent pas. » Réponse laconique qui, sur le moment, le laissa perplexe.

Ayant l'habitude de sa manière de fonctionner, il réfléchit pendant quelques instants. « Mais les vivants, si ? »

Elle hocha affirmativement la tête.

« Il y a Filippi et son père, qui devraient… Et Moro et sa femme…

– … et leur fille, qui ne devraient pas.

– Ce n'est pas une question de nombre, tout de même ? »

Elle rejeta la question d'un revers de main. « Non, pas du tout. Mais je crois cependant que ça compte, pas seulement à cause du nombre de personnes qui en seront affectées, mais pour tout le bien que ça pourrait leur faire.

– Aucun des choix ne leur fera le moindre bien, observa-t-il.

– Dans ce cas, lequel leur fera le moins de mal ?

– Il est mort. Quel que soit le verdict officiel que rendra la justice.

– Ce n'est pas une question de verdict, Guido.

– De quoi, alors ?

– La question est de savoir ce que tu vas leur dire. » Cela paraissait aller de soi, à la manière dont elle l'avait énoncé. Jusqu'ici, Brunetti avait réussi à éviter cette conclusion, avait même presque réussi à s'empêcher d'y penser ; mais à peine les mots étaient-ils tombés des lèvres de Paola qu'il comprit que c'était la seule chose restant à régler.

« Tu veux dire… ce qu'a fait Filippi ?

– Un homme a le droit de savoir qui a tué son enfant.

– À t'entendre, ça paraît simple. D'une simplicité biblique, même.

– Tu ne le trouveras pas dans la Bible, pour autant que je sache. Mais c'est simple, en effet. Et vrai. » Il n'y avait pas la moindre incertitude dans son ton.

« Et s'il décide d'agir en conséquence ?

– Agir comment ? En tuant le fils Filippi ? Ou le père ? »

Brunetti acquiesça d'un signe de tête.

« D'après ce que je sais de lui et d'après ce que tu m'en as dit, je doute qu'il soit du genre à se livrer à pareille extrémité… Mais on ne sait jamais, pas vrai ? » ajouta-t-elle avant que Guido ne le dise.

Une fois de plus, il se rendit compte qu'il avait perdu toute notion de l'heure. Il regarda sa montre et fut stupéfait de voir qu'il était presque vingt-deux heures. « Les enfants ont dîné ?

– Je les ai envoyés chercher une pizza quand je t'ai entendu arriver. »

Tout en racontant l'histoire des Filippi et de leur avocat, il s'était lentement enfoncé dans le canapé pour finalement s'y retrouver allongé, la tête sur un coussin. «Je crois que j'ai faim, dit-il.

– Oui, moi aussi. Ne bouge pas. Je vais aller préparer des pâtes.» Elle se leva mais s'arrêta à la porte. «Qu'est-ce que tu vas faire? demanda-t-elle.

– Ce que je dois faire. Lui parler.»

Ce qu'il fit le lendemain, à quatre heures de l'après-midi, heure choisie par le dottor Moro, lequel, refusant que Brunetti se rendît chez lui, avait tenu à venir à la questure. Le médecin arriva à l'heure dite, à la minute près. Un policier en uniforme l'introduisit et Brunetti se leva et lui tendit la main. Ils échangèrent quelques mots contraints de courtoisie puis, dès qu'il fut assis, Moro demanda à Brunetti les raisons de cette entrevue. Il avait parlé d'un ton calme et assuré, sans curiosité ni même, pour tout dire, d'intérêt. Des choses qui, mainte-nant, n'avaient plus prise sur lui.

Brunetti, qui avait battu en retraite derrière son bureau davantage par habitude que par choix tactique, lui répondit qu'il y avait un certain nombre de choses qu'il devait savoir. Avant de continuer, il attendit une réaction du médecin, prêt à tout – sarcasme ou colère. Mais Moro ne dit rien.

«Il y a certains faits qui concernent la mort de votre fils, je crois, que…», continua Brunetti, s'arrêtant brus-quement. Il regarda le mur, derrière Moro et reprit: «C'est-à-dire… j'ai appris certaines choses et je tiens à ce que vous les sachiez.

– Pourquoi?

– Parce qu'elles pourraient vous aider à prendre votre décision.

– Quelle décision? demanda Moro d'une voix fati-guée.

– Sur la manière de procéder.»

Moro changea de position sur son siège et croisa les jambes. «Je ne comprends rien de ce que vous me dites, commissaire. Je ne vois pas quelle décision je pourrais prendre, pas maintenant.

– À propos de votre fils, je crois.»

Il y eut un éclair dans les yeux du médecin.

«Aucune décision ne peut plus l'affecter, à présent», gronda-t-il, sans chercher à cacher sa colère, ajoutant : «Il est mort», pour bien faire passer le message.

Brunetti sentit la brûlure morale de ce que Moro venait de dire passer sur lui. Il regarda une fois de plus ailleurs, puis revint sur le médecin et reprit la parole. «Je suis en possession d'informations nouvelles, et il me semble que je dois vous en faire part.» Il enchaîna sans laisser à Moro le temps de faire un commentaire. «Paolo Filippi, lui aussi un cadet de l'Académie, affirme que votre fils est mort accidentellement et que, pour éviter la honte, pour lui et pour vous, il a maquillé l'accident en suicide.»

Brunetti s'attendait à ce que le médecin lui dise que cette version des faits n'était pas moins honteuse, ou quelque chose comme ça, mais il eut une réaction bien différente. «Rien de ce que mon fils a pu faire ne me ferait honte.

– Filippi affirme que votre fils est mort à la suite d'activités homosexuelles.» Brunetti, de nouveau, attendit la réaction de Moro.

«J'ai beau être médecin, dit celui-ci, je n'ai aucune idée de ce que vous voulez dire.

– Son décès serait dû à une tentative pour augmenter son excitation sexuelle au moyen d'une strangulation partielle.

– Ah, asphyxie auto-érotique», murmura Moro avec un détachement clinique.

Brunetti répondit d'un hochement de tête.

«Et pourquoi devrais-je en avoir honte?» demanda le médecin d'un ton toujours aussi calme.

Après un long silence, comprenant que Moro n'allait pas le relancer, Brunetti répondit : «J'ai des raisons de penser que ce qu'il m'a dit est faux. J'ai des raisons de penser qu'il a tué votre fils parce que son père l'avait persuadé qu'Ernesto était un espion, un traître ou je ne sais quoi. C'est sous son influence, et peut-être même avec ses encouragements, que Paolo Filippi a fait ce qu'il a fait.»

La surprise avait agrandi les yeux de Moro, mais il restait toujours sans réaction.

Devant ce silence persistant, le mieux que Brunetti trouva fut de dire : «Je tenais à vous faire savoir la version des faits qu'allait donner Filippi au cas où vous voudriez porter plainte.

— Et c'est pour prendre cette décision que vous m'avez fait venir ici, commissaire?

— Pour savoir si vous voulez porter plainte pour homicide involontaire contre Paolo Filippi, oui.»

Moro étudia le visage du policier pendant un certain temps avant de répondre : «Si vous pensez qu'il a tué Ernesto, commissaire, quel est le sens d'une plainte pour homicide involontaire?» Avant que Brunetti pût répondre, il ajouta : «Sans compter que la décision vous revient, commissaire. Et non à moi.» Il avait parlé d'un ton glacial qui reflétait son expression.

«Je voulais vous donner le choix, se défendit Brunetti d'un ton aussi calme que possible.

— Afin de ne pas avoir à décider vous-même?»

Brunetti inclina la tête, son geste se transformant en un acquiescement. «Oui, en partie, mais aussi pour vous et votre famille.

— Pour nous épargner la honte? demanda Moro en appuyant lourdement sur le dernier mot.

– Non, répondit Brunetti, qui commençait à se lasser du mépris de Moro. Le danger.

– Quel danger ? demanda le médecin, l'air sincèrement curieux.

– Le danger que vous courriez tous si jamais on allait jusqu'au procès.

– Je ne comprends pas.

– Parce qu'il faudrait produire comme preuve le rapport que vous avez gardé pour vous, ou il faudrait au moins parler de son existence et de son contenu. Pour justifier le comportement de Paolo Filippi et la colère de son père. Ou la peur, ou que sais-je encore. »

Moro porta la main à son front, geste qui parut artificiel à Brunetti. « Mon rapport ? demanda-t-il finalement.

– Oui. Sur les approvisionnements militaires. »

Moro baissa la main. « Il n'y a eu aucun rapport, commissaire, en tout cas pas sur les approvisionnements militaires ou quoi que ce soit d'autre que j'aurais fait et qui aurait pu les effrayer. J'ai tout laissé tomber quand ils ont voulu tuer ma femme. »

Brunetti n'en revenait pas du calme avec lequel Moro lui révélait tout ça – comme si c'était un fait archiconnu de tous qu'on avait délibérément tiré sur son épouse.

Mais l'homme était lancé. « J'ai commencé à faire des recherches sur leurs dépenses et la destination de ces sommes dès ma nomination à cette commission. Rien de plus facile à trouver : ils étaient tellement sûrs d'eux et arrogants que les comptes étaient tenus en dépit du bon sens et que leur piste était des plus simples à suivre, même pour un médecin. C'est alors qu'ils ont tiré sur ma femme.

– Vous en parlez comme si vous n'aviez aucun doute. »

Moro le regarda dans les yeux et répondit froidement : « Il n'y en a aucun. On m'a appelé avant même qu'elle n'arrive à l'hôpital. J'ai accepté d'abandonner mes recherches. On m'a ensuite suggéré de renoncer à la politique, et je l'ai fait. Je leur ai obéi, commissaire.

– Vous avez donc toujours su qui étaient les commanditaires ? demanda Brunetti, bien que n'ayant aucune idée de qui étaient ceux-ci, ou du moins pas de manière assez précise pour pouvoir mettre des noms dessus.

– Bien entendu, dit Moro d'un ton redevenant sarcastique. Mes recherches m'avaient au moins appris ça.

– Mais dans ce cas, pourquoi cette fausse séparation avec votre femme ?

– Pour être certain qu'ils lui ficheraient la paix.

– Et votre fille ? demanda Brunetti, pris d'une curiosité soudaine.

– Elle est en lieu sûr, fut la réponse laconique que voulut bien donner Moro.

– Mais alors, pourquoi avoir inscrit votre fils ici, à l'Académie ? » En posant la question, Brunetti se dit que Moro avait peut-être pensé que c'était le meilleur moyen de protéger son fils, que de l'exposer ainsi à la vue de tout le monde. Les gens qui avaient fait tirer sur sa femme y réfléchiraient sans doute à deux fois avant de faire de la mauvaise publicité pour l'Académie ; ou peut-être avait-il espéré les duper…

Le visage de Moro s'anima, esquissant ce qui avait sans doute été un sourire. « Parce que je ne pouvais pas l'en empêcher, commissaire. C'est le grand échec de ma vie qu'Ernesto ait voulu devenir militaire. Mais c'était son rêve depuis toujours, depuis qu'il était petit garçon. Et rien de ce que j'aurais pu dire ou faire n'y aurait changé quoi que ce soit.

– Mais pourquoi vouloir le supprimer ? »

Lorsque Moro se décida finalement à lui répondre, Brunetti eut l'impression qu'il était soulagé, en fin de compte, de pouvoir parler de tout ça. « Parce qu'ils sont stupides et qu'ils n'ont pas cru qu'on pouvait m'arrêter aussi facilement. Ils n'ont pas compris que je n'étais qu'un froussard et que je ne m'opposerais plus à eux.» Il resta longtemps songeur avant d'ajouter : «Ou peut-être Ernesto était-il moins froussard que moi. Il savait que j'avais envisagé de rédiger un rapport… Qui sait s'il ne les a pas menacés de le sortir ?»

Il avait beau faire frais dans le bureau de Brunetti, la transpiration perlait au font de Moro et commençait à couler lentement jusqu'à son menton. Il s'essuya d'un revers de main. «Je ne le saurai jamais», conclut-il.

Les deux hommes restèrent assis face à face pendant longtemps, et seule la main de Moro bougeait de temps en temps pour chasser sa transpiration. Quand celle-ci cessa, Brunetti lui demanda ce qu'il souhaitait que fasse la police.

Le médecin releva la tête et regarda Brunetti avec encore plus de tristesse qu'une demi-heure avant. «Vous tenez vraiment à ce que je prenne la décision à votre place ?

– Non, pas vraiment. Ou pas seulement. Avant tout pour vous-même. Et votre famille.

– Vous ferez tout ce que je dirai ?

– Oui.

– Quoi que disent la loi et la justice ? insista Moro en soulignant le dernier mot d'un ton sardonique.

– Oui.

– Pourquoi ? Vous vous fichez de la justice ?» Cette fois, Moro était franchement en colère.

Brunetti, lui, commençait à en avoir sérieusement assez. «Il n'y a aucune justice là-dedans, dottore», répliqua-t-il, brusquement effrayé de se rendre compte qu'il ne parlait pas seulement de cet homme et de sa famille, mais de la ville, du pays, de leurs vies.

«Alors on ne fait rien. Qu'on le laisse en paix.»

Tout ce qu'il y avait d'empathie chez Brunetti lui intimait de dire quelque chose pour réconforter cet homme, mais il n'arrivait pas à faire franchir ses lèvres aux mots qui lui venaient à l'esprit – ce n'étaient pas les bons. Il pensa à la fille de Moro, à la sienne. Il pensa à son fils, à celui de Filippi, à celui de Moro. Et les mots lui vinrent. « Pauvre garçon. »

Retrouvez
le commissaire Brunetti
dans sa treizième enquête
aux Éditions Calmann-Lévy

DISSIMULATION DE PREUVES

PAR

Donna Leon

1

Il la haïssait, cette vieille vache. Mais comme lui était médecin et elle sa patiente, il se sentait coupable de la haïr – quoique pas coupable au point de moins la haïr. Méchante, avare, dotée d'un caractère épouvantable, toujours à se plaindre de sa santé et des quelques personnes qui avaient l'estomac assez bien accroché pour supporter sa compagnie, Maria Grazia Battestini était une personne dont même la plus généreuse des âmes n'aurait pu dire le moindre bien. Le prêtre avait déclaré forfait depuis longtemps, ses voisins en parlaient avec dégoût, sinon avec une animosité déclarée. Elle n'entretenait de liens avec sa famille que *via* les lois qui régissent les successions. Mais voilà : en tant que médecin, il ne pouvait se dérober à la visite hebdomadaire qu'il était tenu de lui faire, même si celle-ci se réduisait à quelques questions, posées pour la forme, sur la manière dont elle se sentait, suivies d'un contrôle de sa tension et de son pouls. La corvée durait depuis plus de quatre ans et son aversion avait atteint le point où il n'essayait même plus de se dissimuler son désappointement de ne jamais lui trouver le moindre symptôme de maladie. À un peu plus de quatre-vingts ans, elle en paraissait dix de plus et se comportait comme si, effectivement, elle avait eu quatre-vingt-dix ans. Il se disait qu'elle allait l'enterrer, qu'elle allait les enterrer tous.

Il entra dans l'immeuble à l'aide de sa clef. Le rez-de-chaussée et les deux étages appartenaient à la vieille, même si elle n'habitait que la moitié du premier. C'était par pure malveillance qu'elle faisait croire à une occupation intégrale des lieux : ainsi, elle empêchait sa nièce, la fille de sa sœur Santina, de venir s'installer soit au rez-de-chaussée, soit au second. Il ne comptait plus les fois, dans les années qui avaient suivi la mort du fils de Maria Grazia, où elle avait dit pis que pendre de sa sœur et évoqué sa délectation à frustrer indéfiniment les projets que sa famille nourrissait pour la maison. Elle parlait de sa sœur avec une méchanceté qui n'avait fait que croître et s'enlaidir depuis leur enfance commune.

Il donna donc un tour de clef à droite et, comme il est dans la nature des portes vénitiennes de ne jamais s'ouvrir facilement, il tira en même temps machinalement sur le battant avant de le pousser vers l'intérieur, puis d'entrer dans la pénombre du hall. Les plus puissants rayons du soleil n'auraient pu traverser les dizaines d'années de crasse graisseuse qui s'étaient accumulées sur les deux étroites fenêtres, au-dessus de la porte qui donnait sur la *calle*. Il ne prêtait plus attention à l'obscurité et cela faisait des années que la signora Battestini n'était plus capable de descendre l'escalier ; il y avait peu de chances que les vitres soient nettoyées dans un avenir prévisible. L'humidité avait fait sauter les plombs depuis belle lurette, mais pas question pour elle de payer un électricien ; quant à lui, il avait perdu l'habitude de chercher l'interrupteur de la main.

En attaquant la première volée de marches, il se prit à espérer que la nouvelle aide ménagère – une Roumaine, lui semblait-il, car c'était ainsi que Maria Grazia parlait d'elle, mais elles ne restaient jamais assez longtemps pour qu'il se rappelle leurs noms – durerait plus que les autres. Depuis son arrivée, la vieille bique était propre, au moins, et ne puait plus l'urine. Il les avait vues arriver et disparaître, au cours de ces quatre années ; elles venaient parce qu'elles avaient besoin de travailler, même si cela signifiait procéder à la toilette de la signora Battestini et la faire manger tout en se soumettant au flot permanent de ses insultes ; elles s'en allaient parce qu'au bout d'un moment elles n'en pouvaient plus, et que même l'impérieuse nécessité de gagner leur vie ne pouvait résister aux agressions venimeuses de la vieille femme.

Par réflexe, il frappa à la porte tout en sachant que ce geste de politesse était inutile. Les beuglements de la télévision, audibles depuis la rue, noyaient tous les autres bruits, et même les oreilles plus jeunes de la Roumaine – mais comment s'appelait-elle, déjà ? – enregistraient rarement le signal de son arrivée.

Il prit la deuxième clef, tourna deux fois et entra dans l'appartement. Au moins était-il propre. Une fois, environ un an après la mort du fils de la vieille dame, personne n'était venu pendant plus d'une semaine. La signora Battestini était restée seule au premier étage. Il se rappelait encore l'odeur qui y régnait lorsqu'il avait ouvert la porte, lors de sa visite (il passait alors deux fois par mois) ; il se rappelait aussi le spectacle, dans la cuisine, des restes de nourriture qui se putréfiaient dans les assiettes depuis sept ou huit jours, dans la chaleur de juillet, sans parler de la vue du corps bardé de couches de graisse de la vieille femme, nue, couverte des débris et coulures de ce qu'elle avait essayé de manger, effondrée dans un fauteuil en face de la télévision toujours aussi assourdissante. Elle s'était retrouvée à l'hôpital, déshydratée, désorientée, mais toujours aussi infernale, et le personnel avait sauté sur l'occasion de s'en débarrasser au bout de seulement trois jours, quand elle avait exigé de rentrer chez elle. C'était l'Ukrainienne qui s'occupait d'elle à ce moment-là – celle qui avait disparu au bout de trois semaines en emportant un plateau d'argent. Il avait alors fait passer le rythme de ses visites à une par semaine. La vieille n'avait pas pour autant changé : son cœur avait continué à battre avec conviction, ses poumons à respirer l'air confiné de l'appartement, les couches de graisse à se dilater.

Il posa sa sacoche sur la table à côté de la porte, soulagé de constater que le plateau était propre, signe certain que la Roumaine était toujours sur le pont. Il se passa le stéthoscope autour du cou et entra dans le séjour.

Sans la télé, il aurait probablement entendu le bruit de fond avant d'entrer. Mais à l'écran, une blonde multiliftée aux boucles blondes de fillette donnait les infos sur l'état de la circulation, attirant l'attention des automobilistes de la Vénétie sur les probables inconvénients des embouteillages à venir sur l'A4 ; son débit de mitraillette noyait le bourdonnement industrieux des mouches qui s'affairaient sur la tête de la signora Battestini.

Certes, il avait l'habitude de voir des personnes âgées décédées, mais elles avaient en général plus de dignité que celle qui gisait devant lui sur le plancher. Les vieux meurent en douceur ou dans la souffrance, mais comme la mort se présente rarement pour eux sous forme d'agression, bien peu y résistent avec violence. C'était aussi le cas de la signora Battestini.

Son agresseur devait l'avoir prise complètement par surprise, car elle était tombée tout à côté d'une table où ni la tasse de café vide ni la télécommande n'avaient été dérangées. Les mouches avaient opté pour une attaque en deux colonnes : la première sur un bol de figues fraîches, la seconde sur la tête de la signora Battestini. Elle était allongée les bras tendus devant elle, la joue gauche contre le plancher. La plaie, sur la nuque, lui fit penser au ballon de football devenu tout flasque sur un côté, après que le chien de son fils l'avait mordu. Mais contrairement à la tête de la vieille femme, l'enveloppe du ballon était restée lisse et intacte et rien n'en avait suppuré.

Il s'immobilisa sur le seuil, parcourut la pièce des yeux, trop sidéré par le chaos pour avoir une idée claire de ce qu'il cherchait. Le corps de la Roumaine, peut-être ; ou bien craignait-il l'irruption soudaine, venant d'une autre pièce, de l'assassin. Les mouches, cependant, attestaient que celui-ci avait eu largement le temps de s'enfuir. Il leva les yeux, son trouble soudain cristallisé autour d'une voix humaine ; mais tout ce qu'il apprit fut qu'un accident, impliquant un poids lourd, venait de se produire sur l'A3 à la hauteur de Cosenza.

Il traversa la pièce et éteignit la télévision ; un silence qui n'avait rien d'étouffé ni de respectueux emplit le séjour. Il se demanda s'il ne devait pas aller inspecter les autres pièces pour chercher la Roumaine, et peut-être aussi pour se porter à son secours si le ou les agresseurs n'avaient pas réussi à la tuer, elle aussi. Au lieu de cela, il retourna dans l'entrée, prit son téléphone portable, composa le 113 et déclara qu'il y avait eu un meurtre à Cannaregio.

La police n'eut pas de mal à trouver la maison de la victime, le médecin ayant expliqué qu'elle était la première de la *calle* à droite du Palazzo del Cammello. La vedette courut sur son erre pour se ranger côté sud du canal della Madonna. Deux officiers en uniforme sautèrent sur la berge, l'un d'eux se tournant pour aider les trois représentants de la police scientifique à débarquer leur matériel.

Il était presque treize heures. Ils avaient le visage luisant de sueur, et leurs vêtements ne tardèrent pas à leur coller au corps. Maudissant la chaleur, épongeant en vain leur front, quatre des cinq policiers entreprirent de transporter leur barda jusque dans la Calle Tintoretto et de là dans l'entrée de l'immeuble, où les attendait un homme grand et mince.

« Dottor Carlotti ? demanda l'officier de police qui n'avait pas participé au transfert du matériel.

– Oui.

– C'est bien vous qui avez appelé ? »

Les deux hommes savaient, pourtant, que la question était superflue.

« En effet.

– Pouvez-vous m'en dire un peu plus ? Pour quelle raison étiez-vous sur place ?

– Comme toutes les semaines, je venais rendre visite à une de mes patientes, la signora Battestini. Quand je suis entré dans l'appartement, je l'ai trouvée allongée sur le plancher. Elle était décédée.

– Vous avez une clef ? » demanda le policier. Il avait parlé d'un ton neutre, mais la question créa soudain une ambiance de suspicion.

« Oui, depuis deux ans. J'ai les clefs de plusieurs de mes patients… » répondit Carlotti. Il s'était interrompu en se rendant compte que cela devait paraître bizarre de donner ces détails à la police, ce qui ne fit que le mettre mal à l'aise.

« Pouvez-vous me décrire exactement ce que vous avez trouvé ? » demanda le policier. Pendant ce temps, les autres, après avoir déposé leur matériel, étaient repartis jusqu'à la vedette pour y prendre le reste.

« Ma patiente, morte. On l'a tuée.

– Qu'est-ce qui vous le fait dire ?

– Ce que j'ai vu, répondit Carlotti sans plus de précisions.

– Avez-vous une idée de la personne qui a pu faire le coup, dottore ?

– Non, aucune, absolument aucune idée du meurtrier, répondit le médecin avec une insistance qui se voulait indignée mais ne réussit qu'à le faire paraître nerveux.

– Le meurtrier?

– Quoi?

– Vous avez dit *le meurtrier*. Je suis curieux de savoir ce qui vous fait penser que c'est un homme.»

Carlotti ouvrit la bouche mais les termes choisis qu'il s'apprêtait à prononcer lui échappèrent. «Jetez donc un coup d'œil, et venez me dire si c'est une femme qui l'a fait.»

Sa colère le surprit lui-même; ou plutôt la force de celle-ci. Ce n'étaient pas les questions du policier qui l'avaient mis en colère, mais les réactions timorées qu'il avait eues. Il n'avait rien fait de mal; il avait simplement découvert le cadavre de la vieille femme et néanmoins sa réaction spontanée, face à l'autorité, était la crainte et la certitude qu'il allait en découler des ennuis pour lui. Quelle race de froussards nous sommes devenus, se prit-il à penser au moment où le policier lui demandait: «Et où se trouve-t-elle?

– Au premier.

– La porte est ouverte?

– Oui.»

Le policier s'avança dans la pénombre de l'entrée – le reste de l'équipe s'y était rassemblé pour fuir la chaleur du soleil – et indiqua l'étage d'un mouvement du menton. «Vous allez nous accompagner», dit-il au médecin.

Carlotti lui emboîta le pas, bien résolu à en dire le moins possible et à ne manifester ni gêne, ni peur. Habitué à la vue de la mort, celle du cadavre de la femme, aussi terrible qu'elle ait été, ne l'avait pas autant affecté que sa peur instinctive d'avoir affaire à la police.

En haut de l'escalier, les policiers entrèrent sans hésiter dans l'appartement, tandis que le médecin restait sur le palier. Pour la première fois depuis quinze ans, il éprouva un tel désir d'une cigarette que son cœur en battit plus fort.

Il les écouta qui allaient et venaient dans l'appartement, les entendit qui s'interpellaient, mais ne fit aucun effort pour écouter. Les voix devinrent plus étouffées quand les policiers passèrent dans le séjour, là où se trouvait le corps. Il s'avança jusqu'à la fenêtre et posa une fesse sur l'appui, sans se soucier de la saleté qui s'y était accumulée. Il se demandait pourquoi ils avaient besoin de lui ici et fut sur le point de leur dire qu'ils pouvaient le joindre à son cabinet si sa présence était requise. Mais il ne bougea pas, n'alla pas dans l'appartement pour leur parler.

Au bout d'un moment, le policier qui s'était adressé à lui revint sur le palier, tenant quelques documents d'une main gantée de plastique. « Quelqu'un habitait-il avec elle ?

– Oui.

– Qui ?

– J'ignore son nom, mais je crois qu'elle était roumaine. »

Le policier lui tendit l'un des papiers ; un formulaire, rempli à la main. En bas à gauche, il y avait une photo d'identité, celle d'une femme au visage rond qui aurait pu être la Roumaine. « C'est elle ? demanda le policier.

– Oui, je crois, répondit le médecin.

– Florinda Ghiorghiu », lut le policier. Du coup, le nom revint à Carlotti.

« En effet, dit-il, Flori. » Puis il ajouta, curieux : « Elle est là ? espérant que la police ne trouverait pas bizarre qu'il ne l'ait pas cherchée, espérant qu'ils n'avaient pas trouvé son cadavre.

– Pas vraiment, répondit le policier avec une impatience à peine déguisée. Il n'y a pas trace d'elle, et tout est sens dessus dessous. On a fouillé l'appartement et emporté tout ce qui avait un peu de valeur.

– Vous pensez… commença Carlotti, mais le policier lui coupa la parole avec une véhémence qui surprit le médecin.

– Évidemment ! Elle est de l'Est. Elles sont toutes pareilles. De la vermine. » Carlotti n'eut même pas le temps de protester ; le policier enchaîna, crachant les mots. « On a trouvé un torchon couvert de sang dans la cuisine. C'est évidemment la Roumaine qui l'a tuée. » Puis il ajouta dans un marmonnement : « La pauvre vieille », oraison funèbre que le dottor Carlotti n'aurait peut-être pas prononcée pour Maria Grazia Battestini.

Mort à la Fenice
Calmann-Lévy, 1997
et « Points Policier », n° P514

Mort en terre étrangère
Calmann-Lévy, 1997
et « Points Policier », n° P572

Un Vénitien anonyme
Calmann-Lévy, 1998
et « Points Policier », n° P618

Le Prix de la chair
Calmann-Lévy, 1998
et « Points Policier », n° P686

Entre deux eaux
Calmann-Lévy, 1999
et « Points Policier », n° P734

Péchés mortels
Calmann-Lévy, 2000
et « Points Policier », n° P859

Noblesse oblige
Calmann-Lévy, 2001
et « Points Policier », n° P990

L'Affaire Paola
Calmann-Lévy, 2002
et « Points Policier », n° P1089

Des amis haut placés
Calmann-Lévy, 2003
et « Points Policier », n° P1225

Mortes-eaux
Calmann-Lévy, 2004
et « Points Policier », n° P1331

Une question d'honneur
Calmann-Lévy, 2005
et « Points Policier », n° P1452

Sans Brunetti
Essais, 1972-2006
Calmann-Lévy, 2007

Dissimulation de preuves
Calmann-Lévy, 2007
et « Points Policier », n° P1883

De sang et d'ébène
Calmann-Lévy, 2008
et « Points Policier », n° P2056

Requiem pour une cité de verre
Calmann-Lévy, 2009
et « Points Policier », n° P2291

RÉALISATION : PAO ÉDITIONS DU SEUIL
IMPRESSION : CPI BRODARD ET TAUPIN
DÉPÔT LÉGAL : MARS 2007. N° 91474-8 (56506)
IMPRIMÉ EN FRANCE

Collection Points Policier